星光照进孤独 著

台海出版社

图书在版编目（CIP）数据

辛问衣 / 星光照进孤独著 . -- 北京：台海出版社，
2023.3
ISBN 978-7-5168-3501-2

Ⅰ.①辛… Ⅱ.①星… Ⅲ.①中篇小说—小说集—中
国—当代②短篇小说—小说集—中国—当代 Ⅳ.
① I247.7

中国国家版本馆 CIP 数据核字（2023）第 028808 号

辛问衣

著　　者：	星光照进孤独
出 版 人：	蔡　旭
封面设计：	中尚图
责任编辑：	姚红梅

出版发行：台海出版社
地　　址：北京市东城区景山东街 20 号　　邮政编码：100009
电　　话：010-64041652（发行，邮购）
传　　真：010-84045799（总编室）
网　　址：www.taimeng.org.cn/thcbs/default.htm
E－m a i l：thcbs@126.com

经　　销：全国各地新华书店
印　　刷：天津中印联印务有限公司
本书如有破损、缺页、装订错误，请与本社联系调换

开　　本：880 毫米 × 1230 毫米　　1/32
字　　数：225 千字　　　　印　　张：10.75
版　　次：2023 年 3 月第 1 版　　印　　次：2023 年 3 月第 1 次印刷
书　　号：ISBN 978-7-5168-3501-2
定　　价：78.00 元

Contents
目 录

轮回终虚妄 不可寄来生

　　盛薇是别人眼中的坏学生，刚上高中便抽烟喝酒。明知宿舍不让抽烟，她依然故我。同宿舍的女生多次抗议，她置之不理。女生们向宿管老师告状，她被取消住校资格。她耸耸肩，满不在乎，一声不吭地搬走。

　　宿管老师对她的班主任汪老师说："刚这么小就抽烟，不学好。家里有钱，也不能为所欲为啊。"

　　汪老师还来不及管教她就生孩子去了。听说新来的班主任是个刚毕业的男老师，班里不少同学的家长都担心他太年轻，管不好这样的班，治不了调皮的学生。

　　同学们热烈讨论着，猜测新班主任的模样和脾气。

　　盛薇走到最后一排，盯着坐在那儿的男生。男生被她盯得发毛，站起身。她把他的东西扔到地上，霸占了他的座位。男生想与她理论，她旁若无人地坐下，点燃一支烟，目光苍茫，远眺窗外。男生想说什么，又忍住了，默默地搬到她的座位。

她望着天空。白云悠悠，天色蓝得耀眼。那个她称之为"爸爸"的人，此刻正与第五任小娇妻度蜜月吧。无论她怎么折腾，惹出多少事，都无法惊动他来看她一眼。好，你当我不存在，我也当自己是石头缝儿里蹦出来的！

老师让她请家长，来的人总是爸爸的助理。后来她干脆不理叫家长这事。有本事，让老师自己去联系那个男人吧。

一只手伸过来，夺走她嘴上的香烟，捻灭了。

她冷冷看了一眼。

一个高大的身影站在她身边，说："年轻女孩吸烟对皮肤不好。学校里不准吸烟。"这是一个陌生的年轻人，约莫二十出头，穿着白色长袖衬衫、黑色长裤。他的语气和面容都很温和，眼神清澈。他走上讲台，示意大家安静，自我介绍："我叫邢动，是你们的代理班主任。"

她的目光又飘向窗外。

一切于她如云烟，风过无痕，任何事对她都没有影响。

乍一看，她并不像坏女孩。她没有夸张的发型，怪异的服饰，粗俗的举止，激进的行为。很难想象，她让所有老师都头疼。

她形单影只，样子文文弱弱，没有所谓的"人多势众"，但是连男生都怕她。

很快，她就让人见识了她的"坏"。

她打起架来凶狠异常，像变了一个人。她和其他打架者被带到派出所，无论别人怎么问，她什么也不说。幸好后果并不严重，她只被批评教育一番。

警察通过她的学生证联系到学校，教务处通知了班主任。邢动来接她。

邢动与派出所民警交谈，她就静静站立，叫她走，她就跟着走。邢动走在前面，她保持在他身后两步远的地方。

到了学校，他带她来到宿舍楼前，说："很晚了，早点休息吧，明天还要上课。"

她以为会迎来一番训斥，原来他只是把她送回宿舍。他以为她是住宿生。她不吱声，默默走进去，从一楼的女厕所跳窗户离开。

她"以一敌三而不败"的战绩传遍学校，同学们更加躲着她。

班干部走到她面前，战战兢兢地问："要不要加入跆拳道班？"

她觉得他脑子有病。

班干部说："邢老师说，要是你不回答，就算你同意了。"

她冷笑。姓邢的管得也太宽了吧。

她人在教室里，心却不在。

桌子被敲了敲。学习委员鼓足勇气对她说："老师问你为什么不交作业。"她回望他。那男生连忙解释："邢老师让我问的。"邢动刚来，还不知道她是从不做作业的。她不理。

男生传达完毕，已算完成任务，松了口气。

桌子又被敲了敲。她不耐烦地转头瞪视。这次敲桌子的是班主任。"既然是学生，就要做学生该做的事——学习。如果你已经学会了，做作业对你来说不是难事。如果你不会，更应该通过作业查找不足。"

她扭开头。别以为把她从派出所接出来就对她有恩，可以命令她做这做那。

"下不为例。我让学习委员每天把作业记下来，提醒你。"

他还真固执。

她没有反应，而他也没有等她的反应。

第二天，她依然不交作业。他派人叫她去办公室。她做好了挨批评的准备。反正不是第一次，办公室里的其他老师已经认识她了。她沉默而镇定。

邢动疑惑地问："作业很难吗？"

他的关注点还真是和别人不一样啊。

邢动搬了一把椅子，让她坐下，拿出昨天的作业题，一道一道给她讲，仿佛知道提问不会得到回答，他径自讲着，没有互动式交流。讲完一科，又讲另一科。化学、生物、政治、英语，他全都讲。

她始终不说话。

最后，他递给她一张纸，上面记录了今天的作业：抄写单词，数学练习册要做三页，背诵一篇文言文，等等。他挠挠头，说："你一定要记得做。我可不想听人家背诵古文，一听就头疼。别让我盯着你做语文作业。好了，回去吧。"

她不接，转身走了。

次日放学，她又因为不交作业被留下。

邢动发愁地说："真听你背古文啊。"他深深叹息。他递给她草稿纸，说："先做数学题吧。我有事，出去一下，很快就回来。李老师，她要是有不会的，要是您还没走，麻烦您再教教她。"

呵，这是派别的老师看着她吗？

她玩着笔，掏出耳机听歌。李老师当然不会等她，过了一会儿，办公室里只剩下她一个人。

邢动。名字叫"动"的人比叫"静"的人少很多吧。

她随手在草稿纸上写：王动不动。

"谁说英雄寂寞，我们的英雄就是欢乐的。"不知何时，邢动回来了，在她背后说。

她皱眉，把"王动不动"四个字涂黑了。

"晚了，我看见了。"他笑，递给她盒饭，说，"先吃饭吧。昨天因为讲作业耽误你吃饭了吧？"

她推开。

他问："不饿吗？"

"怕有毒。"她存心要激怒他。

"嚯，还有加料，我尝尝。"他打开自己那份。

她眼珠一转。"我肚子疼。我想回去。"

邢动叹气，说："谢谢。你是怕我听古文头疼吧。我没关系的。"

"我真的肚子疼。"

"那，我送你回去，顺便家访。"他已经知道她不住校了。

她无奈。他是跟她杠上了。她不言语，也不动，坐在椅子上，一副绝不合作的架势。

他放下盒饭，打开作业题，又开始给她讲。

她翻白眼。看来无论她听不听，他都要讲完。她站起来要走。他淡淡地说："门锁上了。"

她想了想，说："我可要喊人了，说你非礼我！"

他指了指手机，说："摄像头开着，全程记录呢。"

她气结，赌气回到座位，把耳机的声音开到最大。他摘下她的耳机，说："不怕把鼓膜震破了吗？看这道函数题。"

她闭上眼睛，他的声音却往她耳朵里钻。

至于那篇需要背诵的古文，因为她拒不配合，他对着她念了十遍，说："混个耳熟也好嘛。"

这种情况持续了一周。为了避免麻烦，她只能开始写作业。她把作业本扔到课代表的桌上时，对方的神情简直像见了鬼。

她课桌里的烟被邢动没收了。

他说："以后不许抽烟。我看见一次管你一次，不会让你抽痛快。为了不浪费烟，戒了吧。"

她学聪明了，下一次，把烟放在其他同学的课桌里，并威胁对方不许声张。烟再次被没收。同学无辜地声明："绝对不是我告密的。"

她再次改变策略，每天只带三支，抽完就完了，无迹可寻。邢动发动全班同学对她开展监督。她不屑。她不信有人敢跟她作对。

邢动说："就算没有人举报你，我也能发现。不抽烟的人对烟味敏感，一丁点儿都逃不过我的鼻子。"

她偷偷在偏僻走廊抽。上课铃响了，她把抽了一半的烟扔到窗外。可巧，校长从楼下经过。他的秃头被烫了一下，抬头正好发现盛薇。

盛薇被记过处分。

暮色苍然。

她背着书包，爬上楼梯。这是一栋很老的房子，楼道阴暗，只有一盏时好时坏的节能灯。她租住的是一套不到三十平方米的房子，客厅与卧室合二为一，摆着一张床，一张桌子和一把椅子，床下摆着两个大塑料箱子，用来放衣服。厨房里堆着两箱方便面。狭小的洗手间里除了洁具，又塞进去一台洗衣机，空间便显得更加局促，连转身都费劲。

又是月初，银行卡上分别收到了父母寄来的钱。给完钱，他们仿佛就完成了抚养义务，可以各自逍遥去了。

她看着手机上的银行款项到账通知，苦涩一笑。

她可以住在环境很好的地方，但她反而心中空荡荡，迷失了自己。她想找个地方躲藏。一个小一点的地方，感觉比空旷的大屋更安全。她想要游离在人群边缘，既不割断联系，又随时可以抽身，所以她选择这栋她认为有人间烟火气的老房子。

无论怎么排遣，孤单挥之不去。

心里烦闷，想起方便面就恶心，她出门觅食，到了最常去的那家拉面摊。

有个熟悉的人影坐在那儿，面前放着一碗热腾腾的面条。他看见她，招呼："来吃饭吗？一起坐啊。"

坐就坐，谁怕谁！

面摊老板熟络地说："一碗牛肉面，不加葱花，三瓶啤酒？"

她刚要点头，邢动说："啤酒免了，给她一瓶饮料。"

她瞪眼。

他对老板说："以后别卖给她酒，她是未成年人，不能让她喝酒。"

老板看看他们，笑呵呵忙活去了。

"又得到了一个处分。"邢动摇摇头，说，"你的顽劣毫不掩饰，简直像是故意的。"

她心里一动。

"听说你最喜欢的科目是英语，在校外还报了德语课。是为了有一天到德国去找你妈妈吗？"

盛薇心里一阵恐惧。她爸爸是个成功的商人，喜欢拈花惹草，在外面有很多女人。妈妈不甘示弱，和一个男人私奔了，跑到德国后，跨洋与她爸爸离婚。两个人谁都不要她。名义上她跟着爸爸生活。大家都以为她和爸爸住豪宅，养成大小姐脾气，家境富裕，疏于管教，所以学坏了。很少有人知道她家的真实情况，更少有人知道她妈妈的事。

她觉得颜面无存。即使邢动没有恶意，她也觉得丢人。她本能地抗拒所有人靠近，怕别人知道她混乱的家事，哪怕只有一丁点被人知晓，都能引发她强烈的不安。

她跳起来叫："你管得着吗？谁允许你过问我的事？"

"我是你的老师，了解你的家庭情况是我的任务。"

"你才不是我的老师！"

"代理班主任也是班主任。"

她不屑，起身要走。邢动拉住她，说："你总是装作不服管束，故意惹是生非，闯出各种各样的祸，希望引起你父母的注意。我劝你趁早死了这条心。他们已经有了各自的生活，顾不上你。你的表现越差，他们越不敢沾你。有些人注定孤独，指望不上别人，包括亲生父母。"

原来他们都知道。她的目的，大人们看得一清二楚。

她恼羞成怒，"你算什么老师？有你这样的老师吗？打击学生的自尊心，窥探别人隐私，离间学生和家长的感情！你学过教育心理学吗你？你不是应该给我希望吗？你应该保护我的自尊，而不是往我胸口捅刀子！"

邢动严肃地说："你抱着不切实际的幻想，我必须动刀子，把你的幻想戳破。学习，不是为了别人。这是你的生活。时间是你的，未来是你的。你可以把控你的人生。你要把它拱手让人吗？你要认输吗？输给你父母的离异，输给他们的不负责任，输给你盼不来的关怀？你不是一无所有，你还有你自己！与其把自己的生活搞得一团糟去博取同情，不如好好反思。以后，你只有自己可以依靠。"

她甩开他跑了。

面摊老板听呆了。邢动说："结账，连同她那份。"

盛薇瑟瑟发抖。

她家里的事一定全被他知道了！她仅剩的一点自尊都碎了。她要报复他，要掌握一件他的隐私，好扳回一局。

她不知道他住在哪儿，打算先从办公室入手，说不定办公室里放着什么。放学后，等了很久，等学校里的人都走光了，她撬开教师办公室的门，摸到他的办公桌前，用手机照明。

有一个抽屉上了锁，其他的抽屉里翻不出有用的东西。她刚要撬抽屉的锁，忽然发现一个本子上写着"教学日历"。她翻开，今天的那页上写着她的名字。

记事一共三条：

一、数学教案有调整。

二、推荐路晓禹加入校篮球队。

三、盛薇心门紧闭，抗拒所有人靠近，得找个同龄人接近她，让她感受到友谊。

她向前翻，找和自己有关的。

——盛薇知道王动，读过《欢乐英雄》，可以以此为突破口，开启话题。

——找到她擅长的科目夸赞她，激发她对学习的兴趣，增强她的自信心。她打架那么厉害，建议她去学跆拳道。

——盛薇，多好的名字。明明是即将盛放的花，却把自己当作路边的野草，放弃了绽放的可能。我要帮她把希望找回来。

　　——倾听并指引，让她的情绪在可控范围内得到宣泄，不要再打架了。

　　她贪婪地看了又看，把其中一页撕下来，小心地叠好，放进兜里，悄悄退出屋子，刚走进楼道，邢动与一名男老师从拐角处走来。

　　男老师问："你在这儿干什么？"

　　她不答。

　　男老师看她一眼，又看一眼办公室的门，突然露出紧张之色，急忙开门进屋，打开灯。"试卷！试卷！"他嘴里叨咕着。

　　她与邢动对视。

　　男老师在屋里转了一圈，很快冲出来，像是怕她跑了，严厉地问："你进屋了？"

　　她沉默。

　　"好啊你，明天期终考试的试卷，你是不是偷看了？"男老师气急败坏。

　　"我没有。"她看着邢动，清晰地说。邢动也望着她。

　　"没看你进教师办公室干什么？啊，干什么？你是怎么进去的？说啊！"

　　邢动问："试卷被动过？"

"那哪儿看得出来？谁会傻到让别人看出试卷被动过？肯定恢复原样啊。"

"我没有。"她再次说。

"还不承认！我得报告校长。胆儿也太大了你。邢老师，你看好了她，别让她跑了。"

她不再说话，只是望着邢动。

邢动说："她不会偷看试卷的。"

她的眼睛亮了一下。

"邢老师，都什么时候了，你就别护着她了。你都护她多少回了。没用，她不是你想的那种孩子。"

邢动说："她不会偷看试卷的。她不想考出好成绩，她不想被我管，正琢磨考不及格，好留级呢。"他转向她，说："你，不许留级，不许故意考不好，听见没有？否则，假期里你就等着上补习课吧。下一学年开始前，你必须通过考试。"

她心里一惊。邢动是如何猜到她的心思的？为了证明她没偷看试卷，她不在乎考试成绩，她真的动了交白卷的念头，而这念头被邢动一眼看穿并严加禁止。

兹事体大，男老师还是报告了学校。

盛薇不否认进过教师办公室，拒不交代她的目的。

学校决定开除她。

邢动替她辩护，坚称她不是来偷看试卷的。他写了十几份检讨，声明是他没管教好，责任在他。他挨个找校领导，找教务处的老师，找了许多许多次。

"盛薇一贯行为恶劣，这次简直无法无天。"

他为她申辩："我和派出所的同志聊过，上次打架是对方先动手的。那三个人中有一个是女孩，看她戴的手表好看，问她价钱。你们也知道这孩子的性格，冷冰冰的，根本不理人。对方不满，骂骂咧咧。她回骂。对方看她是个小孩，又一个人，以为她好欺负，就借着酒劲动手了。她哪肯吃亏，就还手了。"

其余老师不信。哪有人只因为对方不理自己就骂人，进而打架的。一定是她做了什么。

"她是害群之马。开除她，杀一儆百，有利于班级管理。"

"我能管好她。"他沉静地说。

"邢老师总是护着学生。"年级主任摇头。

"我觉得，每一个孩子都能被教育好，只是我没找对方法。"

在他的不懈努力下，学校终于勉强同意给盛薇留校察看处分。

处分决定公布时，事情已经过去三个星期了。而她，早在第二天的考试中一意孤行交了白卷。

监考时，邢动站在她身边，盯着她写。她写完名字，放下笔，无视他的怒目，倔强地不看他，不动笔。

考试结束，他把她叫进办公室训斥："你梦游呢？你在干什么？你这是跟谁怄气？你糟践的是你自己的人生你知不知道？下一场考试必须答卷。回去考试！"

下一场考试，她依然交白卷。

她交卷的时候，他撕了她的卷子。

她悠悠地说："你不用管我，我是烂泥糊不上墙。"

他气道："胡说八道！"

因为交了白卷，她必然留级。

暑假，她听到敲门声，打开门。邢动闯进来，打开手机中的视频通话，吩咐她："准备好纸笔。"又对着手机说，"李老师，您出题吧。"

教数学的李老师在手机里展示试题。

原来，他说服了她所有的任课老师，现场出题，现场考试。如果她能及格，就允许她升级。

她明白了，一时无语。

邢动催促："愣着干什么，快做题啊。"

这是一场奇妙的考试，持续了将近一天。出题人通过手机监考，她身边还有个更严厉的监考老师。

她通过了考试。

邢动如释重负，感谢每一位老师。结束视频通话，他激动万分，由衷地说："真棒！你的考试比其他同学难多了，没有通知，临时应答，你答得非常好！你的成绩货真价实。"

她呆呆地看着他。他是那么高兴，神采飞扬，眼睛里闪耀着阳光。她的眼圈红了。

"一天没吃饭，饿坏了吧？走，我请你吃面，当作奖励。"邢动轻快地说，率先走出屋子，给她留出空间。

她的眼泪掉下来，从来没有被人这么重视过、关心过。

新学年第一天，她见到他。其他的同学都说"老师好"，她默默对他鞠躬。他微笑点头。

破天荒地，放学后，她在自习室上晚自习。今晚自习室的值班老师是邢动。她做完作业，无所事事，又舍不得走，便拿出一本书预习，看着看着走神了。她在纸上一遍一遍写自己的名字：盛薇。他曾说，盛薇，多好的名字。她看着这两个字，也觉得它们好看了起来。

邢动走过来，轻声问："还不适应上晚自习吗？"

她淡淡地说："我尽量不给您惹麻烦。"

他面容平和，仿佛丝毫不担心。

顿了顿，她忽然笑了，说："不过，好像没少惹。"

月考结束，同一办公室的老师对邢动说："盛薇真给你争气，这次月考居然考了年级第三，进步神速。"

他开心。

学校发放关于焦虑症的调查问卷，最后一道题是：你想要怎样的一生？

盛薇写道：

以前我一直浑浑噩噩地活，直到有一天，我被点醒了。这一天天我不在意的日子，就是我的人生啊。我曾设想该如何开启它，其实它早已开启了，我已经踏在人生之路上了，自己还没觉察。我要把握时光，认认真真地活，活出真正的自己。

　　像一朵花，清醒地，努力地，向阳盛开。

　　邢动宣布，汪老师的产假结束，要回来了，他不再担任代理班主任。他和同学们道别，感谢大家的支持，祝他们前途似锦。

　　盛薇傻了。她的生活刚出现阳光，乌云便遮住太阳。她五内俱焚，听不进去课。放学后，她去找他，激动地问："你不管我们了？"

　　"我是代理班主任，现在，你们的汪老师回来了。"

　　"你去带别的班？"

　　"不是。"

　　"那，你教什么课？"

　　"我调任行政工作。"

　　这么说，她在课堂上见不到他了。"你不能扔下我不管！"

　　邢动的脸红了。静了几秒，他镇定地说："汪老师是高级教师，比我经验丰富，她本来就是你的班主任。"

　　"她不是你！"

　　"无论是我还是汪老师，我们都希望你好，都会帮你的。我是你的老师，关心你是我的责任……"

　　她的心被刺痛，尖锐的痛楚让她呼吸一凝。她喊："你才不是我的老师！"

　　他微笑，说："我不再当你的班主任，你就不再把我当老师了？"

　　她又委屈又伤心地瞪着他。他故意曲解她的意思。

"等你长大了就会明白……"

她不听，转身跑了。

第二天，汪老师来了。一整天，她都没见到邢动。他做行政工作，以后很少能与学生接触了。她的希望变成了无望。

接下来的一天，她逃学了。在外面闲逛一天，她疲惫地回到住处。一进屋，灯亮着，邢动坐在椅子上，一边看书一边等她。

她不理他，径自扑在床上，把脸埋进枕头里。

"我跟房东说我是你的老师，她让我进来等。"

她捂着耳朵。

"为什么不上学？"

"你已经不是我的老师了，管不着我。"她的声音从枕头里发出来，闷闷的。

"不是你的老师，就不能管你了？"

过了一会儿，她说："我想让你教我。"

"我不教课。"

"跟学校争取啊。"她扭头，把脸露出来。

他失笑："全是孩子气的话。事情哪儿有那么简单。你还小，很多事不是你看到的样子。"

她猜到他接下来要说什么，只觉一阵刺心，抢着说："我是因为你才变好的。你走了，我学给谁看？除非你回来，否则，我不上学。"

"你都多大了，还这么任性。以前那些道理我白跟你说啦？"他生气，"你好好想想吧。"

他走了。

盛薇傻了，翻身起来，对着门发呆。邢动讨厌她了？她惶惶不安，又委屈，又难过，叛逆在心里滋长。走吧，都走吧，她谁都不需要，缺了谁她都照样活。她抱着膝盖埋下头。

又是在外闲晃的一天。深夜，她来到小面摊，说："一碗面，不加葱花，三瓶啤酒。"

没有回应。

她看向面摊老板。老板对她使眼色，示意她看邻桌。邻桌有四个人，其中三个她见过，是和她打架闹到派出所去的人。

邻桌也发现了她，走过来，为首的流里流气的青年说："又碰面了，你说巧不巧。"

她不理他。

另一个说："还是跟上次一样装哑巴。"

"那块手表呢，今天不戴了？你一个穷学生，戴那么好的表干什么？那表适合我大姐。"

"你上次乖乖把手表给我们不就完了？"

她沉下脸，说："走开！"语气像轰苍蝇。

"走，好啊，你跟我们走吗？"青年嬉笑。

她厌恶地皱眉。

"得了，看你上次打架的劲头，也不是善茬儿，在这儿装什么淑女啊。"

她心一颤。她看着不像好女孩吗？邢动是否也这么想，并因此看不起她？他帮她的那些事情，在好女孩身上根本不会发生吧。

她站起来，喝道："走开！"

青年怪叫："呵，还挺横，上次挨揍没挨够？"

她要走，不能在这里闹，会给面摊招事的。他们拦住她，存心生事。

她推开面前的人，那人故意摔倒，叫："你打人。"其余人动手拉她。她急了，嫌恶地挣扎。几个人扭打在一起。桌子翻了，椅子倒了。四个人中的女孩扯着她的衣服，她甩开她，力气之大，把那女孩抢倒了。女孩上次就吃了亏，这次分外眼红，抄起桌上的啤酒瓶，在桌子边缘敲碎，用破茬儿的那端对着她。

面摊老板想劝又不敢，拿着手机犹豫要不要报警。

"住手！"远处一个人大喊。

她一愣，所有的动作都停止。是邢动！他来找她了？

"呵，还有帮手。"

她急忙说："不关他的事，跟他没关系。"

看她着急的模样，青年们互递眼色。邢动冲了过来，要拨开其他人，解救她。一个青年抄起酒瓶从后面靠近。

"小心！"她大喊，话音未落，酒瓶已砸在邢动头上。与此同时，她感觉腰部一凉，紧接着一热，低头看，破啤酒瓶扎进她的侧腰，血涌出来。

见了红，对方一哄而散。

她软软地瘫倒，被邢动抱住。她疼得吸溜凉气，不忘问："你伤得怎么样？"

他不答，抱起她往医院跑。她的头挨着他的胸膛，感觉到他急速的心跳。她微笑。他的心跳得这么快，是因为担心她吗？

"邢动，我……"她的意识开始模糊，不知道自己说了什么。

她被送进急救室，做手术，住院。

那是她最后一次见到邢动。

自打她醒了，就一直担心他，盼着见他，想问问他的伤势，但他始终没出现。过了两日，她意外地看见了爸爸。爸爸说："薇薇，你一个人在这儿受苦了。等你出院，我带你回家。"

"太远了，你的家。我还要上学。"她表面上淡淡的，心里着实高兴。爸爸终于肯接纳她进入新家了。

"给你转学，在这儿没人照顾你。"

"你说真的？我要换个学校？"她犹豫。

"我给你找更好的学校。"

她心里七上八下。趁爸爸出去，她急忙摸手机。邢动当代理班主任的第一天曾经公布过他的手机号码。她从来没打过。她捧着手机好久，又放下。

出院那天，车来接他们，直奔火车站。她惊讶："这就走？"

爸爸说："是啊。我回去还有一些事要办，在这里待的时间太长了。"

"我的东西还没收拾呢。"

"你说你租的房子？我已经让人把东西拿出来了，拢共也没多少。"

辛问衣 / 蔷薇刺

她欲言又止。

爸爸问："有什么落下的吗？"

她摇头，看着车窗外，明知不可能偶遇熟人，她还是仔细看每一个路人的脸。她要走了，这么仓促，来不及告别，其他人知道吗？

在火车上，她躲进洗手间，拿出手机拨打。邢动的手机号显示已停机。她愣了。是她记错了号码，还是他换号了？

她翻找通讯录。她和同学们没有来往，她几乎和任何人都不来往，通讯录里不超过二十个人。万幸，学习委员曾经每天提醒她做作业，她有他的号码。她向他打听邢动，并要来邢动的手机号。

学习委员说好久没见到邢老师了，他好像辞职了。他发给她邢动的手机号，和她保存的一样。

盛薇一时反应不过来，过了一会儿才意识到，那个人从她的生活中消失了，找不到了。

住院的时候，她每天都盼着他来看她。一开始，他不来，她猜测是因为他的伤。后来，估摸着他的伤好了，她又猜测是因为他还生她的气。原来，他已经走了，走得彻彻底底。

盛薇以为她要转学到爸爸的新家所在的城市，但爸爸给她找的是国外的学校。她在爸爸身边待了没多久，就被送出国了。

兜了一圈，她的生活似乎又恢复原样，依然形单影只，身边没有亲人，只不过换了地点。

有的人出国留学是为了深造，开阔眼界，充实自己。有的人留学是为了镀金，在国外转一圈，再回来时，仿佛在国内的不良记录全都消失了，只剩后来的"海外学成归来"。

盛薇就属于后者，至少她爸爸的目的是这个。

第一年，她在自我麻痹中度过。有一天，她做梦，梦见他生气地说："以前那些道理我白跟你说啦？"惊醒后，她反省自身。她找不到像阳光一样照亮她生命的人，那就做自己的阳光吧。正如邢动说的，不能认输啊。接下来的日子，她埋头苦学，拿奖学金，参加演讲，在联谊中与其他学校开展文化交流，参与导师的课题研究。

她曾千方百计打听他的下落，同学们和老师们都不知情，倒是让她打听出另一件事：邢动原本要担任校长助理，正好赶上汪老师要休产假，而他又有高级中学教师资格，于是做了代理班主任。他的辞职，不仅仅是离开学校，而是离开教育系统了。

盛薇出落得娇丽动人，有许多外国男同学追求她。他们说："她像寒冷清晨盛开的蔷薇，又美丽，又冰冷，还带着刺。"

她听了，心道："那叫'艳若桃李，冷若冰霜'。"

她不喜欢他们，嫌他们满脸青春痘，或者一脸雀斑。偶尔有个长得帅的，她又嫌人家高得过分，像电线杆，在眼前晃啊晃，眼晕得慌。

她大学毕业，爸爸为她安排婚事。爸爸对这门婚事十分满意，比她优异的成绩更令他满意。

婚后，她将定居国外。

她几乎不认识未婚夫，只知道对方年过四旬，是爸爸的商业伙伴。

他应该不乏优秀女士在侧，为何选她？他的选择应该比她更自由，何以认可这种包办婚姻？

爸爸说："你不用问那么多，我还能害你吗？你也只能干这个了。你学的那些，考试或许用得上，真到了企业里，什么用都没有。你的毕业证一文不值。踏踏实实跟他结婚，你只有这点用处了。"

第二天要去挑婚纱。她忽然心下茫茫，翻出手机中那从未拨通过的号码，发了一条信息：我要结婚了。

几分钟后，手机突然收到回复：恭喜。

她盯着号码反复看，没错，是那个曾经"停机"的号码回复给她的，绝对没错。

她手指发抖，拨打电话。

号码还是他在使用吗？她的号码，他有吗？他知道是她吗？号码会不会换了新的主人？是谁给了她回复？

电话通了。对方说："你好。"是一个男声。她听不出是不是他。

她大气都不敢出，喉头哽住。

"盛薇？"

她的眼泪唰地流下来。是他。

她是不轻易流泪的，两次流泪，都是为他。

"我要结婚了。"她维持平和。

"祝你幸福。"

他平静的语气刺痛了她。

"是我爸爸安排的。他说我什么都做不好，只有这个用处。"

"这样啊。"他沉默一会儿,说,"我从不知道,原来你是个听话的孩子。"

她心中一动,胸口莫名地涌动一股热流。

她试着轻描淡写地问:"你呢,有女朋友了吗?结婚了吗?"

他没有回答,只是问:"婚礼是什么时候?"

她说:"不知道,听我爸爸的安排。"

似乎再也没有什么可说的,他们道别。

她辗转难眠。他回避她的问题,让她直觉他还没结婚,甚至可能没有女朋友。她再也忍不住,买机票飞回国内。

来到那栋老房子前,此时正是工作日的白天,主人应该不在家吧。抱着这样的期待,她敲曾经租住的那套房的房门,果然无人回应。她四下看看,掏出一张卡片,撬开门锁,闪身进屋。这技术她一直纯熟。

屋子比以前她住的时候温馨许多,贴了壁纸,换了地砖,家具简单实用。她直奔厨房。

巴掌大的铁盒,藏在燃气表后面,完全被遮住,不用担心被发现。

铁盒里是她的秘密、她的宝贝,是从邢动的笔记本上撕下来的一页。

——盛薇,多好的名字。明明是即将盛放的花,却把自己当作路边的野草,放弃了绽放的可能。我要帮她把希望找回来。

爸爸让人收拾她的物品时，她最想要的其实是这个盒子，可是却不能说。当年匆匆离去，来不及带走。隔了这么多年，她终于回来了。

厨房换了整体橱柜，她记得燃气表的位置，伸手摸。铁盒仍在。她迫不及待打开，除了她想要的那页，里面还多了一张纸。这是一张裁剪后的纸，上面是她的笔迹。

以前我一直浑浑噩噩地活，直到有一天，我被点醒了。这一天天我不在意的日子，就是我的人生啊。我曾设想该如何开启它，其实它早已开启了，我已经踏在人生之路上了，自己还没觉察。我要把握时光，认认真真地活，活出真正的自己。

像一朵花，清醒地，努力地，向阳盛开。

盛薇热血沸腾。

这是她在调查问卷上写的答案，被邢动剪下来，珍藏着。他发现了这个铁盒！她的心意，他都知道了。

只是，只是，这个铁盒为什么还在这里？他是怎么发现的？为什么留在原处？

她跑到外屋，环视屋子。书桌上，相框中人有着明朗笑容，正是邢动。原来他住在这里！他选择她住过的屋子，收藏她当年的答卷，他的手机中保留着她的号码……

盛薇激动不已，恨不得立即联系他。就在这时，有声音从门外传来。

"邢动，拜托你换个锁吧，这种老式的锁不安全，每次我看见的时候都想说。"一个悦耳的女声。

接着，是钥匙开门的声音。

盛薇慌不择路，躲进厨房。

"还说我，你这糊涂的毛病什么时候能改改？看演唱会却忘了拿票。要不是我提醒，就白跑一趟了。"

"是是是，幸亏有你。"

他温和地说："你什么时候能让人省点心啊？"

"嘿，嫌我烦是不是？"

"我哪儿敢。"

脚步声在屋内转了一圈，回到门口，随着关门声，屋里恢复沉寂。

盛薇呆呆地站立着，怆然垂首，脑海里回旋着同一句话，"来不及了，来不及了，来不及了。"

"找到你要找的东西了吗？"

她茫然抬头。

邢动静静地站在厨房门口。他何时回来的，还是根本没走？

盛薇已无法思考，仓皇低头，与他擦肩而过，逃出屋子。

她在街上走了许久。手机来电，是爸爸。

"他们说试婚纱找不到你。你跑哪儿去了？"

"我回国了。"

爸爸倒吸一口凉气，沉声问："是不是姓邢的缠着你？"

她惊讶："您认识邢动？"

"都是他把你带坏了。你逃学，打架，都是因为他。当初我就想告他。"

她一惊。邢动差点儿被告？他是因为这个才离开的？她忙问："您告他了？"

"没有。哼！他带着你一起跟人家打架，害得你受伤。他为了逃避惩罚，急赤白脸地把我叫来。有人照顾你，他的责任能轻一些。我的傻丫头，你别再被他骗了。这种男的就爱玩弄你这种小女生，把你耍得团团转。"

"您什么都不知道！"要不是邢动把她拉回正轨，她现在还不知道堕落成什么样子。

"你是鬼迷心窍了还是怎么的，赶紧回来！既然他不遵守约定，那就别怪我不客气了。"

她警觉，问："什么约定？"

"我不起诉他，他帮你办转学手续，尽快转走。"

她直觉还有事，想问，爸爸已经挂断电话。她想了许久，想不明白。听爸爸的意思，出事后，邢动怕被连累，急着摆脱她，可爸爸又问"是不是姓邢的缠着你"。邢动既然要摆脱她，为什么还会"缠着她"？邢动给她办理转学手续，能直接转到国外去？

她冲动地跑回国，衣物行李都没带，住处也没有找。她走累了，回过神，才想起要找个酒店办理入住。

躺在酒店的床上，她捧着铁盒子，把里面的两张纸看了又看，看了上百遍。

"我要把握时光，认认真真地活，活出真正的自己。"这是她当年的感悟。

邢动自有他的生活。而她，难道因为得不到他，就去和一个陌生的男人结婚？当年的叛逆固然不可取，但任人摆布就对吗？

邢动那句"原来你是个听话的孩子"，是讽刺也是提醒。

她是该想一想未来的路要怎么走了。就算得不到想要的，也不能明知不幸福还眼睁睁往坑里跳。

她给未婚夫打电话，要取消婚约。

对方倒是平静，说："听说你回国，我就猜到这个结果了。你们的事我知道，尽管你父亲刻意瞒着不告诉我。我可不会不做调查就稀里糊涂地和一个人结婚。"

他用了"你们"这个词。

盛薇问："你都查出什么了？"

"你上高中时总是惹事，被小混混打伤，学校通知了你父亲。你父亲本打算派个保姆去照顾你完事，结果那个邢动不干。他说你父亲要是再对你不闻不问，他就告他不履行监护人的责任。你父亲没办法，只好接你回家。作为条件，他要求邢动以后不许见你。没想到过了这么多年，你们还有联系。即使你不提出解除婚约，我也不可能和你结婚了。"

原来当年他消失得无影无踪是为了这个。原来他和她爸爸的约定是这样的。

盛薇由衷地说："谢谢你。"

挂断电话，她冲出了门。当她气喘吁吁来到他的面前，她的眼睛如此闪亮。多年不见，他似乎没什么变化，而她长高了，稚气减少，明媚动人。

还不等他说什么，她扑进他的怀里。

他手足无措，僵住不敢动，讪讪地说："你已经不是当年的小姑娘了，得注意举止啊。"

她抱紧他不放手。

他轻咳，说："能不能……能不能先……"他想推开她，又不好意思动手碰她。

"以后你还管我吗？"

他温和地说："我什么时候不管你了？"

她鼻酸。是啊，他一次又一次帮她，不管是她的现在，还是她的未来，他都惦念，替她着急，就连他的消失都是为了她。

她鼓足勇气，抬头问："你能不能管我一辈子？"

他沉默。

她急切地说："我很好管，不会给你惹麻烦！"

他笑了："你给我惹的麻烦还少吗？"

他说这话的时候，神情是平和的，并不厌恶。

她心头一热，"你还没有女朋友吧，没结婚吧？"

他不语。

"一定没有，是不是？"

他不回答，说："你还小，未来的路还长……"

她说："我不小了！你说等我长大了就会懂，现在我长大了。除非你有女朋友，否则，否则，我就赖上你了，行吗？"她充满希冀地问，又为自己的谦卑委屈，被自己的勇气感动，红了眼眶，说，"你再也找不到像我这样喜欢你的人了，再也、再也找不到了！"

他静了静，说："我知道。我……还没有女朋友。因为，我再也没遇见像你这么依赖我，让我这么牵肠挂肚的人。"

她的心震颤，望着他，仔细观察他的表情，怕自己出现幻听，臆想出他的态度。他的眼中有光，她期待的那种光。她笑了，同时落泪。

"别哭。"他温柔地为她擦泪，说，"好久不见，应该高兴啊。"

她使劲点头。她听话，只愿意听他的话，被他管，一辈子。

辛问衣 / 蔷薇刺

有个女孩很喜欢他。他知道。

女孩常常给他发信息。他有一搭无一搭地回复。女孩察觉他的冷淡，依然热情不减。

她说："听说你喜欢的日本动漫出了一套手办，很抢手呢。我提前送给你当生日礼物，好不好？"

他说："不要，离我的生日还有好几个月呢。"其实他渴望得要命。那套手办很贵，超过他半年的工资。越是贵重，他越不能要。

她说："你爱看恐怖片吗？最近有一部上映了，我买票，你陪我去看好吗？"

恐怖片是他的最爱，但他拒绝，说："一点兴趣都没有。这部电影是小说改编的。一般改编的电影都没有原著好看，我还是看书吧。"

她说："今晚有球赛，你最爱的那支球队。凌晨一点我给你打电话叫你，省得你错过。"

"不用，我有闹钟。"

"那，我能在看球时给你打电话吗？我看不懂，你给我讲讲。"

他说："我有喜欢的人。我要和她一起看球。"

她沉默了很久，发来一句"哦"。一个字，流露无限惆怅。

又过了些日子，她说："我看你在微信朋友圈说你养了很多年的斗牛犬死了，你别太难过。我买了一只小斗牛犬，我抱过去给你看看。如果你喜欢，就把它留下。"

留下斗牛犬，那人呢？他狠心说："不是什么都能替代。斗牛犬不能，人也不能。我有喜欢的人了，我告诉过你。你以后不要再联系我了。"

过了一会儿，她打来电话，说："我在你家楼下。我知道你不喜欢我，我只是想送给你这只斗牛犬。我知道你的斗牛犬死了，你肯定特别难受，毕竟你养了十二年。"

他心中一动。他是个男人，有泪不轻弹，失去爱犬的伤痛，他一直强忍着，没有人知道。他总是表现得云淡风轻，只在那天，在朋友圈隐约地表露了一丝难过，而她，竟然捕捉到了，深以为意。

他说："你走吧，我不会见你的。"

她哽咽："我喜欢你，特别特别喜欢。你不喜欢我没关系，我还是喜欢你。我不会再打扰你了。你把斗牛犬收下吧。"

他挂断电话，冲出门，与她擦肩而过。

他去健身房，疯狂锻炼，把汗水同遗憾一同排解。她是最关心他的女孩，他的每一个爱好、每一件心事，只要她知道，她都在意、都关注。对比他那个总在加班的女朋友，她更温柔，更体贴。他甩甩头，克制着不想她。

走出健身房，看一眼手机，才发现她的好友给他打过十几次电话，又给他发短信，说那女孩从他家一路走回去，哭得撕心裂肺。

他们之间距离十几公里，她穿着高跟鞋，走了一路？

他的心蓦然疼痛，内心有个声音在问：你真的要错过她吗？

他给女友打电话："你在哪儿？"

"公司加班。"

他默然半晌，说："分手吧。"

"为什么？"她愣了，说，"我马上过去找你。"

"不用来了。你来了我也不会见你。对不起。就这样吧，分手吧。再见。"

他知道她不会来。如果她在乎他，他们也不会走到今天这步。

他想给那个女孩打电话，又放下。刚分手就去找另一个女孩，不好。

他有一个崇拜已久的师兄，虽然并不熟识，但他一直想结交他。他和几个朋友创业，师兄刚好能帮上忙。他托人联系过师兄，师兄很亲和，也愿意帮助同门。

今天，他正想喝酒，便约师兄小酌。

师兄犹豫一下，说："我早就想跟你见个面，但今天不行，我有点儿事。明天吧，明天我约你。"

忍了一夜，第二天，他给那个女孩打电话，问："你的斗牛犬叫什么名字？要不要一起养？"

女孩哭了，然后破涕为笑，说："太好了。"

师兄约他吃饭，道歉："我有一个喜欢了很久的女孩，她昨天失恋了，哭得撕心裂肺，需要人陪。"

他打趣："这事确实比我重要。"

师兄说："看你容光焕发的，有什么好事？"

他说："我找到一个很好的女孩做女朋友，她对我特别好。"

"恭喜。"

"师兄，你这么优秀，还有追不到的女生？"

师兄怅然："女孩心里一旦有了一个人，其他人很难介入。昨天我们聊了很多。她为那个男孩付出很多，对方却不领情。那男孩喜欢日本动漫。为了给他买他喜欢的动漫手办，她攒钱攒了很久。男孩喜欢足球，她觉得沉闷，但还是耐着性子学习足球知识，希望和他有共同话题。男孩爱看恐怖电影，尽管她害怕，她还是壮着胆子提出陪他看。男孩有一只斗牛犬，后来老死了。她在市场上到处找，想再送给他一只。她说，斗牛犬很多，但鼻尖有一点白的很难找。后来，她知道男孩有喜欢的人，她不知所措。昨天，男孩要她以后不要再找他了。"师兄叹息，"那男孩真是身在福中不知福。"

他嗫嚅："是啊。"他提心吊胆。他们说的该不会是同一个女孩吧？"师兄，听上去，你很喜欢她。"

"她一直拒绝我。"

他莫名地松口气，又酸溜溜地说："不过，昨天她和你一起约会，还向你敞开心扉。"

"嘻，哪儿有什么约会。那男孩拒绝她的时候，我们正好在一起加班。她当时就崩溃了，才和我说了那番话。"

他愣了。

师兄说："你知道我昨天为什么不能和你吃饭了吧。那时她就在我身边，哭得一塌糊涂，我不能走。她一边哭一边说，白鼻尖的斗牛犬还是找不到。等她凑齐钱的时候，那套限量版的手办已经卖光了，连二手市场都没有货。她为男孩踢球加油助威，男孩踢得大汗淋漓，她却在场边被冷风吹得感冒，高烧好几天，错过了晋升考试。半夜里被男孩叫起来看球，她因为加班而精神不振，又被男孩数落不关心他的爱好。她买好了恐怖电影的票，却无意中发现男孩与另一个女孩的聊天记录。男孩说他对那部电影一点兴趣都没有。她默默地把票退了。唉，你说，她是不是傻得让人心疼？"

他低声说："是。"往事历历，叩敲心门。

师兄说："昨天，我跟她表白了。我说，我知道，现在表白有点儿乘人之危。我就是想告诉你，我在等你。他不懂得珍惜你，我懂。我会一直关注你，不错过你的任何小情绪，不忽视你的付出，不会让你的感情错付。"

他艰涩地问："她答应了？"

"她说，她想静一段时间。不过，我会等。她值得人等。"

"是，她值得。"他说，心里五味杂陈，"她是不是在等那男孩回心转意，她会不会去挽回他？"

"可能性不大。她说，她知道他们分手的原因是什么，无论她做什么，男孩都看不见了，他只看得见另一个女孩为他做的。在攒钱买手办的日子，她不止一次向他暗示，手办有很多，需要一个大玻璃展柜才能放下。男孩看欧洲杯的闹钟是她帮忙定的。每次踢完球，男孩和球队的朋友喝醉酒，都是她送他回家。买电影票前，她反复确认过男孩是否有空。她曾问过他，不是白鼻尖的斗牛犬行不行。男孩说不行，斗牛犬是不能替代的，如果轮回转世，一定还带着白鼻尖。她说，她做事就是这个风格，有了结果才宣布，不过在结果出来之前，她从不隐瞒，想看总是看得到的。以前男孩能感受到，可后来，他不再去感受了。当一个人不再关注你时，你为他做再多事，他都视而不见。"师兄感叹，"那男的是个瞎子！"

"他们……他们之间缺乏沟通。"他有气无力地申辩。

"是吗？沟通了，他就能不为其他女孩心动了吗？有些话何必说出来。连我这个外人都看得见，为什么他看不见？"

是啊，有些话何必说出来。他知道她胆小，还拉着她看恐怖片。半年的时间，她省吃俭用，他看不见吗？他知道她总是加班，她第二天要出差，他还是叫她半夜陪他看球。她给全城的宠物店发名片，托他们找白鼻尖的斗牛犬，他还笑她小题大做。他与另一个女孩互动，她瞥一眼他的手机，默默走开，装不知情。她的难过，他真的没察觉吗？他们一天一天的相守陪伴，为什么他都忘了？

"那男的是个瞎子！"他认同，慨叹，"师兄，有件事我想跟你说。"

师兄问："什么事？"

他觉得有些难以启齿，"关于……"

"啊，你也在这里。"一个惊喜的声音。他转头，看见了那个女孩，所有的话都哽在喉咙里。

师兄微笑地说："是你的女朋友吧？"

女孩向师兄点个头，喜悦地望着他，指了指身后的一帮女孩，说："我们也在这里吃饭，我先过去了，一会儿给你打电话。"

女孩们走了。

师兄说："看得出来，她很喜欢你。"

他转回身，一时沉默。一次转身，怎么好像天地都变了。

师兄问："你刚才说关于什么？"

"关于，关于……"他咬牙，把一股酸楚压下去，展开一个公式化的笑容，说，"关于工作的事。"心里突然如被尖锥扎入，一瞬间，仿佛有什么永远地失去了。

中转屋

暮色沉沉。

我看了一眼纸上写的地址，再次核对房间号，没错，就是这里。

这是一栋年代久远的楼房，青灰色的砖墙爬满郁郁葱葱的常春藤，随风起浪。我要去的房间在一楼最东边。

樱桃红的木门十分古旧，在幽暗的走廊光线中，木门的漆面反射光泽。

我拿出沉甸甸的铜钥匙，第一次打开这间房门。

房间的窗帘是拉上的，屋里黑乎乎的，必须开灯。家徒四壁，只有一张床，床挨着墙，床头对着窗。

照理说，这栋房子无人居住，应该满是灰尘，但它却很干净。床单、被褥、枕头都很干净。

我的随身行李只有一个旅行包，里面放了洗漱用品和两天的换洗衣服，一个本，一支笔。

放下行李，拉开窗帘，门外正对着一棵海棠树。此时已过了花开时节，青翠的树叶和枝条将窗外风景遮得严严实实。即使在白天，屋里也是昏暗的。

窗户上的玻璃擦得透亮。

我只是在这里短暂休息，原本还担心需要收拾一番，干净的环境让我松了一口气，可以省些力气了。我坐了四个小时车，长途跋涉来到这里，着实累了。

我再次拉上窗帘，遮蔽窗外景色，洗漱完毕，准备休息。

这是我和丈夫的新房，但我从未来过。我的丈夫我也只见过一次，在领结婚证的那天。

我和他的婚姻属于现代包办婚姻。我们的母亲都得了绝症，住在同一所医院。两个人聊天时，说到儿女婚姻问题，母亲们觉得不看到儿女结婚死不瞑目。再继续聊下去，发现我未嫁，他未娶，母亲们便做了决定，希望我们结婚。我可以抗争命运，但无法抗争母亲得病的命运。既然看我结婚是她临终的愿望，我还能说什么，只能从命。

结婚至今已经两年。领完结婚证，我和丈夫再也没有联系。他的母亲查出是误诊，开开心心出院。我的母亲病情恶化，转院到了另一个城市，我们全家的生活重心也随之转移。老实说，我已经忘了他的模样。领结婚证那天，他戴着眼镜，我没心情仔细看他的长相。拍结婚照的时候，摄影师提醒他把眼镜摘下来，而我忘了看他。结婚证被束之高阁，再未翻阅，他的模样也就随之淡化，不留一丝痕迹。

最近，因为要频繁往返于两个遥远的城市，我需要一个中途歇脚的地方供我过夜，过夜之处选在两个城市之间的这个小镇。经人提醒，我才想起有这套房子，并决定来住。

换好睡衣，躺下睡觉。右侧是墙壁，有些凉，偶尔手脚碰到，都被冰得一缩。睡得迷迷糊糊时，稍微一动，又碰到墙壁，我便向后挪，忽然觉得挨着什么温暖的东西了。

难道有人来了？和我躺在一起？我起了警觉。大晚上的，在陌生的城市，要是被人欺负了可怎么办？我想看看，可又困得睁不开眼睛。那份温暖无声地退后了。我察觉到了，刚刚紧张起来的神经顿时松懈。啊，他没有乘人之危，反而为我让出地方。我是安全的。冒出这个念头后，下一秒，我又进入沉沉睡梦。

醒来已是清晨。回想昨夜的事，似梦似幻。昨夜到底有没有人来？给我钥匙的人说过，没人在这里住。这间屋子除了一张床什么都没有，不可能有人在这里生活。可是它又干净得出奇。如果无人居住，为什么要收拾得干干净净？我懊恼地揪自己的头发，当时察觉到有人的时候我怎么没跳起来？我真是睡糊涂了，竟然继续睡了。

有钥匙的人除了我，还有可能是我的丈夫，或者至少是认识我们的人。是不是他来了？真糟糕。我不记得他的样子，就算看见了也认不出。

我打电话问："不是说那里没人住吗？都谁拿着钥匙？"

"除了你就是他，钥匙只有两把。"

那么很大概率是他，我的丈夫。我希望是他，那样至少我没有和陌生男人同睡一床。

我的时间不多了，必须赶紧出门，奔赴下一个地点。一整天，我都在琢磨昨夜的事。当晚，我住在另一个城市，第二天中午，我开始往回走，到了晚上，又回到中转的房子。

房间依然如故，我没有碰见任何人。

夜晚，我被雷声惊醒，外面下起大雨，我有些冷，翻个身，远离墙壁，向被子深处钻。蓦然感觉到有温暖之源，于是抱着不放。

温热的呼吸吹在我的额头。我的身体沉睡，意识在一点点苏醒。虽然睡意压在眼皮上，让我睁不开眼睛，但我知道，我抱着一个人的胳膊，还把头靠在他的肩上。

他正悄悄想把胳膊抽出去，我对抗睡意，攒了好久的力气才发出呢喃："是你吗？"

三个字耗尽所有清醒，还没听到他的回答，我又睡着了。

醒来时，房间里只有我一个人。我再次懊恼嗜睡误事，来不及问清他的身份，来不及说清楚我的来意。他应该也不认得我。他或许在想，哪儿冒出一个女孩，深更半夜住在我的房子里，不检点。

我想起随身携带的笔和纸，写了留言给他。

你好。希望是你。因为一些原因，我需要在两个城市中往返。受交通因素影响，我无法在一天内从一个城市到另一个城市，所以选择在这里中转。我不知道你住在这里，贸然闯进来，请你不要介意。我每周五晚上到达，借住一

晚，每周日再借住一晚。等事情办完，我不会再打扰。我
是否可以继续借住，盼回复。

我把纸从本上撕下来，放在床上。

一周过去了。我再次抵达，我留下的纸还在床上，他在纸的背
面写下留言。他的字清秀挺拔。

你好。是我。你有权住在这里，不必拘束。我也只是
因为工作关系，将这里作为中途休息站。我每周三晚上住
在这里，持续三周，第四周的周五、周六、周日住在这里，
如此循环。我每次只停留五个小时左右。我尽量不出声，
不吵醒你。

我欣然。他知道我是谁，并称我有权住在这里。他肯定是我丈
夫。他叫什么名字来着？我一点儿都想不起来。

结婚证放在父母家，一时拿不到。忘记他的名字，忘记他的长
相，我真是无可救药了。

我留言：谢谢你。下次时间重叠时，我会等你来了再睡，无论
如何，我该见见你。

下一个周五，我迫不及待地跑进门，拿起纸，他给我的回复是：
不用等我。你来这里为了休息，不是为了见我。

我心里一凉，甚觉羞惭。他说的对，我不是为了见他才来的，

我是为了借住。我使用这间新房，却不是为了家庭和婚姻。我转身走出去，在附近找了一间小旅馆，并决定以后都住在旅馆里，尽管这会让我的钱包损失惨重，为我本不宽裕的经济雪上加霜。

接下来的一个月，我将小旅馆作为中转站。

周五，在去往小镇的路上，我接到小旅馆老板的电话。连续几日的暴雨让小旅馆的屋顶破了一个洞，老板不得不暂时关闭旅馆，我预定的房间也泡汤了。老板道歉，说："附近应该有些人家能够借住。要不要我帮你问一下？"

我拒绝了。抱着试一试的想法，在到达后，我还是去了小旅馆，想看看有没有稍微好一点的房间，漏水不那么严重的。我的要求不高，只要能忍一宿就行。老板遗憾地说没有房间可以住了。

天已经黑透，雨还在下。我只能再次来到新房。庆幸的是，这周他只在周三出现。今天我不会遇见他。

房间一切如故。床上放着三张纸。

上周你好像没来。这周我也没见到你。你的事情办完了，还是我得罪你了？为什么你不来了？

你不再来了，对吗？我真傻，上次我应该要你的电话号码。我把我的号码写在这里。如果你想的话，可以联系我。

一定是我说错了什么话，或者是我打扰到了你，你生我的气了。如果你不想遇见我，我可以不再出现。你是个女孩子，你比我更需要在晚上找个安全的地方。

我想写些什么，让他不必忐忑，他没有做错什么，提笔许久，不知如何表述，喟然放弃。

我忧心小旅馆何时能修好。三天的时间不够修缮的，周日我还得住在这里。

清晨，我发现床边居然放着一张纸，他留言：谢谢你肯来。

他来了？这周他应该周三来，周末不会出现啊。

我的心提起来。周日我来的话，会碰上他？

躲着他不是办法。而且，我干吗要躲着他？我很想见见他，看清他的模样，问一问他的名字。

心存渴盼的时候，时间过得比平常慢。周日在我的期待中到来。我在等他，虽然不确定他会不会来。等到后半夜，疲倦打败了我。我歪倒在床上睡着了。迷迷糊糊地，有个人把我抱起来，放正，盖好被子。

我和困意大战三百回合，终于伸出手抓住他的胳膊，呢喃："你来了。我要看看你。开灯。"

"你累了，快睡吧。"

"不行，我要看看你。"

"风把电线刮断了，这一带停电了。"

我迷蒙地睁开眼睛，一片漆黑，什么都看不见，只闻风雨交加。天公不作美。

"今天你为什么会在？"

他说："为了见你，我调整了时间。"

"我没有生气。我想看看你。"

"那你下周还来吗？"

"来。我要看见你。"我说，"我把你的名字忘了。"

"名字不重要。"

"为什么不重要？难道你不是你？"我吃惊。

"我是我，你以为的那个我。但是……"他说，"你不用知道我的名字。"

我疑惑，脑子一团乱，睡意如层层波浪冲击着我。

"别欺负我，我好困。我听不懂。"

他轻声说："睡吧。你明天还要赶路。"

他怎么知道我要赶路？来不及细想，我已进入梦乡。

次日，我听说昨晚并没有停电。他骗我。我也懊恼自己太笨。即使停电了，手机有电啊，依然可以照亮他的脸。我那时太困了，脑子已经转不过来了。

仿佛是为了故意躲我，从那以后，反而是他不出现了。连续几周，我都没有见到他。有时我想，是不是我睡得太沉，他来了我却不知道。

我对他的兴趣超过了其他所有事。我准备了薄荷油、高浓度咖啡、微型手电，只为了见他一面。原本周六我应该待在另一个地方，我没去，留在房间里，在黑暗中等他。

深夜，门口传来钥匙开锁的声音，他来了。他手里拿着一个很暗的光源，轻手轻脚地走近。他看到了我。我静静地坐在床边等他。他把光源关上了。

我没有冒昧地用光照他。我问："我可以开灯吗？"

"不行。"他低声说。

"为什么不让我看你？"

"你不会想看见我的。"

"为什么？你长得很丑？"

"比丑更糟糕。"他的声音落寞。

"比丑更糟糕的是什么？"我不解。

"我是你不想见到的。"

"怎么会？我想看看你！"

他静默一会儿，说："我知道你在城市中穿梭是为了什么。你有一个朋友，他被控告谋杀。你在收集证据帮他上诉。你辞去高薪工作，每周用三天的时间奔波。周五中午出发，晚上赶到这里落脚，周六又坐四五个小时的车，去一位著名画家的家里做清洁，晚上就住在他家附近。周日的上午，你又以钢琴老师的身份，教画家的女儿弹钢琴。周日中午你出发回到这里，在这里住下，周一再赶回你来的城市。你想接近画家，说服他出庭作证。"他的声音有些变了，"你喜欢那个人。"

我骇然。"你跟踪我！"

"我没有跟踪你。我知道这些事，因为我也在其中。"

"你是谁？"

他说："我是那个深信被告有罪的辩方律师。"

我吃惊，站起来，抱着手臂，采取防御姿势，尽管黑暗中彼此看不见。

他说："当我了解了事情的经过，看到相关证据后，我确信他有罪，所以退出了辩护团队。你因此怪我，觉得他败诉是因为临时换律师，新接手的人没时间好好研究案情。"

空气寂静。过了好一会儿，我说："我能看看你的脸吗？"

他打开手电，拿掉遮在光源上的布，屋里的光线足够我看清他。是他，我记得他的脸，他的名字。他是优秀青年律师，我曾经把全部的希望寄托在他身上，他突然退出团队，打乱了所有节奏，新接手的律师仓促上阵，最终败诉。

他没有看我，似乎已经猜到了我的反应。

我颤声问："你真的相信他有罪？"

"以我看到的证据，他有罪。"

"请把灯关上吧。"

那一晚，我抱膝坐在床上，背贴着冰冷的墙壁，整夜未眠。他站在窗前，站了好几个小时。凌晨四点，他走了。他说："对不起，让你失望了。"

我的心揪紧了。

次日是周日。我一早便赶往画家的家，中午时分，我到达了，我按响门铃，正式拜访他。种种迹象显示他极有可能目击了凶案过程。在案件审理期间，我请求他出庭作证，他坚决不肯，因为他在那个时间不该出现在那个地点。他瞒着所有人，和比他小二十岁的女生在那里幽会。案件败诉后，我不死心，想继续寻找突破口，劝他去作证。我付出巨大努力，只想听到他说一句"凶手不是他"。

画家同意见我。大概他也觉得我的执着很可怕，早晚得面对我。

我说："谢谢您肯见我。我知道，出于某种原因，您不方便帮我。今天我不是为这个来的。我只想问您一句，您，是否认为法律已经给出了公正的判决？"

他望着我。

"请以绘画事业起誓，您告诉我的是真话。不管答案是什么，我只想听听您的见解，一句真话。"

他直视我，缓缓说："是的，我认为对他的判决很公正。"

我心头一疼，同时也一松，有什么东西渐渐放下了。

我鞠躬。"谢谢您。以后不再打扰了。再见。"

赶回小镇时，天快黑透了。小旅馆的老板招呼我："旅馆装修好了，可以来住了。"

我微笑地说："改天我再来。谢谢。"

回到小屋，我放松地躺下，用睡眠缓解一身疲乏，很久没有睡得这么沉，这么踏实。

我在鸟鸣声中醒来。窗帘不是完全遮光的，太阳照在窗户上，屋子里亮起来。

我翻个身继续睡。行程已重排，不必再急匆匆星夜兼程。

有人轻轻为我拂去脸上散乱的头发。我睁开眼睛，他躺在我身边，用手支着头，凝视着我。这是我们第一次在清晨相见，他的脸如此清晰，明亮的眼中是我的倒影。

一时两个人都没有说话，小心翼翼地呼吸。

我说："我的事情办完了。"

"那你以后不来了？"

"探访日快要到了。我要去探访一个人，我有话问他。"

他沉默。

我说："你能陪我去吗？我一个人害怕。"

他说："好。"

我轻轻说："我不是喜欢他。如果我喜欢他，我早就联系你，争取自由身了。我真的以为他不是凶手。以前他帮过我许多，我想帮助他。"

"我明白了。"他微笑。

　　云边接到电话，赶到父母开的小超市，一进门，就看见门口蹲着三个人，一个男孩、两个女孩，年纪不大，应该未成年。父母和邻家商铺的人围在他们周围。

　　"还是孩子啊。"她想，尽管她自己也才二十三岁。

　　这三个孩子在超市里偷东西，被抓个正着，父母已报警。

　　云边走过去。男孩警觉地直起上身，尽管蹲着，依然想护着两个女孩，用身体将她们挡在后面。女孩们深深低着头。

　　云边问明原委，痛心地责备："为什么要偷东西？这个污点会跟着你们一辈子的。不管多难，也不能做傻事啊。"

　　"真烦。"男孩咕哝。

　　"你说什么！"有人戳他的脑袋一下。男孩怒目回视。"还敢犯横？！"那人要揍男孩，云边阻拦，说："孩子小，叛逆期。"她真诚地对他们说："等你们出来，我帮你们找工作。"

　　女孩们暗暗撇嘴，非常不屑。

云边说:"千万不要有不劳而获的念头,什么时候都得努力向上,用双手挣来的生活最踏实。你们还小,别灰心,也别做白日梦。人得往高处走,往远处看。"

男孩顶嘴:"我不想往上走。"

"每个人都不容易。人,打一出生,水就淹到这儿。"云边把手掌平放在脖子处,"不上进怎么行!不上进早晚得沉底。"

男孩灵魂微震,掩饰地梗着脖子喊:"这女的是谁?快把她弄走。烦死了!警察呢,怎么还不来?"

"警察来了。"有人喊了一句。

男孩的眼中,有这下完了的沮丧,有破罐破摔的颓废,还有不肯低头的倔强。

三个孩子被带到派出所。云边和父母作为事主同去。她一再替他们求情,称他们知道错了,只是一时糊涂,况且没偷走什么。她说:"别把孩子一辈子毁了,他们未来的路还长着呢。现在给他们定了性,他们没了努力的心气儿,以后走下坡路也不觉得有什么了。还是得给他们留希望。"

案子最后定为盗窃未遂。三个孩子都不满十八岁,涉案物品不足千元,警察把他们教育一番,放了。

云边看见了三个人的资料,知道他们都是外地的,在此无亲无故,不禁心生怜悯,主动提供帮助,请他们到父母的超市打工,想让他们有个落脚的地方,靠自己的劳动生活。

女孩们不语,男孩倔傲地拒绝。

临别，云边担忧地提醒："一定要走正路。"没有人看她。

过几日，路遇男孩，她叫："向远！"向远见是她，转身要走，云边热心地询问他的近况。

向远不耐烦，横眉瞪她，看她满是关切的表情，只得把脏话咽了下去。他并不想理她，觉得这女的很烦，但又清楚她没有坏心。他眼睛看着天，还是回答了："我现在做洗车工。"

云边欣慰，又问他住在哪儿。

向远支吾，半晌才说："睡在医院的急诊大厅。"

云边又问起女孩。向远露出一丝难堪，说她们找到工作了，又说跟她们不熟，后来没再来往。

云边的家里有房子空着，前一个租户搬走后，还没有找到新的租客。她提出可以让向远住，怕伤害他的骄傲，说："等你以后有钱了给我房租，不能白住。"

向远直觉这位姐姐是个好人，虽然不懂她为何如此热心，但从那天她的劝告以及在派出所的求情，便知道她本性善良。独自漂泊在外，让他对人处处提防。对过度热心的人，他更是加倍小心。他犹豫许久，同意了。他一无所有，想不出还有什么可让别人夺走。这女的要是想害他，总得图些什么吧。

出租屋是一室一厅的小房子，是云边的父母给她买的。因为离上班的地方太远，她在工作单位附近另租了房子，这套房子就空了出来。房子收拾得干净整洁，配备了简单的家具电器。

向远一边看一边说："我以后一定把房租给你。"

云边说："谁还没有手紧的时候，等你的日子好过了再还，不急。"她把一把亮闪闪的钥匙交到他手里。

向远觉得手心沉甸甸的。他不敢问房租是多少，总之是他付不起的价钱。他目前只是做洗车工，得过且过，有饭吃就成。自从住进云边的房子，他真切感受到不奋斗不行了，至少要把房租赚出来，虽然现在他拿不出钱，但他记着账。他开始打两份工，每天披星戴月。

云边周末偶尔会来出租屋看看向远，和他聊聊天。她了解到向远的老家在山村，初中毕业后不再读书，跟几个同乡大哥来此打工。后来，同乡有的去了其他城市，有的回老家务农，他在此地没有依靠了。云边鼓励他多读书，少玩手机，在工作中多学多看。向远有一搭无一搭地应着。

一个多月后，向远已经是洗车店烤膜大工了，当天有位顾客要为新车整体贴膜，向远工作到晚上十一点才回来。他像往常一样，进门后往沙发上一躺，休息十几分钟，起来洗澡换衣服，然后打开冰箱找吃的。冰箱旁是餐桌，桌上放着一碗面，还有一摞书，生日贺卡上写着：祝你生日快乐！落款：云边。

对啊，今天是他的生日，他自己都忘了。云边看过他的资料，所以记得。她以前从不在工作日来看他，今天是特意来为他过生日的。他回来太晚，云边等不及，离开了，为了不打扰他，她没有联系他。

刀削面，茄丁卤。面已经凉了，坨了。向远拌一拌面条，大口吃着。茄丁特有的微辣和微甜，和着面香，十分美味。他给她发消息：面不够。她回复一个笑脸，说：拿精神食粮顶一顶吧。

他翻看那摞书，有日常英语对话、经济管理、逻辑学、机械学，等等。他笑了。给他选书，也真为难云边了，既要让他看得懂，又不能引起他的反感，还要揣摩他的兴趣。

他发消息：加上这些就撑着了，消化不了。

云边回复：总比饿着强。

他问：你在干什么？

她回复：看书。

他疑惑：你不是毕业了吗？都上班了还看书？

她回复：书哪有看完的时候。出了学校的门，要学的东西还多着呢。

他拿起一本书，翻了翻。那好吧，他也开始学吧。

客厅的吸顶灯坏了，向远买了一个新的换上。云边来的时候发现了，不好意思地说："我是房东，东西应该由我预备齐了再租给你。下次你告诉我，我来换。"

向远不耐烦地说："哎呀，多大点儿事啊。再说，这是男人的活儿，哪儿有让女人干的。"

"嗬，人不大，口气倒是够老气的。你成年了吗？"云边打趣。

向远说："刚过完十八岁生日。你做的刀削面，忘了？"

云边出差，回来时买了一些当地特产。她特意买了一份给向远，到出租屋敲门，开门的是一个年轻女孩，穿着睡衣，疑惑地问她找谁。云边脸红，仿佛撞破了别人的秘密。她自称是向远的朋友，放下东西，讪讪走了。

她走到楼下，向远追出来，叫："云边。"她站住，含笑望着他。

向远着急地解释，那女孩是他的同乡，刚丢了工作，借住两天就走，他们之间没有什么。

云边温柔地笑，表示没关系。

"怎么没关系？！"向远叫，"我们真的没什么。"

"好好好，没什么。"云边好脾气地应着，像哄小孩。

向远生气地说："我讨厌你的语气。我是大人了，不是小孩子。你不用这么敷衍。"

云边刚想说她不是敷衍，目光却瞄见一个人。向远顺着她的目光看过去，见一个男人犹豫着，似乎要离开，但终究是走了过来。向远看看云边。云边低声说："你姐夫。"

姐夫？他没有姐姐，哪儿来的姐夫？向远糊涂了。

那人走到近前，问云边："你来干什么？"又说，"我来收拾房子。房子空得太久了，我打算租出去，最近有人要来看房，我先过来看看。"

向远一下子明白了。这个人是云边的丈夫。原来她结婚了。她不是刚刚二十三岁吗，这么早就结婚了！

云边说："这是向远，我的朋友，房子我已借给他住了。"

向远对着他点头致意。

丈夫打量他，又看了看云边，冷哼，说："我瞧出来了。"

云边听出他的讥讽，想解释，又觉得会越描越黑。她说："我没开车，你开车了吗，正好我坐你的车走。"

丈夫说："这就走吗？你的事办完了？"

云边承认也不是，否认也不是，不知该怎么回答。

丈夫问："多久了？"

"什么多久了？"云边反问。

"租房啊，还能是什么？"

向远暗暗咬牙，忽然对云边鞠躬。云边和丈夫都愣了一下。向远说："姐，多谢你的帮助。既然房子要租给别人了，我和娜娜现在就收拾东西搬走。我上去和娜娜说一声。"

他提出"娜娜"这个人物，丈夫明显一怔。云边难堪地说："不用，你踏实住下。我们还没答应把房子租给别人。"

"不了。"向远坚决地说，"房租我会尽快结清。"他看了她一眼，转身走进楼。

他不能多说什么，也绝不能留下，让别人质疑云边的人品。那个男人就是云边的丈夫啊，不知道他对她好不好。唯一确定的是，他向远是个外人，必须走。那个人对云边的怀疑、讥讽，他都只能看着，无能为力。他能做的，似乎只剩下赶紧撤离，不给云边找麻烦。

太热心的人容易惹麻烦，希望云边以后收敛一些她的善良。

次日，向远搬走了，只带走了自己的衣物和云边送给他的书。他不知道云边住在哪里，也不想联系她。他把钥匙交到她父母的超市。云边给他打电话，问他在哪儿。他谎称有人在别的城市给他介绍了工作，他已经在火车上了。

云边沉默了，半晌，祝他一路顺风。她或许信了，或许不信，就算不信，又能怎样呢。

二月春风如低语，阳光明媚，云南风景如画。

刚下过一场雨，花上带着露珠，路边的小石子闪亮。云边拉着行李箱，顺着青石板路来到预定好的民宿客栈。放好行李，她伸个懒腰，推开窗，迎清风入室。

终于可以放下紧绷的神经，好好放松一下。这次年假她跟自己约定，只许悠闲，只许发呆，只许快乐，不许想任何烦恼事。心里隐隐地还有些放不下，说不清道不明的一种不安的情绪，她迅速压制住，左顾右看，转移注意力。

这家客栈以白族风俗而闻名，走廊的墙上有许多版画，描绘的是白族的神话传说，每一幅都是一个小故事。她看得入迷，只听身后一人说："是你。"语气中是惊喜和不确定。

她回头，看见向远。

一别七年，向远长高许多，整个人似乎脱胎换骨，模样还是那个模样，气质已完全变了，当年的稚气青涩已经消失，代之以沉稳练达，眼神透着聪慧。想必这些年他走南闯北，在社会上久经历练，看上去比他本身的年龄大一些。他今年多大，二十四，二十五？

云边开心得说不出话。

向远说："我是向远。"

云边轻快地说："我知道。你呀，赌气不接我的电话，我还以为你忘了我这个姐姐呢。"

向远咕哝："你不是我姐姐，我没有姐姐。"

"还生我气啊？"

"我什么时候生你的气了？"

云边四顾，问："你来旅游吗？女朋友呢，还是那个娜娜吗？"

向远生气，"早跟你说过她不是我女朋友，只是同乡。我们没什么！"

云边微笑，说："你看你，还说不生我的气。"

"你冤枉我！"他察觉到语气里的委屈，越发生气。委屈是小孩子才干的事，他不想让云边觉得他还是小孩子。真奇怪，为什么一碰到她，他的气场就全变了！

"这些年你过得怎么样？来旅游吗？"

向远摊开手，说："我是这家客栈的经理。"

云边拍手，兴奋地要他说说这些年的经历。自从他搬走，她一直担心他，打电话他不接，发消息他不回，两个人失去联系。

向远说得云淡风轻——

他在医院做护工时，尽心尽力地护理一位老人。老人出院后，想请他陪同回家照顾，问他愿不愿辞职跟他走。向远在医院本就是临时工，想了想便辞职跟老人走了。

老人的家在江苏，儿子在云南开客栈。经历一场大病，老人一心想在晚年多看看儿子，于是到云南找儿子。向远随他来到云南，照顾他三年。老人的儿子，也就是客栈老板，偶然发现向远居然在看经济管理类书籍。他和向远聊了很久，觉得他有经济头脑。店里忙的时候，他让向远帮忙。老人去世后，老板回江苏老家操办丧事，临时把店交给向远看管。等他回来时，发现向远把客栈打理得井井有条。他尝试着让向远负责经营。向远以"时光听雨""云海泛舟""春风柔软"三场主题活动，将客栈打造得远近闻名，俨然成为当地一景。老板惊喜之余，又将一家酒吧交给他，同样取得了成功。老板赏识他，干脆把三家客栈、两间酒吧都交给他管理。

向远说："我不是老板，我只是经理。"

"那也很棒啊。"云边激动地说，欣慰极了。

他说："这都要感谢你当年送给我的书。我以前是不看书的。因为你的鼓励，我一刻不停地在学。书翻了许多遍，几乎背下来。养成读书的习惯后，我自己又买了许多书读。"

"还是你自己争气。"云边打趣道，"怪不得不联络我。这些年飞黄腾达了，把老朋友都忘了。"

向远沉默。

云边怕话说得重了，连忙说："我开玩笑的。"

向远问："你当年为什么帮我？"

"需要理由吗？我有能力帮你，所以就帮了。"

"以后别随便帮人，容易给自己招事。"向远突兀地说，站起来，为她添茶。

"招事？"云边有点儿糊涂，忽然想起在出租屋被丈夫误会的事，讪讪地说，"那个呀，其实，唉，都过去了。"

"他……后来还怀疑你吗？"

云边淡淡地说："无所谓了，离婚了。"

向远转过身，盯着她看。

"不是因为租房，我们是去年离婚的。"云边解释，顿了顿，又说，"大概是我的原因吧。我太忙了，我们一直没有孩子，后来感情淡了，他提出离婚，我同意了。"

她端起茶杯喝水，杯底的热气在桌上留下圆形印迹，她捧着杯子，看着桌上的印迹一点点消散。

"你来度假，一个人？"向远问。

她点头。

"想去什么地方？"

"没想好。"

向远叹口气，说："好吧。我来给你当向导，算是这些年不接你电话的补偿。"

他请她吃昆虫宴，教她做版画，陪她去滇池拍写真，带她去孔雀园看刚孵出来的小孔雀……每一天，他都安排精彩的节目。

云边的时间被排满了，没空想烦恼事，虽然，昆虫宴吓得她没吃饱，做版画弄得她围裙上全是油彩，去滇池拍照赶上一阵急雨，看小孔雀时被大孔雀追着跑，但她依然开心得不得了。

这一天，向远亲自下厨给她做晚饭，不让她看。云边被蒙着眼睛领到餐桌旁，她喃喃："你准备了什么大餐？要还是昆虫宴，趁早告诉我，免得我吓得把盘子打翻。"

眼罩拿下来了。除了乳扇、砂锅豆腐、猪肝鲜、炒青笋，还有一碗面，刀削面，茄丁卤。

云边说："在云南应该吃过桥米线吧。"

"今天是你的生日，我特意为你做的面。"

云边没想到他知道她的生日，说："谢谢。"

向远说："我要谢谢你当年为我做的那碗面。后来，我再也没吃过那么好吃的面。"

云边笑了："那碗没让你吃饱的面。"她拿起筷子，瞥见桌上的鲜花，忽然心中一动，"每年我过生日，从云南寄花来的，是你？"

他点头。"不知道你的住址，只能寄到超市。"

云边曼声说："要打听我的住址，给我打个电话就够了。你非要和我绝交，能怨谁啊。绝交了又年年送花，莫名其妙。"

"吃不吃？那么多话。"

云边笑了，由衷地说："谢谢。"她尝了一口，说，"好吃。"

"敷衍。"

"真的。"

"我总觉得差点意思，怎么都做不出你做的味道。"

"蒜。要用蒜激发茄丁的鲜甜。"

"蒜不是辣的吗？"

"是啊，有些事就是这么神奇。蒜是辣的，茄子也有一点点辣，但是蒜可以激发茄子的鲜甜。"

"所以，两个不快乐的人碰到一起，反而有可能变得快乐。"他说。

云边问："你不快乐吗？"

他反问："你怎么知道我说的不快乐的人是你？"

云边低头吃面。

他们去看白族的赛马会。云边感慨："白族的衣服真好看，女孩们长得也好看。对了，你可以找个白族女孩做女朋友。她们个个能歌善舞的。"

向远闷不作声。

云边说："你多大了，二十五了吧？该找了。"

"那你帮我。"

"好啊。怎么帮？你看上谁了，我去说。"

向远调整鞋子，说："等赛马结束，我告诉你。"

云边惊讶："你也参加？"

"来一趟得尽兴。"

"你平时骑马多吗？注意安全。"云边担忧。

"小看我。"向远笑，"马场主人是我的朋友，我常常帮他放马。今天借的这匹马脚力可不一般。"

天色湛蓝，草地碧绿，彩旗飘扬。

来到赛场，向远纵身上马，动作干净利落。云边稍微放下心，退到观众中。马背上的向远英姿雄伟，意气风发。云边觉得，且不论比赛名次，这热闹的气氛和激扬的神采已经让人收获颇丰了。

向远回望云边，云边向他挥手。

比赛开始了，向远扬鞭催马，疾驰而去。赛道不止在草地，还要上山绕一圈再下山。云边不盼他夺魁，只愿他别出意外，别受伤。

观众们欢呼着，为骑手加油呐喊。马蹄纷飞，载着骑手们跑远了。云边的目光追随着向远，随他的身影到远方。终点设在起点处。随着冠军到达，彩带、冷焰火齐放，气球飞上天空，一片掌声和喝彩声。

明明是很寻常的事物，云边却感觉十分快乐。

向远的名次居中。他用鞋跟轻磕马的肚子，骑到云边面前。他的额角冒出汗珠，眼中闪着阳光，爽朗地说："技不如人。"

云边鼓掌，说："已经很棒啦。你真厉害。"

向远心头一热，俯身伸手，"上来。"

云边摇头，说："两个人太重了，马受不了。"

向远莞尔，轻巧地跳下马，对马说："马儿啊马儿，你刚刚逃过一劫，差一点就要驮着我们两个人跑了。"

云边抚着马鬃，说："马儿啊马儿，我刚刚逃过一劫，如果你觉得太重，会不会把我甩下来？"

马喷着响鼻点头。

向远诧异："你听得懂？你还附和她？"

云边被逗得咯咯笑。

"说正事，有个白族女孩一直盯着你看，是不是对你有意思？你看上的是她吗？哎呀，她走过来了。"

说话间，白族女孩已经走近，对向远说了一串白语，递给他一朵花，向远回应的同样是白语。他转手把花送给云边，说："她说你很漂亮，把花送给你。"

云边向女孩致谢。

女孩用普通话脆声说："我不只说姐姐漂亮，还恭喜向哥哥找到了女朋友。"

云边脸红了，说："我们是老朋友，但我不是他女朋友。"

女孩笑着跑了。

云边尴尬地说："怎么回事？我还以为她喜欢你呢。"

向远哈哈大笑，说："她孩子都两岁了。"

云边的耳朵都红了，说："那她为什么特意跑过来找你？"

"她家世代做木雕，她的木雕放在我的客栈卖，我们很熟。"向远看一眼她手中的花，"我觉得她是为了你跑过来的。"

云边羞得不再说话。

向远要把马还回马场，他牵着缰绳和云边慢慢走，离人群越来越远。

向远拍了拍马背，问："想不想骑？"

"我害怕。"

"有我呢。上去，我给你牵着。"

向远教她扳着马鞍上马，云边发怵，说："太高了，我上不去。"向远双手交叉，让她踩着，给她当脚凳。

云边连连摇头，说："这怎么行。"

"古时候好多都是用人当上马凳的，不算什么。快，踩上来。"

云边还是摇头，不肯踩他的手，费力地抬脚去够马镫，马往前走了一点，她一只脚套在马镫上，另一条腿站不稳，向后便倒。向远连忙从背后托住她。

云边收腿站直，自嘲："我真笨。"

"笨着笨着就习惯了。"

云边笑斥："敢取笑我。哎呀，马跑了。"

马小步颠跑，她在后面追。向远优哉游哉溜达着跟随。眼看她要追上了，向远打个呼哨，马掉头向他奔来。云边跟着马跑回来，喘息着说："你能叫马，干吗不早叫。你这孩子，学坏了。"

"别老孩子孩子地叫。"向远打心底硌硬这个词。

"好吧。你呀，从小自尊心就强。"

"别说得好像我跟你很熟似的。"

云边累了，坐在草地上，向远递给她一瓶水。她拧了一下瓶盖，说："打不开。"

向远说："你拧反了。我拧开给你的。"

云边吐吐舌头，说："我累了，脑子不好使了。"

"整天糊里糊涂的。你确定你能一个人旅行？你早晚得把自己弄丢。"

"喂，是我记性不好，还是你以前跟我说话也这么放肆？脾气臭，说话又难听，你的客栈还一房难求，游客都是受虐狂吗？"

"我只对你这样。"

"为什么？"

"看见你就来气。"

"打击报复是不是？当心我给你差评。"

向远脱下外套，在她背后展开。

云边问："干什么？"

"你跑得出汗，不能吹风。"

云边微笑评价："这人还有救。谢谢啦。"

赛马会后是民族歌舞表演。少女们齐声唱起歌来，歌声随风飘荡，悠扬的曲调透着欢快。马安静地在他们身边甩着尾巴吃草。

"真好！"云边感慨。田园生活处处透着幸福，简单而纯粹。

向远低声说："你也可以。心随云动，远离尘嚣，放下偏执，放过自己。"

云边心中微震，顾左右而言他："你的脾气真够大的。我不是打电话告诉你不用搬走吗，你倒好，第二天就不见人影。我天天晚上往医院急诊大厅跑，附近的医院我全去遍了，找不到你。"

"你找过我？"向远心里一紧，涌起热流。

"能不找吗？你是个要强的人，要是手里有钱，早把房租给我了。没给肯定是手里钱不够。没钱你能搬到哪儿去，谁会白让你住房子？你是个男生，睡急诊大厅还凑合，娜娜是个女孩，她怎么办？"她谁都惦记着。

向远叫："我就说你误会我了！"

云边莞尔："出现在你家，穿着清凉上火的睡衣……"

"那叫清凉败火。"

"她清凉了，你不上火？"云边揶揄。

"早跟你说过我跟她没什么。我心里……"向远住口不说了，跳起来。

"怎么了？"

"我去还马，你在这里等我。"向远骑马而去。

云边躺下看天。天空碧澄，刚才还万里无云，过了一会儿，云愈聚愈多，西南飘来大片乌云，紧接着下起雨来。云边急忙找地方避雨。不等她跑出空旷的草地，雨已经把她淋透了。

她找到赛马会临时搭建的售货亭，站在檐下，头发湿得滴水。

"云边！"向远出现在远方。

"我在这儿！"她挥手大喊。

看着向远向她狂奔，她突然间莫名感动。

向远跑过来，不停自责："都怪我。"

"天要下雨，怎么能怪你。"

向远懊恼地说："我应该把你送回客栈再去还马。真该死，我怎么没注意到云彩。"

一阵风吹过，吹斜万点雨，在空旷的草原上，蔚为壮观。云边惊艳："哇，像风吹水晶帘。你看草，比刚才还绿。云彩变成灰蓝色的了，真好看。"

"还有心思看景。我让客栈派人来接咱们。"

"不着急。看会儿雨。"

"你身体弱，着凉了怎么办？以后有的是时间看雨。"他把外套脱下来披在云边身上，尽管他的外套也是湿的，好歹能挡一挡风。

云边豪爽地说："不要。我又不是纸糊的。"

"快披上！"他强行把衣服按在她的肩上。

雨后，空中出现一道巨大的彩虹。云边在露台上贪婪地看，向远给她拍照。

云边的手机响起。她接听，渐渐地，她的神情变得难堪，应答变得敷衍。挂断电话，她装作平淡，强撑着笑容，眼底却湿润。她试图用闲谈甩掉坏情绪，嘴唇却微微发抖。

看她拼命忍耐、几乎失控的样子，向远适时起身，借口拿饮料，离开露台。

他一离开，云边立刻背过身，昂着头，飞快地眨眼，似乎这样泪水就不会掉下来。她深呼吸，激动的情绪却无法平复。她用手扇风，想把泪水扇干。

透过玻璃窗，向远关注着她，不知该留她一个人静静，还是应该问清缘由安慰她。她在露台踱步，他在室内踱步。他忽然忍不住了，扯两张纸巾冲出去。

云边的泪水还在腮边，见他突然出现，慌忙转身掩饰。向远递给她纸巾，把她的头按在胸口，只说两个字："哭吧。"

身体的接触击溃了她积攒的坚强，她吞声哭泣。

她哽咽："我去年离婚了。我以为过了一年，我已经好了。上个月，我主管的部门新调入一个同事，是他现在的妻子。她怀孕了。他每天接她上下班。我不羡慕，可还是难受，所以我休假，出来散心。刚才，那个同事向我请假，说生第一胎时是剖宫产，这次怀孕后刀口处撑得薄了，要在家保胎。"她泪水涟涟，"原来他们已经有一个孩子了，在他还没跟我离婚的时候！他们约会的地方，就是你住过的那套房子。离婚时，那套房子分给了他。"

她不是留恋，不是嫉妒，是因为受到了愚弄和侮辱。

向远握紧拳。

"我好了。"云边迅速擦眼泪，退后一步，低声说，"谢谢。不好意思。"她匆匆走开。

她还没好。向远看得清楚。伤痛像刺扎进肉里，拔不出来，又无法假装感觉不到。除了忍耐，她别无他法。向远愤怒。伤害这么善良的人，而且欺瞒已久，那个混蛋。他早就觉得那男人不对劲，他怎么把她丢给那种人不管了。

向远生自己的气，懊悔不已。

直到晚上，云边才从房间出来。她不想让别人以为她有事，所以逼着自己露面。

明明很难受，还要假装没事，这奇怪的自尊心啊。向远又生气又心疼。云边不想提及，他偏要说个明白。

他问："那个人有可能调走吗？"

"她刚来，没有三五年走不了。"

"那么，你有可能调走吗，去其他部门？"

她摇头叹气，想起假期即将结束，要回去面对那个人，不禁紧锁双眉。

向远问："既然眼前总有不喜欢的人在晃，做得这么不开心，为什么不抽身而退？"

云边不甘心，"我是部门主管，她来了，反而把我挤走？我又没做错什么。"

他说："放过别人，就是放过自己。过得幸福，比争一时之气重要。"

她不得不承认向远说得有道理，但她还是不甘心。她已经失去婚姻，要是再失去工作，她上哪儿幸福去？

"我在客栈六年，见过的人数以万计。我能一眼看出他们的职业、脾气、心情，八九不离十。所有人都有烦恼，大家不是没有退路，只是不想走退路，自己把退路屏蔽了。累了就休息，困了就睡觉，烦了就散散心，状态不对就调整。得想办法开解自己，不能钻牛角尖。"向远说，"当然了，道理人人会讲，做起来没那么容易。我时常问自己，干吗要较劲，较劲的意义何在，能不能不较劲。想着想着，有些问题就解开了，即使没解开，也显得不重要了。"

云边叹息："谈何容易。"

"其实你也可以换一种思路，想一想别的办法，比如……留下来。"向远目光闪动。

留下来，在这里生活？云边从来没想过。

"你不是觉得这儿挺好吗，昨天你还说羡慕我现在的生活。有的人一生碌碌营营，有的人一生从容淡泊。离开让你不快乐的人和事，在这儿，你可以控制时间，做自己想做的事。有时间发呆，有时间思考，有时间去过另一种日子。如果你想工作，这里也一样可以。"

想到美丽的自然风光、恬淡的田园生活，云边有一丝动摇。她实在过得辛苦。

"你有梦想必须回去实现，还是有什么事必须要在那边做，换个地方就不行？"

云边想了想，还真没有。她嗫嚅："我恋家。"

"你有家吗？你只有一栋房子。"

云边不服气，"有房子已经不错了。我在这里什么都没有。"

"我有啊。"

云边笑吟吟，说："怎么，你打算让我白住，像我当年把房子给你住一样？"

"可以呀。"

云边笑着摇头。想到回去后要面对的人和事，她的笑容渐渐消失，她真的觉得难以忍受。每一天她都要面对不想见到的人，这样的日子不知道要持续多久，她没有破解的方法。

"我是说真的。"向远说，"当初我来的时候，一无所有，学历又低，还不是混得挺好。你的条件比我强得多，你怕什么？再说，还有我呢。"

云边思索着。

向远说："留下来，让我照顾你。"

云边迅速望向他。

他的心事在眼中袒露无遗。"我或许不该这么说，但我真高兴你离婚。我喜欢你。让我照顾你、保护你吧，让我做你的男朋友！"

云边愣了。向远的神情无比认真。云边呆了许久，说："我比你大五岁。"

"那又怎样？"他焦躁。最怕她提年龄差。

"我离过婚。"

"我知道！"

"我还没做好准备。"

"你没时间准备了。先让我当你的男朋友，觉得我不好再分手，怎么样？"他热切地说，"你随时可以反悔。现在，先答应我。"

"你应该找同龄人，应该找年轻漂亮的女孩……"

他打断她，说："我应该做的事很多。我应该留在你身边保护你，可是我走了。既然走了，我就该忘了你。可是七年了，我满心都是你！"向远灼热的眼睛迸射火星，几乎能把人烫伤。

云边如坐针毡，不知所措，站起来想走，被向远挡住。她抬眸，既难堪又无助，目光惶惶然求饶。

向远咬着牙，退后，让路。

云边回到房间，思绪烦乱。她想用年龄做借口，却发现向远早已不是大男孩，而是能独当一面的男人了。而除了年龄，她竟然想不出任何其他理由。学历、家庭背景、生活环境，在他们的交流中从未形成障碍，她自己也不看重这些。她还能用什么理由拒绝？向远的自尊心太强。她既不想伤害他，又要委婉地拒绝。

事情来得突然，她想都没想过的事，就这样发生了。她完全蒙了，难以接受。"为什么会喜欢我呢？怎么会喜欢我呢？"她喃喃。

向远知道他吓到她了。她还困在以往的烦恼里，他又给她添了新的烦恼。他跑出去，围着村庄走了三圈，回来后，扎进厨房，做了一碗鲜奶米布，敲开云边的门。"被我搅得晚饭都没吃好。饿了吧？给你，米布。"

云边默默吃着。向远静静地看着她。

云边吃完了，说："好吃。谢谢。"

向远轻声说："我想天天做给你吃。"他低下头，"我知道我是癞蛤蟆想吃天鹅肉。"

"别乱说，不是你想的那样。你很好。是我自身的问题。"

向远问："怎么才能让一个不喜欢自己的人喜欢自己？"

云边苦笑："你算问对人了。我要是知道，也不至于离婚。"

"早点休息。明天，我带你去湿地看鸟。"

云边说："客栈生意红火，需要你照看。这几天你陪着我，生意都耽误了吧。明天我自己出去逛逛。"

"我没有时间了。"向远说，"从再见到你的第一天起，我就在数日子，计算什么时候必须和你分开。你说你离婚了，我激动得一夜没睡好，一直在想，怎么才能在短短几天内让你喜欢我。我天天想，天天盼，可我只剩下四天了。"

"你……"云边怜惜地摇头。

向远笑了笑，说："不说这些了。你休息吧。"他拿起空碗走了。

向远在露台坐了很久。时间一点点流逝，云边即将远去，去到天边他看不见的地方。他问自己："向远，你的白日梦什么时候能醒？"可是他心里放不下。如果云边的生活幸福美满，他可以隐藏自己的感情。可她孤独凄清，连旅行都是一个人。她什么时候能遇到对她好的人？要是她再遇见一个不爱她的人怎么办？而他，就是一个现成的爱她的人啊。他本来以为自己没有任何希望，因为他想不到居然有人会抛弃她。现在，她离婚了，出现在他的面前，像上天给他的恩赐，他不愿意错过，不想再当个"外人"。

他热血翻涌，冲到她的房前敲门。

"我对你的爱已经淹到这儿。"向远把手放在脖子处比画，"你要么拉我一把，要么看着我沉下去。"他的眼中满是希冀，神情是破釜沉舟的决绝。

云边深深震撼。他说喜欢她，她相信。七年了，每一年她都收到神秘人送的花。倘若他们保持着联系，这些花不算什么，但是向远刻意中断联络，却没有中断送花。他暗藏的情意、隐秘的期盼、遥远的牵挂，她感觉到了。她出来寻找希望，寻求生活的意义，而她遇见了他。

"让我做你的男朋友吧，然后，你再慢慢喜欢我。如果有一天，你真的嫌我烦了，我不会缠着你。"他的要求大得吓人，又小得可怜。

云边说："我……我有很多缺点，你根本不了解我。"

"给我机会让我了解你。你想让我死心，就先让我陪在你身边，让我能看见你，不管是优点还是缺点，让我能靠近你。你现在还不喜欢我，没关系，只要不是讨厌，先答应我吧。"向远热诚地说，恨不得把心掏出来给她看。

云边轻轻点头。

向远睁大眼睛，紧盯着她，怕自己看错了。他伸手轻轻碰云边的头发，怕她是个影子，是自己的幻觉。"你答应了？"他必须问清楚。

云边再次点头。

向远长吁一口气，万分庆幸，捂着狂跳的心脏，好像刚刚跑完百米冲刺。

云边担忧地把手放在他捂在胸口的手上。

"我没事，我没事，只是太高兴了。我会一辈子对你好的。"他紧握住她的手。

云边鼻酸。世上还有人这么珍惜她，为她的一个应允开心成这样。

向远说："留下来，和我一起开启新生活。我要让你每天都幸福快乐！看到你快乐，我也就快乐了。"

"好。"云边逼着自己说出这个字，瞬间感觉所有的沉重都消失了，长期困扰她的莫名的紧张情绪全都不见了。

向远宣布："从现在开始，别再想那些让你烦恼的人和事。你有我了。你的生活里，再也没有那些人的位置。"

"好。"这个"好"字顺畅得超出云边自己的预想。

向远喜悦地说："我贷款买了一套房子，在湖边，明天我带你去看。"

云边忍不住说："我只是答应做你女朋友，没说要结婚。"

"我知道，不过我得做好准备。万一你不喜欢，我得赶紧换房。我希望你喜欢。那边的云很好看，云影倒映在湖面，借着山色，美极了。湖边的草地上开满了花。你负责看花看云，我弹吉他给你听。你喜欢秋千吗？我推你荡秋千。"

光听他的描述，云边已经向往。

片片杏林如绿毯上的花簇，娇艳地点缀着碧绿的草原。杏花沐雨，春水悠悠。向远的公寓就坐落在杏子坞。

云边被美景震慑了，深深爱上这里。她欢呼："我决定了，不走了！"

"哈，你留下是因为景色，不是因为我。"向远悻悻。

云边张开双臂，仿佛要把美景拥进怀里，快活地说："我以前想，等退休了，找一个山清水秀的地方养老。现在，感觉可以提前过上退休生活了。"

向远的公寓位于一层，门前有小径通往湖畔，沿途绿树成荫，蝴蝶翩翩。他们在湖畔散步。

时光缓慢，岁月悠长，得一悦己者常伴身侧，带笑相看。云边暗想，这还不够吗？她要的都有了。

她深感不解。她一定是鬼迷心窍了，才会在短时间内做出重大决定，答应了他。现在回过味来，她依然没有反悔之意。她侧头看向远。山水之秀，在他眉眼间。眉似高山峻，眼是碧波横，春风脉脉含笑靥。他是美景中的美景，梦境中的梦境。

曾经觉得不切实际的事，正在一点点由模糊变得真实。她真的打算留下来。她开始考虑在当地找工作。

向远说："不急，先休养生息。等你玩够了再找工作。"

"玩哪有够的时候。"

"那就一直玩，我养你。"

云边笑着说："不管到什么时候，人都得自立自强。工作是一个形式，表示我在努力，不是依附别人而活。"

他们在湖边坐下。阳光照得草地暖洋洋的。

向远用石子拼出一个"向"字，又拼一个"云"字，还要拼第三个字。云边脸红了，抗议："别擅自把姓冠到我名字前面。谁答应嫁给你了？"

向远说："我正在给新家起名字。你以为我要拼'向云边'？嗯，倒也不错，比'向云居'好听。"

云边连忙说："不，不，还是'向云居'好。不对，都不好。谁说要住在这里了？你自己住吧。"

向远含笑，温柔低语："真不住吗？"

云边垂首扒拉石子，小声说："不住。"

"那，你要住哪里，带上我。"

"不带。"云边讪讪地转开头，绯红的脸娇若花瓣，唇角不由自主绽放笑意。

向远示意她看花树，说："人的一生如同这树花，飘茵落溷，际遇偶然。我去超市偷东西时，绝想不到会遇见你，还在日后被你偷走我的心。你肯定也想不到，七年后再遇见我，被我纠缠不放。"

云边也感慨。假如父母知道当年超市里的小偷现在要"偷"走他们的女儿，藏到千里之外的小镇，不知做何感想。

她为辞职打腹稿，想先跟部门的同事打声招呼，刚拨通手机，对方慌慌张张地说："姐，正要给你打电话，快看新闻！"听出对方的焦急，她打开电视，经济新闻正在报道某国调整关税政策，主要针对我国。

贸易战开始了。

她的神情变得郑重，眼中迸射锐利光芒，在手机上搜索相关报道，查看数据，隔空指挥同事统计分析，做出预判。她已忘了向远，脑子里全是迎战策略以及今后几年的国际贸易形势。这一刻的她，机智果敢，无所畏惧，与之前的柔弱彷徨判若两人。

同事问："姐，你什么时候回来？我们快忙疯了。"

"我……"她忽然察觉面前的纸上记录了一堆数据和对策，向远已走开，"我尽快。"

她必须回去，不知如何对向远开口。他爱了她七年，她却要负他所望。她蓦然心疼，十分难舍。

她在一楼服务台找到他。他说："我帮你查了明天的航班，给。"

她忐忑地问："你是不是觉得我反复无常？"

他摇头。

"我没告诉过你我的职业，我是个公务员，任职于对外经济研究部门。贸易战开始了，我责无旁贷……"

他温和地说："不用对我解释什么。去吧，去做你认为正确的事。"

她嗫嚅："你会等我吗？"

他的眼睛明亮，望着她，没有回答。

云边订完机票，想跟向远谈谈，却找不到他。她借用厨房，做了刀削面，等到很晚，向远还没回来。

他是不是生气了？说好的事、订好的计划，一夕全都改变。他刚刚收获希望，转眼又成泡影。即使他不生气，至少也是失落的。或许，不见面也好。云边还没想好如何告别。这一别，再见不知是何年。即使再见，能不能延续前缘，她拿不准。他对她的感情到底有多深，她实在没有把握。

次日，向远送她去机场，带了一个超级大的行李箱。云边掩饰落寞，问："是送给我的礼物吗？"

他说："对，连同我自己，都送给你。我和你一起走。"

云边望着他。

他说："昨天我不能答复你，我需要跟老板辞行，安顿好客栈的事再走，不能突然给人家撂挑子。昨晚老板同意了，工作我也交接完了。"

一晚上不见人，原来他去辞职了。

云边连连摇头，说："不行。"她不能让向远放弃打拼得来的一切随她走，那太自私了。向远从流浪少年奋斗成客栈经理，经历多少辛苦、付出多少血汗，她想象得到。

向远说："不行也得行！"

"你突然要走，他一定很为难。"

"他理解。"

向远一提要走，老板当即反对。他劝向远多想想，不要轻易做出重大决定。无奈向远心意已决。

老板苦口婆心地说："向远，你在我这里干了五六年了吧？你把我爸爸伺候得很好，有很多事，我这个当儿子的都未必做得到，你二话不说都做了。我爸走后，我留下你，一来是为了感谢你，二来是因为你真的挺有经营头脑。你要是另谋高就，我肯定不拦着。可你要为了一个女的辞职，而且没想好下一步干什么，这我可得说说你了。我也不知道那女的有多大本事，居然能让你说走就走。但是我劝你想清楚，你要是什么都没有，你拿什么跟人家相处。没有人喜欢一无所有的人。我比你大十几岁，是过来人了。感情这东西，不是不重要，但不能为了感情什么都不顾。我怕你将来后悔。向远，我把你当亲人才跟你说这番话，你好好想想。"

向远感谢他为他着想。他本来不打算多做解释，也不指望有人懂他，既然老板推心置腹，他也实话实说。他把当年偷东西被抓、云边的劝诫和帮助都告诉了老板。他说："要是没有她当初拉我一把，我到不了今天。就算将来她不要我，我也不后悔。我好不容易才等到她单身，要是现在错过，我一定得后悔死。我人在这儿，心早跟她跑了。她这个人啊，年龄虽然比我大一些，但是很单纯，很天真，要是不看着她，她吃了亏自己都不知道。"说到这儿，向远的脸上不由自主浮现温柔。"她不是没有退路，她是有更重要的事要做。这件事比什么都重要，为了这个，连以前不能忍的，她都忍了。我帮不上忙，但我得支持她。我就是她的退路。"

"这样啊。"老板慨叹，"上千家客栈，偏偏她选了你在的这家。大概这就是缘分。好吧，我明白了。"他给了向远一个联系方式，说，"我有个朋友在那边开店，你想去的话，我跟他打声招呼。你总得有个落脚的地方，得能养家，别让女人看不起。兄弟，没想到你是个痴情种。日后要是真成了，记得请我喝喜酒。"

向远再三感谢。

老板说："你们两个都够有魄力的，说走就走，说干就干，是成大事的料。"

向远谦虚地摇头，说："成什么大事啊。高高兴兴、无愧于心就行了。"

老板说："看得出来，你是真喜欢她。"

向远用力点头，说："她答应做我的女朋友，决定留下来和我在一起。你不知道我有多高兴。我不能放手。我能想到的既不拖她的后腿又不失去她的办法就是跟她一起走。你不用担心我，我现在真的很高兴。"快乐闪耀在他的脸上。他眼中看见的全是美好的未来，看不见失去的，或者说，他不计较失去什么，只要能和云边在一起，他心满意足。

老板被感染了，说："你没救了。得了，兄弟，多余的话不说了，好自为之吧。混得不好再回来找我，但是最好别回来。"

两个人哈哈大笑。

云边并不知道这些，她试着劝阻："你在这儿等我，我一定回来！"

向远说："我不信，也等不了。"

云边跺脚，说："这么孤注一掷，有点儿……有点儿冲动。"

"这说明我很幸福。恋爱中的人智商低。"

云边惴惴不安，倍感压力。为了她，真的值得放弃拥有的一切，到新的城市重新开始？她回顾客栈，替他惋惜，问："你不后悔？"

向远一笑，说："我有房有车，有父母有你，尽管不在同一个地方。对了，还有债，房贷嘛。这回只是换个地方生活，有什么可后悔的。"

他说得轻描淡写，但云边不是小孩子，她清楚事情没那么容易。所有不在身边的，不仅关键时刻帮不上忙，还会更牵扯精力。她思索权宜之计。"其实你不用陪我。现在通信发达，分隔两地，照样可以联系。"

向远说："我不放心你一个人。你眼看着要忙起来了，谁照顾你？要真有人照顾你，我更不放心。万一有人乘虚而入，我这些年的愿望又得泡汤。有我在你身边，你就不用为了某些人生闲气了。毕竟，我比你小五岁，长得很帅，爱你爱得死心塌地。你的魅力这么大，是不是可以说出去炫耀了？"

　　云边失笑，眼眶湿润，说："对，你是最值得我炫耀的。"她知道阻止不了他。

　　她仰首，不让眼泪掉下来。

　　天蓝得耀眼，白云悠悠。

　　向远说："身居红尘，魂系苍生，志在千里，心向云边。"

　　云边望向他。原来，他懂她。

江莱而

　　我的丈夫黎音儒最近有点儿怪。他平日性情温和，沉静踏实，但最近他总是神情阴沉，对我冷言冷语，脾气暴躁，动辄发火。

　　我不知他怎么了。我问他是不是工作不顺利，他瞪我一眼，嫌我啰唆。

　　家里的电话响了，是他的好朋友刘纲打来的，邀请我们周末去玩。

　　黎音儒眼睛亮了，问他还有谁参加，刘纲说："当然带着女朋友了。你也把你媳妇带上。"

　　黎音儒说："她喜欢待在家，不用带她。"

　　刘纲说："带上吧，要不洪娜不跟我去。她喜欢和江莱而聊天。"

　　黎音儒不情愿地带上我。我沉默。他何时这么烦我了？既然被厌弃，我对周末游毫无兴趣，最后洪娜亲自给我打电话，盛情邀请，我只好去。

　　刘纲租了一栋别墅，群山环抱，绿水围绕，最宜夏日度假。

开车沿蜿蜒的道路上山。黎音儒兴致高涨，吹着口哨，我的心情也被带动得轻快起来。

刘纲已在别墅门口等我们，洪娜穿着印花短裙，十分漂亮。

黎音儒直勾勾看着洪娜，有一搭无一搭地跟刘纲聊天。洪娜亲热地抱着我的胳膊，说个不停。

黎音儒看我一眼，皱了皱眉，露出不易察觉的厌倦。

我们在别墅周围散步，爬山，玩水。黎音儒和洪娜互相撩水，洪娜的裙子都湿了。

刘纲说："好啊，你欺负我女朋友。"他也加入战团，泼得黎音儒衣服湿透了。

我坐在溪边的大树下，脚伸入清凉沁人的溪水。

玩得累了，我们返回别墅。当晚吃烧烤，黎音儒和刘纲喝了一箱啤酒。刘纲舌头都大了，坐在椅子上傻笑。黎音儒也醉了，拿着酒杯凑近洪娜说话，几乎贴着她的脸。洪娜咯咯笑着，侧身想躲，黎音儒把胳膊在她身后一横，让她跑不了。

"你的耳坠是哪儿买的？和你太配了。"黎音儒用手碰洪娜的耳坠。

洪娜尴尬地看我一眼，说："我不告诉你，我告诉莱而去。"她想向我这边走，被黎音儒拦着。

"香水真好闻。"黎音儒闻闻指尖，"是不是水蜜桃味儿的？"

洪娜摇头。

他凑近洪娜，借酒撒疯，说："不可能。我再闻闻。"他开始扯洪娜的衣服。

"欸，黎音儒。"刘纲只是对着他摇摇头，却没有起身阻止的意思，拿着啤酒瓶又喝了一口。

黎音儒说："我闻闻是哪种香味，不行啊？"

洪娜的脸涨得通红，看向我。我插入他们中间，洪娜立刻躲到我身后。我说："黎音儒，你喝多了。我烤馒头片吧，你和刘纲吃点主食。"

"走开，没看见我正和洪娜说话吗。"他的胳膊越过我去抓洪娜。洪娜强笑着，扭身跑了。黎音儒要绕过我，我用力拉住他，低声说："你闹得过分了。"

"你别管。"他抓住洪娜的手腕。洪娜惊慌地向后躲，我试着分开他们，他不放手。

"江莱而，你给我让开。"他冲我嚷。

"别闹了。"我挡着他，"刘纲是不是你的好朋友？你在干什么？"

"用不着你管。"他猛地把洪娜往怀里拉，抱住。

我把洪娜扯出来，打了黎音儒一个耳光。清脆的声音让他的动作停了，洪娜趁机跑了。黎音儒恼羞成怒，举起手臂，要打我。洪娜惊叫："黎音儒！"我无畏地抬起下巴，望着他，他高举的手臂在空中停了一会儿，恶狠狠地瞪我一眼，放下手。

我和洪娜收拾餐桌。黎音儒和刘纲坐在一处，继续喝酒。

我低声对洪娜说："对不起，他平时不这样。"

洪娜说："没事。他喝多了。你看刘纲那死样子，也不管我。"

她瞪刘纲。

夜已深沉，黎音儒和刘纲坐在院子里山南海北地聊。我和洪娜进屋睡觉。洪娜说："看样子他们得聊一宿，咱俩一起睡吧。我在山里睡觉害怕，万一有蛇呢。"

别墅有很多客房，我陪洪娜睡在二楼的客房里。

清晨，我把洗漱用品放回一楼我和黎音儒的客房，忽然听到楼上一声尖叫，我跑过去，只见洪娜慌慌张张从房间里跑出来，吊带背心一侧的吊带滑落到肩下。紧接着，黎音儒从房间追出来。他的身上还带着酒气。

洪娜看见我，连忙躲到我身后，又觉得不保险，跑远了。

黎音儒要追她，被我拉住。我喝道："黎音儒，你疯了。大早上，你闹什么！"

"你敢管我？！"

他要甩开我，我不放手，他烦了，反手抽我，手掌再加上胳膊的力量，打得我撞到墙上，又摔在地上。我眼冒金星，左边耳朵嗡嗡的，脖子疼痛，好像扭伤了。

"莱而！"洪娜跑回来搀扶我，我头晕，缓了一会儿才站起来。

"扫兴！"黎音儒悻悻地走了。

洪娜担忧地问我："你没事吧？"

"没事，你快去找刘纲。"

我走向一间空的客房，来到洗手间。

额头上肿起一个包，左边脸已经肿了，腿磕得疼痛不已，撸起裤子一看，腿外侧磕破了。我一边用冷毛巾敷脸，一边走回我们的卧室，拿上手包，径自下楼。验伤需及时，我直接开车去医院。

结婚三年，这是他第一次打我。有了第一次，就会有无数次。

我找了律师，起草离婚协议书。

"你跑哪儿去了？"黎音儒打来电话，话语含糊，似乎还醉着，口齿不清。

"家。"

"我朋友在这儿，你不给我面子，跑回家去？回来！"

我默默挂断电话，对他的话不理不睬。

周日傍晚，他回来了。

我把离婚协议书递给他。

他问："什么玩意？"

"签字。"

他把离婚协议书撕碎了。

我说："你不签，我就起诉离婚。"

"你有病吧你？"

我冷冷看着他，觉得这个人无比陌生。我怎么嫁给这样一个人？就算我们是经朋友介绍认识的，没有经过什么轰轰烈烈的爱情，水到渠成结了婚，可那时至少这个人还过得去。原来他是这样一个人。我三年都没看清楚他。我这三年都瞎了。

我和他已经没什么可说的，转身要走，他揪住衣领把我扯回来。

我扬眉。还想打我？我冷笑："尽管动手，我可以再去验一次伤。

你为我起诉离婚凑证据，谢谢你。"

他扫视我的额头和红肿的左脸，目光凌厉，眼睛发红。

我说："你也可以一气之下杀了我。我的律师如果发现我出了意外，第一个怀疑的就是你。"

他骂了一句脏话，连推带搡松了手。

"离婚，做梦！"他摔门而去。

我搬到单身公寓居住。

离婚官司持续了半年。对于家暴，他矢口否认，他说他只是想拨开我，根本不是打。对于精神损失费，他不认可。法院判决后，他仍不执行。办离婚手续，他迟到两个小时，十分不耐烦。拿到离婚证，我才松口气。

一天，我接到一个陌生的电话，对方的声音经过处理，尖利刺耳："黎音儒在我们手上。准备二百万，等电话，不许报警。"

电话挂断了，一共五秒钟。我盯着手机。搞什么？恶作剧？就算是真的，黎音儒和我已经没关系了，他们应该给他的家人打电话，而不是我。

假如是真的，该怎么办？我不知所措。我打给黎音儒，他的手机已关机。我不安，犹豫许久，下班去他家按门铃，隔着门听到铃声一直响，无人应门。我已交还钥匙，进不去。

我越来越担心，不敢问他的朋友，也不能去他工作的地方找他。结婚前我们约定过，不过问对方的工作。他从不提他在干什么，也不让我问，我根本不知道他在哪儿上班。

我发愁地靠在门上，门开了，我差点摔倒。锁已经被撬坏，门外侧的锁只是虚放着，里面已经拆掉了。门一动，外面虚放的半片锁掉下来。

他家像遭了洗劫，东西被翻得乱七八糟，从客厅到卧室，没有一间屋子幸免。

又是一个陌生电话打来，这次换了一个号码。"怎么样，信了吧？"

我微凛。他们监视着我。如果我报警，他们一定能发现。

我稳住神，说："让我跟他说话。"

"哼，还不死心。"

电话出现短暂静音，接着我听到黎音儒的声音："我们已经离婚了，我不想跟那个贱人说话。"

这正是我想说的，我们已经离婚了，我没有义务出这二百万。但出于人道，为了不激怒绑匪，我不能这么说，没想到黎音儒先说了出来，倒教我改变了想法。

那人怪笑："离婚了？那算你倒霉。我就朝你要。你需要我剁一根他的手指让你看吗？"

我忙说："你别伤害他。我去凑钱。"

"二百万，限你三天，我可没什么耐心。"

黎音儒怒道："你要杀我就痛快动手。离婚时我一个子儿都没给她，她拿不出来。你这不是逼她报警吗？你想让我死！"

"那好，我退一步，我是最好说话的，一百九十万，不能再少了。"

电话再次挂断。

只少了十万。一百九十万我也拿不出。即使我付了赎金，他们也不一定放过他。恶人有几个讲信义的？我必须报警。

他们监视着我，是否也监听了我的手机？或许，在他的家里，在大街上，一直有人偷偷监视和窃听？我不敢冒险，捂着脸假装发愁，紧张地思考对策。

我打电话请物业换门锁，借收拾东西寻找监听装备和隐形摄像头，一无所获。

我顺着通讯录挨个打电话借钱，不告诉对方原因，只说有急用，越多越好。

打到第八个电话，我拨的是报警电话。

接线员接听了。我抢着说："小敏，借我钱，我有急用。"

"女士，您现在拨打的是 110。"

"我知道我突然提出来有点仓促，我真的有急事，需要一百九十万。"

"女士，您是否遇到了麻烦？"

"是啊，我是要买房，你真聪明。是二手房，房主着急卖，我上一套房子还没卖掉，首付凑不出来。等我那套房子卖了我立刻还给你。你看看能帮我多少，一百万不嫌多，三五万不嫌少。"

"女士，你是否不方便说话？"

"对，就是这个号码。你认识我家，不过我最近经常不在家，你还是电话联系我吧。你能给多少先给我多少。"

外面有人敲门。

"我等你消息。"我挂断电话。

来的是物业的工作人员，他们换好新门锁。

陆陆续续有朋友把钱借给我，有的怀疑我遇到电信诈骗，问了我许多问题。一天下来，我筹集到二十多万。我不在意这些，我在等其中一个回电。

陌生号码打来了，我激动地接听。对方是一个男人，没有用变声器，说："是江莱而吗？我们是市公安局的。我们接到你的报案，有一些情况需要你提供。"

我愣了，警惕起来。"报案？报什么案？"

"你刚才打电话报了绑架案，我们已经核实过，你说的属实。现在把你知道的告诉我们，所有细节都要。"

"你们搞错了，我没报案。"

"江小姐，你说话不方便？那你能不能来我们这里？"

我用不屑的语气说："我有什么不方便的。你们搞错了。再查查号码吧，你们要找的是我吗？真是的，这种事也能搞错。"

"江小姐，报案是严肃的事情，你打了电话，我们这里有记录。"

"你是骗子吧？怎么着，现在不流行假冒领导要钱了，改成别的了？有病！"

我挂断电话，手心里都是汗。

这八成是绑匪的试探。他看我打了好多电话，怀疑我暗中报警。

可是，万一真的是警察呢，万一真的是找我核实情况呢？我的否认会不会让他们以为我报假案，不再管这件事了？

我心里忐忑。

不，不会的。和"小敏"通话时她已经知道我的处境不方便通话，也不方便与人接触。他们办了那么多案子，不会那么笨，把我暴露了。

"小敏"回电了，用的是手机号。她说："我的理财到期了，有十五万。你要的太急，只能先给你这些。金额太大，我的转账受限，我又不会调高限额，手机上一次转不过去。分三天给你转，每天转五万，行吗？"

"不行，我特别急。"

她沉吟："这会儿银行下班了，明天你跟我去趟银行，在柜台办理。"

我握着手机的手微微发抖，这才是救我的人，她配合得多好啊。想起刚才那个"市公安局"的电话，我一阵后怕。

天黑了，我把窗帘拉上。

又是一个陌生的号码打来："谁让你把窗帘拉上的？全打开。别耍花样。"

我乖乖地把窗帘打开。

可恶的黎音儒，离婚了还给我找麻烦。他们会不会打他？我能救出他吗？我望着墙上的婚纱照。他的笑容很含蓄，神态儒雅，说话时总是温和的，像他的名字。斯文败类！谁能想到这样的一个人会调戏朋友的女友。被这样一个人卷入麻烦，真是倒霉。

第二天，我到达指定的银行，正担心不认识"小敏"，寻找的时候露出马脚，一个大眼睛的女孩走过来，亲热地叫："莱而。"

我认出她的声音，暗地松口气，说："小敏，先谢谢你。"

她领我到达楼上贵宾办理室，笑着说："我可是贵宾客户，进来吧。"

这地方倒是安全，且合情合理。绑匪不可能进入这里安装监视装置。

一进门，我一愣，里面有五六个人，穿着便装，不像银行的工作人员。"小敏"用手比画，表示都是她的同事。

我激动不已，觉得踏实多了。我指一下嘴巴，又指指耳朵。"小敏"点点头，拿出一个手持的仪器对着我进行扫描，最后指了指我的包，指指耳朵。我明白了，包里有窃听器。

"小敏，给你添麻烦了。"

"老同学了，客气什么。"

我们假装聊天。

我写下：黎音儒被绑架，赎金一百九十万，三天。有人监视我。

我拿出手机。我已经把绑匪每次打来的号码做了标记：绑匪1，绑匪2，骗子1，绑匪3。我把通话记录给他们看。

"哎呀，看我，把密码忘了。等会儿，我拿身份证，麻烦您帮我重置密码。""小敏"尽量拖延时间。

"小敏，你还能借给我多少？我的朋友都借遍了，但还是凑不够。"

"我倒是还有一笔钱，但在我老公手里，等我回去和他商量商量。"

我说："全靠你了，你是我认识的最有钱的人。"她哈哈笑。

他们用纸条与我交流，我把发生的事叙述一遍，他们叫我冷静，假装配合绑匪，多问一些信息，他们会再派"小敏"联系我。他们在我的手机里装了一个软件。

"小敏"真的向我的银行卡转入十五万元。

我不能久留，告别"小敏"，脚步沉重地回去，心里实在有些害怕那个"家"。

我继续打电话借钱，催款，哭穷。

加上我自己的积蓄，数字到了七十万，再也筹不到更多的钱了，我真的已经把我认识的人都找遍了。

电话来了。"明天，准备好钱。"

我急了，说："你说过给我三天。"

"明天，手机开机，别想报警。"

"等一下，我真的筹不出来。我只有七十万……"

"那你等着给他收尸吧。"

我还想争取，他挂断了。

我赶紧打电话："小敏，我真的很急，你还能借给我多少？最好明天一早就给我。"

她说："我和我老公商量了一下，买房子是大事，再说，咱们这么多年的关系了，我信得过你。我把基金取出来，能有五十万。不过我老公要见你。他不放心，怕我被骗了，哈哈哈。他一定要亲自见你一次。"

那边传来一个男人的声音："莱而，我可不是不放心，我是老听小敏提起你，咱们见个面，吃顿饭。"

"吃饭就算了。我时间紧，咱们约在银行见面行吗？然后我直接提现。我明天一早在银行等你们。"

我不指望警方拿出五十万帮我。就算真的有一百二十万，绑匪能满意吗？离一百九十万还差七十万呢！他们又是监视又是窃听的，还有什么干不出来？！搞这么大阵仗，他们不会善罢甘休。

我感觉黎音儒的命岌岌可危。怎么办？怎么办？我急得像热锅上的蚂蚁，在屋子里面转圈。

手机响了，现在听到手机声我就心悸。"江小姐，你好。"是个男人，很有礼貌，没用变声器。

"您是哪位？"

"我是谁不重要。我知道你遇到了麻烦，我能帮你。"

我的心突突地跳。"什么意思？"

"黎先生有一个黑色的优盘，我用一百万买。如果你能找到，你就能救他。"

我的脑袋轰的一下。

"骗子！"我尖叫，"这个时候还来骗人。你不得好死！我咒你死全家！"我假装大哭，挂断电话。

家里被翻成这样，是为了一个黑色优盘！黎音儒被绑架是不是也跟黑色优盘有关？如果这个要买优盘的人和绑匪是一伙的，他们的目的根本不是钱，而是优盘。

假如我上当，找到优盘，把它卖给那个"礼貌"的男人，把赎金打给绑匪，他们既得了优盘，又不用出钱，还卷走我九十万，黎音儒能不能救出来也是未知数。

我脊背冒凉气。如果真是这样，设下这个连环圈套的人阴狠无比，黎音儒的处境极其凶险。

我庆幸我报警了。我斗不过这帮人。

有"礼貌"的男人又打来电话，我不接。

我很想去找黑色优盘，但不行，我要继续假装我不信。他们把他家翻个底儿朝天都找不到，黎音儒把它藏在哪儿了？优盘里的东西对他一定很重要。保住优盘就保住了他！在得到优盘以前，他们不会伤害他。

不对，不对，我只是假设他们是一伙的，如果他们不是，黎音儒还是很危险。我还得去凑钱。

我哀求："小敏，你还得帮帮我，我从别人那儿实在借不出来了。要是拿不出首付款，我之前交的一百万定金就打水漂了，要不回来了！等卖了第一套房我肯定还你！"

她叹息："那我只能用我的魅力向我的朋友去借了，我是真的没有了。你等我消息吧。等你的房子买下来，我一定得去看看，里面有我一份功劳。"

我千恩万谢。

我精神高度紧张，累坏了，躺在沙发上休息。下午，门铃忽然响起。

我拿起茶几上的水果刀，背到身后，从猫眼向外看。外面站着一个打扮时髦的女孩，急躁地东张西望，又按门铃又敲门。

我隔着门问："你找谁？"

"我是黎音儒的女朋友。开门！"

这又是哪路大神？

我答："他不在家！"

她暴躁地捶门，说："那你在他家干什么？开门！"她闹得太厉害，邻居探头出来看。我从猫眼里只看见她，本来担心有人藏在猫眼下，既然邻居出来看了，没有露出什么惊异表情，我放了心。刀在我手里，对付她我还是有把握的。

我放她进来。

她气恼地瞪我一眼，阴阳怪气地说："我知道你。你是他前妻！"

我淡淡地问："大婶，你找我？"

"谁是大婶？你把黎音儒还给我！"

"我们离婚了，你朝我要不着！"

她眼圈红了，生气地说："你别以为我不知道。我要救他！优盘呢，快把优盘交出来！"她开始四处翻找。

我阻拦。"你要找他，尽管去找，别在这里闹。"

"这是他家，又不是你家，你管得着吗？"她找了半天，我也不拦着了，那些人找不到，她也没希望找到。我盯着她，万一她真找到了，我得立刻抢过来。我始终把水果刀藏在身后。

她找得满头大汗，哭了，问我："优盘呢？要是不在他家，一定在你身上。你快交出来，我要拿去救他！"

"我不知道你在说什么！我昨天才来，我哪儿知道什么优盘。"

她发现我一直背着手，叫："你手里藏的是什么？给我！"

我躲避，怕抢刀的过程中弄伤彼此。

她的眼睛冒出光，说："是优盘！你找到了！给我！"她扑上来抢，我闪身躲避，她缠着我不放，我烦了，亮出水果刀，她愣了，动作停止。

"我可不想划伤你的漂亮脸蛋，但你要是再闹，我可保证不了。"我拿刀指指门，示意她离开。

她恨恨地瞪着我，说："你找到了，你不想拿出来救他。我知道他为什么要跟你离婚了，你这个恶毒的老女人！"她哭着说，"你存心要看着他死！"

"出去！"我毫不客气。

她被我拿刀逼着赶出门，在门外大哭。我锁上门，松口气。过了一会儿，哭声没了。

我的太阳穴好疼。黎音儒认识的人都这么奇怪吗？

我故意自语："怎么谁都来要优盘？真的有优盘？"我假装翻了翻沙发垫，又装作放弃。

我把通讯录又翻了一遍，电话又打了一遍，说得口干舌燥，喉咙沙哑。随着时间流逝，我越来越焦虑。

一夜乱梦，总是醒。一大早，我来到银行，等了一会儿，"小敏"和她的"丈夫"来了。我们打过招呼，去往贵宾室。

我写下所有的事，他们认真地看了一遍又一遍。

"小敏"得意地说："我帮你凑够钱了，我厉害吧。"

"你是我最亲爱的小敏。谢谢你，太感谢你了！"

他们写：下次绑匪打电话，你要求见人质。付现金，决不同意用电子转账，这样才能要求见面。如果他们要你去郊区送钱，别去视野开阔的地方，那不易于我们埋伏，也不利于保护你，你不能答应。

我一一记在心里。

我提着沉甸甸的箱子走出银行。电话来了："有一条信息发到你手机上了，点击里面的链接。"

"黎音儒呢？让我和他说话。"

"付了钱，他就自由了。"

"不行，要是付完钱，你们不放他怎么办？"我壮着胆子反驳，"而且我已经取出现金了，还有一些放在家里，我得回去拿上。"

"点链接，再啰唆，你别想再见到他。"

"我还得把所有钱存进银行，这么多钱，我刚取出来又存进去，银行不会怀疑吗？我付了钱，还是有可能见不到他。我必须亲眼见到他！"

那边沉默一会儿，说："中午十二点，四平街。"

四平街在郊区，虽然我没去过，但想必那里人烟稀少，不利于侦查，易守难攻。

"那是哪儿？我要是去了，你们把我也抓了怎么办？"

对方挂断了。

我只能去。

我不知道我身边的人到底是便衣警察还是绑匪的眼线，我不敢打电话，不敢和别人说话。我回家拿上所有的钱，带着那把水果刀，开车来到四平街。

稀疏的树木，一片绿油油的田野。视野开阔，无处可藏。前面有一个村庄，一条陈旧的街，街上只有三三两两的行人。我放慢速度，小心翼翼地接近。

电话响了，吓了我一跳，我慌忙把车停下，接听电话。

"把钱放在右边那棵大树下。"

"我要先看见人！"

"左前方。"

我伸着脖子张望，什么都看不见。我下了车，踮着脚看，冷不防大树后蹿出一个人，拿着什么东西向我打过来。与此同时，不知从哪儿冒出许多人来，把那个人按下。

我急道："等等，黎音儒呢？他在哪儿？你们别乱来，先确保他的安全！"

有人拍拍我的肩，是"小敏"。她伸出手，说："正式认识一下，我叫郑红。黎音儒不在这里，我们已经找到他了，他很安全。把你的手机拿来，我把里面的追踪软件卸载。你不希望所有通话都让我们追踪吧？"她笑了。

我问："他没事吧？"

"没事。"郑红说，"你家里我也给你查一遍，把监听监视设备找出来。最近这段时间你就待在家里。我们派人保护你。"

我问："绑匪没全抓住？"

她神情复杂，看我一眼。"还有别的事。黎音儒暂时还不能回家，你等消息吧。"

"他怎么了？"

她不回答。

我回到黎音儒的家，忐忑地等。

家中已被清理过，找出了一个窃听器。现在我可以拉上窗帘了，可以任意行动了。我到处找黑色优盘。它藏在哪儿呢？

我扫视全屋。肉眼可见的地方都被搜过，还能是哪儿？

我逐个看屋里的物品，最后，目光落在加湿器上。我把加湿器里的水倒掉，注水口只容几根手指探入。我摸到了一个小塑料袋，它被粘在水箱内壁。我把它拿出来，里面正是黑色的优盘。我又把它放回原处。

第二天，刘纲来了，身后还带着两个人。刘纲直奔加湿器，取出了黑色优盘，把它交给身后的两个人，对我点头致意。他们走了。

过了几天，郑红通知我，对我的保护要撤了，案子已经结束。刘纲打来电话，告诉我黎音儒马上要到家了。

他平安回来，我也该走了。门换了新锁，他没有钥匙，我不得不留下等他。我敞着门，只等他回来我就走。电梯门打开了，走出来的却是那个打扮时髦的女孩。看到我，她撇嘴，说："你还在这儿。

他呢？"

我摇摇头。就在这时，另一个电梯门打开了，黎音儒走出来，身后还是跟着那两个人。

女孩欢喜地迎上去，要抱他的胳膊，他抬起胳膊躲让。女孩嘟着嘴，很快又展开笑容，甜甜地说："音儒哥，你回来了真好！"

黎音儒看向我。他瘦了许多，眼睛清亮。

女孩不悦，说："看她干什么？她根本不想救你。"

黎音儒径直向我走来，我把钥匙递给他说："换了新锁。"

他不管钥匙，将我紧紧抱在怀里。

我使劲推他，推不开。我听到女孩伤心地叫"音儒哥"，听到电梯门打开又关上。他挡住了我的视野，我什么也看不见。我的胳膊弯曲着，使不上劲，但我还是挣扎，他抱得愈发紧，我几乎透不过气。

我低叫："放开我。"

他置若罔闻，深深低头，贴着我的脸，温热的气息吹在我的肩上。

他问："我打你那下还疼吗？"

死里逃生回来，第一句问的是这个。他怎么想起这个了？这么久了，怎么会还疼？

"你怎么这么傻。都离婚了，还管我干吗。"他在我耳边说，"咱们复婚吧。"

我一愣，继续挣扎，说："你别误会，我不是旧情难忘，只不过不能见死不救。你也不用感激我。我没有什么损失，警察监控着那些钱，就算交给绑匪也能找回来。"

"莱而……"

我打断他："那个女孩在等你，而且我有男朋友了。"

他的呼吸一凝，抬起头，拉远一点距离。我趁机推他，他依然紧紧抓着我的胳膊不放，审视我，想看进我眼眸深处。我坦然回望他。他缓缓放手。我嫌他动作慢，他手一松，我迅速退后。

"钥匙给你。"我把钥匙塞进他手里，走到电梯旁。女孩和那两个人都已经走了。电梯未到，轿厢中的欢声笑语已经到了。门开了，刘纲和洪娜走出来。

他们还把黎音儒当朋友？

洪娜看到我十分惊喜，拉着我的手。

刘纲拍拍黎音儒的肩，两个人默契地交换眼神。

洪娜对黎音儒说："你吓死我们了。莱而，你真厉害，你比我想象的厉害多了。黎音儒，你这条命是她捡回来的。"

刘纲说："离婚闹那么厉害也不管用。早知道他们还是会找上她，就不演那场戏了。"

戏？

洪娜看黎音儒一眼，说："你还没告诉她？莱而，别墅那天是演给你看的。黎音儒不是那样的人。"

我说："我不明白。"

"我们故意让你误会，让你跟他闹离婚，闹得所有人都知道才好，这样他遇到危险就不会连累你了。"

刘纲看着我说："他对我媳妇动手动脚，我当时真想揍他一顿。"洪娜不好意思地推他一下。

我问："为什么？"

他们三个面面相觑，都不言语。他们不说，我也不问了。我说："我还有事，先走了。"

洪娜说："你还生他的气？我们真的是在演戏，他是为了保护你。"

"谢谢。再见。"我绕过他们。

刘纲追上我，说："你们离婚那天，你不知道他一晚上抽了多少烟，抽得直咳血。"

我说："我男朋友在等我。"

他们互相看看，不再说话。

我进入电梯，门合拢，我疲惫地靠在轿厢上，过了一会儿，才发现没按楼层。按下按钮，到达一楼，我刚走出电梯，黎音儒从楼梯跑下来，气喘吁吁拦住我。他喘了一会儿才说出话："他对你好吗？"

"不关你的事。"我低头要走，他忽然抱住我。我叫："你干什么？"

他把我抱到楼梯间，堵着门不让我出去。

他低吼："他对你好不好？"

"好。"

他凝视我，想从我的表情中分辨真伪，问："他叫什么名字？"

"与你无关！"我推他，他像一堵墙，我根本推不动，我想绕也绕不出去。他把我困在了墙角。

他低声下气地说："莱而，再给我一次机会。"

"没有这个必要。"

"我知道我打伤你了，也伤了你的心。这是我设计好的。我知道这么做一定会让你寒心，所以第一天晚上，我下不去手。我怕你真的恨我。对不起。看着你的伤，我心里有多难受多心疼，你不会知道。原谅我，再给我一次机会。"

"你有你的生活，你什么都不告诉我。你不需要任何人，你自己过得很好。"

他一拳捶在墙上，低吼："你从哪儿看出我过得好了？"

我垂首不语。

他的语气软下来："跟我回家。"

"我男朋友在等我。"

他叫："让他等死好了！"

"黎音儒，你到底放不放我走？"

"不放！他有本事就来找我！"

我抬头看他，问："他来你就放我走？"

他盯着我，咬牙切齿地说："江莱而，你要往我心上一刀一刀地捅，当初又何必救我，就让我死了好了！"

空气安静了。我们都不说话。过了很久，我轻声说："有人在等你，也有人在等我。我们都有自己的生活，大家各走各的路。"

"我不稀罕别人等我。"

我低头，不看他。

黎音儒在等，但我已经决定不说话。

过了很久，他缓缓退后，我绕过他，走出大楼。上了车，我趴在方向盘上，忍了许久的泪水汹涌而出。不行，我得赶紧离开这儿，可是我哭得无法开车。

车窗被轻轻敲，接着，门打开了，黎音儒把我从车里拉出来，抱住我。

我呜咽："你放开我。"

他轻轻地、固执地说："不放。"

我抽泣。他轻拍我的背，低柔地说："我们回家。"

我摇头，抗拒着，委屈地哭："你什么都不告诉我，我好像从来都没认识过你。我不知道你什么时候是真的，什么时候是假的。我不知道我该信什么。"

他说："我从事的工作不能告诉你，不过，我保证没有做违法的事。除此以外，我对你没有任何隐瞒，你可以相信我的话！"

"我不信。"

"必须信！不信不行。"

"你欺负我！"我委屈。

"那以后你也欺负我，我们扯平了。"

"我不要。"

"不要不行。跟我回家。"

"我不。你身边太危险。你把坏人都打跑了吗？"我抽噎。

"坏人是你打跑的。以后的坏人我来打。"

我伤心地说："他们打你了吗？给你饭吃吗？你怎么瘦成这个样子！"

他抚摸我的头发，低喟："莱而。"

我依然抽泣不已。他为我擦泪，说："不哭了，啊。"我渐渐停止哭泣。他拥着我往大楼走。

我说："我问你，那个女孩怎么回事？"

"一个老缠着我的小姑娘，烦死了。有你在，以后她不敢来了。"

"你喜欢美女吗？"

"我喜欢你。"

"离婚后你过得真的不好吗？"

"天天想你，天天担心你，怎么能过得好。"

"我问你，要是我男朋友来了，你打算怎么办？"

他停住脚步，"他敢？！"

我嗔怪地看他一眼，说："我就问你，你打算怎么办？"

"必须打跑他。"

"我问你……"

"怎么这么多问题。回家再问。"

"最后一个问题，"我说，"要是我没有男朋友呢，一直都没有？"

他停步，眼睛闪着光，捧着我的脸深深吻我，我没有躲。

他凝望我，温柔地说："你怎么没有？我就是啊。"

朋友曼妮说："还有三天，过了这三天就好了。"

乐容纳闷：三天指什么？难道那男的不自由，已婚，三天后离婚，和她在一起？

她不敢询问。

曼妮继续说："孩子太磨人了。我不敢想我以后有了小孩怎么办。他负责照顾孩子，三天后把孩子送走，他就有时间陪我了。"

"什么？！"乐容惊叫，气得太阳穴疼，"我还以为三天后扫除所有障碍，原来只是……这种人你还和他在一起？！不干不脆，拖泥带水！"

"其实他很好。他来了。"

乐容拿起包，气恼地说："抱歉，我吃不下，我走了。"

她撞到一个人，曼妮亲热地叫："毅！"

"原来就是这渣男！"她回头瞪曼妮。

"小姐，我想，你对我有些误会。"他平静地说。

乐容用眼神说：那又怎样？她愤然离场。

"乐容怎么了，很生气的样子。我本来想介绍你们认识，三个人一起吃饭。她是我的好朋友，希望你们相处和睦。"曼妮遗憾地说。

他说："有件事我必须澄清，我和你是朋友，不会发展成恋人。"

曼妮笑着说："干吗突然这么严肃？"

"这本就是件严肃的事。"

曼妮的笑容不变。"你讲真的？"

"对。"

销售部新来的总监居然是那个渣男！乐容装看不见，以免气到自己。

销售部迟迟不提供明年的销售计划，财务报告做不出来，属下为难，来找乐容。

乐容焦急，上门去要，一进门，先说一番道理。"业务部门如果不提供资料，我们怎么做财务分析？没有业务计划支撑的税收筹划，跟做假账有什么区别？我不能闭门造车，靠意念编报表啊。"

等她停下，展毅拿出年度销售计划给她，说："抱歉，因为临时做了调整，提供晚了。"

她愣了，接过来，下意识地低声说谢谢。

他眉一扬，微笑。

她气恼。做完了不赶紧拿出来，故意等她来要，想当面把她的火憋回去吗？

她告辞。他叫住她，说："我和曼妮没什么。"

她的火又上来了，冷冷地说："我听说了，你甩了她。"

"我们从来就不是恋人，是她误会。"

她冷哼："甩了她，还怪她误会。"

他问："你要我怎样？难道明明不喜欢，却忍着不说，假装迎合她，浪费彼此的时间？只要让她难过，就不是好男人？"

"先生，我没有要你怎样。你们都是成年人，要怎么做是你们的自由。"

"那你为什么生气？"

她生气地说："我生气了吗？你看错了，我不生气。"

他平静地望着她。

乐容自己都觉得是在狡辩，说："我生我的气，关你什么事？"

"这对我很重要。"

她被他的唐突之语惊到。

他说："在同一屋檐下共事，我不希望彼此抱有敌意。"

"你多虑了。公是公，私是私。"她转身。

"你的脾气一直是这样吗？直来直去，有话直接上门去说？"

她斜睨，"怎么，你看不惯？"

"我喜欢。"他静静地说。

她气得脸发红，说："哈，我知道曼妮为什么'误会'了。你的不当言语太多了。你故意误导她，给她爱情错觉，然后又不负责任地推得一干二净。”

“不，在别人面前，我一向拙于言辞。”

“呵，那我该感到荣幸了？”她讥诮地说，“为何对我例外？”

“大概是势均力敌吧，我是指在性格直爽这方面。”

她不屑且不信。

他说：“因为你性格爽快，让我觉得没有压力，和你对话不用小心翼翼，所以我想到什么就说什么了。”

乐容说：“领教了。你果然是高段位选手，难怪曼妮败下阵来。告辞。”

他叹气。

同事觉察乐容每每听到展毅的名字便有不豫之色。乐容是财务总监，少不得有人为了讨好她，故意在她面前说展毅傲慢骄横，觑着她的脸色，看她是否满意。

她更加不快，说：“你对他的批评最好让他亲耳听到，帮助他改正。”她转身走开，一句都不想再听。

同事羞得脸红，从此不敢在她面前搬弄是非，但怀有怨愤，反倒悄悄说起她的是非，污蔑她与展毅关系有异，误导别人往暧昧上想。传到她的耳朵里，她轻蔑一笑，说：“这话敢当着我的面说吗？”此后，又被人传成是她看不上展毅，不屑与他扯上关系。这次真的气到她，她冲到那名同事的办公室，见展毅正在那里。

展毅没看见她，对那名同事温和却又郑重地说：“你说的没错，乐总监不屑与我扯上关系。我自知不够格，配不上她，不敢做非分之想。你反复提起这事，是要羞辱我吗？还是唯恐天下不乱，想挑拨我与她的关系？"问得那名同事直冒汗，尴尬地解释。

乐容想不到展毅也是刚正爽利的，一时只觉痛快非常，默默离去，气消了大半。

"展毅还好吗？"曼妮问。

乐容不知如何回答。

曼妮说："好多天不见他了。他说他不喜欢我，我们不会成为恋人。我知道他是欲擒故纵。我都想好他找我的时候该怎么答复他了。他为什么还不来找我？你们公司最近很忙吗？还是他忘了？他姐姐的孩子已经送走了啊，按说他该有空了。"

乐容一怔，嗫嚅："曼妮，你是不是……是不是搞错了什么？"

"啊？"

"你没想过他说的是真心话吗？"

"不可能。我哪儿不好？"曼妮起身，自信地转个圈，婀娜多姿。

乐容拍她，"你快醒醒，自我陶醉个什么劲儿。他不是忘了欲擒故纵，是忘了你。"

曼妮嘟着嘴，咕哝："不可能啊。他没有女朋友。"

"没有女朋友的人多了。没有女朋友就是看上你了？你呀，赶紧给我回到现实来！"乐容喝道。

公司周年庆，展毅的朴实率真引起众女关注。

"真可爱。他说的最多的就是'谢谢''对不起''我不知道''原来如此'。"

她们故意逗他说话，提一些刁钻的问题，看他如何耿直地回答。

她们让他比较两位女士的裙子谁的更好看。

他不懂得油嘴滑舌地回答都好看，或者抓住每个人的特点夸赞一番，而是苦思冥想，从颜色到剪裁认真地评判，未说完，众人已笑弯腰。

她们又问，有两个女同事想进入销售部，他更青睐谁。

他想了好一会儿，分别指出她们的优缺点，给出未来的发展建议，两个他都认为不适合进销售部。两位女同事露出意味深长的笑容。

女士们还不罢休，问他公司里哪个女孩最漂亮。他露出为难之色。她们打趣："是不是怕说错话得罪人？没关系，游戏嘛，不会有人生气。"

他解释："不是的。我还没能认识公司里所有的女同事，怕做判断时落下人。"

大家笑不可抑。

他忽然看见乐容向外走去，说声失陪，追上去。

女孩子们说："哟，吓跑了。"

他问乐容："这么快就要走吗？"

乐容看他一眼，又看一眼自己的长裙。长裙的下摆有一片酒渍，是别人不小心洒上的。

展毅忍不住唇边的笑意。

乐容瞪他，"看见我狼狈，你很开心吗？"

"对，承包我接下来一年的笑点。你要回家吗？我送你。"

"不用了，我男朋友来接我。"

他的表情僵住。

乐容走到酒店门口。等了许久，男友迟迟没来。

他问："你确定他来吗？"

乐容惊讶回眸，问："你还在这里？"

"不然呢，大晚上的，留你一个人等吗？"

"没关系啊，这里光线很亮，又有监控。"正说着，乐容的手机响起，男友到了附近。

展毅默默退回大厅。

"谢……"乐容回眸，已不见展毅。

周年庆之后是周末，财务部工作繁多，不得不加班。

女孩子们低声聊天。

"昨天咱们的玩笑是不是过分了？展总监好像不高兴了，话都少了。"

"我问他了，他说喝醉了，脑子反应慢，所以后来不怎么说话。"

"他笨嘴拙舌的样子真可爱。销售总监不该是这样啊。"

"是啊，他连偷奸耍滑都不会，问什么答什么。"

乐容到茶水室，冷不防撞到一个人，打翻了对方的咖啡，幸好没弄脏衣服。

她忙道歉，见是展毅，问："你也加班？"

展毅问："你要怎么赔我？"

"再冲一杯给你好了。"

他不依不饶，"我不喜欢公司的速溶咖啡。我要喝街边那家咖啡店的手磨咖啡。"

"事儿真多。"

"现在是你对不起我。"

"你这是故意刁难。"

"是啊。"他点头。

"我在加班呢。"

"咖啡店很近，下楼过两条马路而已。你的道歉有几分诚意，全看这杯咖啡了。"

乐容懒得与他争辩，出发去买。走到咖啡店外，正遇见男友亲密地挽着一个年轻女孩在逛街。乐容怔住，对方也看见了她。

男友当即提出分手，理直气壮地批评她，嫌她强势，因工作忽略他，又怪她对他没有兴趣，不问任何问题，不关心他的生活，丝毫不把他当回事。

乐容气得脸发白。那年轻女孩亦是一脸尴尬。

展毅不知从哪儿冒出来，问："说完了吗？"

众人望着他，不知他是何许人也。

他对乐容说："恭喜你结束一段孽缘，恢复自由身。走，去庆祝。"他说得轻描淡写，乐容便也举重若轻，随他离去。

到了公司楼下，她踌躇，心情糟糕到极点。展毅说："说了带你去庆祝，上车。工作先放一放。"

上了车，她绷不住，屈辱地默默流泪。

展毅不动声色，甚至不递纸巾给她，也不向她看，任她一个人发泄，整理心情。

车停在河边大桥上。她已恢复平静。

万里夕阳垂地，晚霞映得河面似锦。

他说："其实你失恋我挺高兴的。"

"哼，巴不得落井下石呢吧？"

"这样，我就有机会追求你了。"他慢悠悠地说。

乐容一愣，继而窘然，说："我不需要这种安慰。"

"这不是安慰。我希望你伤得重一点，保证你不会回头去找他。"

"喂！"她抗议。

他凝视她，"我是说真的。你的性格，爽到我心坎里。从第一天看见你，我就喜欢你。"

她支吾："我……我还没时间想这个……"

"好吧，算是个理由。那，明天我再追求你，给你一天缓冲。"

"你！"

他思索，"不行。从现在到零点还有七个小时。要是这七个小时里有人捷足先登，我怎么办？是我先来的，你要记住，其他人都往后站。"

她湿了眼眶。"刚才你没听他说吗，我有好多缺点。"

"怎么能信他的话，当初他还说喜欢你呢。他要分手，当然会找一万个分手的理由。我想和你在一起，只需要一个理由。"

"什么理由？"她吸着鼻子问。

他笑了，"明天告诉你。"

眼泪掉下来，她掩饰地转头，讪讪地说："怎么失恋只难过了半个小时就过去了？"

他递给她纸巾，说："算了，今天告诉你吧。因为你对我很重要，像……销售计划对税收筹划一样重要。"

她被逗笑了，擦泪，问："刚才你怎么不给我递纸巾？"

他说："我惹的眼泪我负责，别人惹的我才不管。"

静默很久，她说："送我回去吧，同事们还在加班，我还有工作要完成。"

他说："好。"

忙完工作，回到家，乐容趴在沙发上。此刻，有充足的时间想她失败的恋情。她琢磨前男友的话，他除了为他的变心开脱，是否真的有道理。一直到第二天，她还在想，一条一条写下来，认真自省。

曼妮打来电话，问："展毅在追求你？"

乐容不知该如何回答。展毅的话有几分真，她实在不知道。不排除他是为了不让她难过、转移她的注意力才说了那番话。

曼妮说："他打来电话，告诉我他喜欢你，要我不要误会你，不要因为他的关系影响我们的友谊。他说，你还没答应他。"

乐容有点冒汗。展毅在干什么？

曼妮叹气："他又一次告诉我他不喜欢我，还要我把他的缺点告诉你，说是要让你快速了解他，而且不让我昨晚给你打电话，说你加了一天班，很累，今天才能给你打。"

乐容哑口无言。

曼妮说："奇怪，展毅说他不喜欢我，我怎么一点儿都不伤心啊。你说，我这人是不是太大度了？我为你牺牲了多少啊！"

乐容无奈地笑。

"要说他的缺点，嗯，我觉得他最大的缺点是说话总兜圈子，欲擒故纵，那次把我都绕晕了，这次我也不是很明白他的意思。他让我说缺点，是不是反话？他其实是想让我说优点吧？"

乐容思索。

曼妮忽然醒悟："可是，乐容你不是有男朋友吗？"

乐容总算有一句接得上来："他劈腿，被我抓个现行。我们分手了。"

"哦。"曼妮说，"你和展毅交往，我没有意见。如果你答应了他，第一个要纠正的就是他说话兜圈子这个毛病，要不以后你们相处多累啊。"

乐容哭笑不得。

过了一会儿，展毅打来电话："我要追求你了，你想好怎么答复我了吗？"

"你是说真的？我还以为你是为了安慰我。"

展毅在电话那头着急："喂，我是当真的。你别以为我在开玩笑，别怀疑我！不行，我得当面跟你说清楚。告诉我你家的地址。"

乐容打开门，见展毅一头汗，急匆匆的样子，好像是跑来的。

他开门见山："我是认真的！"

乐容递给他纸巾，又递给他水，问："为什么要告诉曼妮？"

他说："她给你打电话了？我怕她生你的气。我不想让你难受。既然事情因我而起，我得做好万全的准备，尽量消除不利影响。"

"为什么让曼妮告诉我你的缺点而不是优点？"

"说优点怕你不信。我的优点要你自己发现才算数。"他问，"她说我什么了？"

"说你不够坦诚，总是遮遮掩掩，让人弄不清你的意图。"

"我对你还不够坦诚吗？"他睁大眼睛。

乐容沉吟："展总监，你让我实在不知道说什么好。大家都在商场混了这么久。说话，应该脑中思片刻，口中留三分。以你的讲话风格，你是怎么有今天的地位的？我真的有些糊涂了。我不知道你说的话是真的，还是更高段位的说话艺术，是我理解不了的那种。"

他疑惑："对你讲话也要藏着掖着吗？"

乐容一怔，竟无言以对，半晌才讷讷道："为何对我例外？"

"因为我喜欢你啊。我的心意唯恐你不知道，要是再不明说，那你更不可能知道了。"

乐容在公司以机敏干练著称，但她面对展毅手足无措，不知如何应对。

展毅说："你怀疑我说的是假的，所以不接受我，是吗？"

"即使相信，也不是必然接受啊！"乐容忍不住说。

展毅说："至少给我一条起跑线。我会一直向终点跑，直到有人捧走冠军奖杯……"他忽然瞥见桌上写着乐容缺点的那张纸，惊讶地看她，"你要改正，然后挽回他？"他的声音有些变了，点点头，目光变得深沉，说，"我明白你为什么不考虑我了。"

乐容低声说："这些缺点，有一些，我真的有。"

沉默一会儿，展毅忽然一笑，眼睛明亮，看着她，说："刚入行时，我从推销员做起。锲而不舍、永不放弃是我的座右铭。我会制订自我推销计划，展现我的特点，让你看清楚，选择权在你。"

乐容凝视他，片刻，拿起那张纸，淡淡地说："我倒不是要回头。劈腿的人，我绝不原谅。我列出来，是为了提醒自己改正，和下一个男友好好相处。"她把那张纸递给他，红着脸说，"这是我的……性格特点清单。我全是缺点，没有优点，你看着办吧。"

展毅接过纸，同时握住她的手，说："那我就照单全收了。"他轻声说，"一颗通透的水晶，终于轮到我守护了。希望你永不蒙尘，永远晶莹闪亮。"

她轻嗔："一贯的油嘴滑舌。"

他说："那，以后你来纠正我吧。每一句你都要听见，然后告诉我哪句你爱听，哪句不爱听。你说话那么直，不会给我留情面的。这个毛病，我就指望你帮我改了。"

她嘴角不禁微翘，掩饰地转开头，轻轻说："不管。"

　　爱将我束缚，也使我自由。我把心完全交给你，毫无保留，因此无所畏惧，所向披靡。

　　飞机在湛蓝的天空爬升，穿越云层，机翼反射阳光。

　　我抓紧安全带。说实话，我非常害怕。

　　这是我生平第一次出国，独自一人，前往未知之地，去嫁给一个素未谋面、连名字都不知道的人。

　　他是好是坏，是美是丑，苍老还是年轻，善良还是邪恶，我统统不清楚。

　　我周围的人都不知道这个人的存在。有时，连我自己都觉得像幻觉。

　　阴错阳差，我与这个人产生纠葛。

　　事情要从四年前说起。

　　大二暑假里的一天，我和同学逛街，偶然发现小姨父有外遇。

我气愤不已，立刻告诉小姨。有照片和录像为证，小姨顿时崩溃，与姨父大吵一架。

全家为之震惊，一起指责我——是的，你没看错，指责的是我！他们说我多管闲事，破坏别人的家庭。妈妈命令我向小姨和姨父道歉，我不肯。妈妈威胁要切断我的经济来源。我冷哼，绝不低头。而爸爸，永远站在妈妈那边。

从此家里的气氛降到冰点。爸妈不正眼看我，也不主动和我说话，如果我和他们讲话，他们的话语往往横着出来。家里串门的人急剧减少，亲戚见到我，只是很生疏地点个头，背后窃窃私语，带着防备，似乎怕做错什么，被我发现并抖搂出来。

爸妈说得出做得到。他们不仅不再负担我的学费和生活费，还通知所有的亲戚朋友不许借钱给我。我咬着牙，誓不向大人们求援。

我向朋友们开口，筹措大三的学费，总算凑够了。爸妈愈加恼怒，因为我不服软，因为我不依赖他们，因为我居然解决了问题。他们觉得我跟他们不亲，认定我是白眼狼，对我总是冷着脸。

在外地上大学成了我唯一庆幸的事。除了寒暑假以外，我不必回家。别人回家都心情轻松，归心似箭，我则常常在家门外徘徊，不知是否该走进去面对冷脸。

我的性格渐渐孤僻，喜欢独处。亲戚不来，父母不理，我乐得清静。有时，我会突然悲伤得不能自已，感觉与父母的疏远无法改变。要改变，除非我认错，可我没错。

所有的课余时间，我都去打工。一年下来，扣除自己的生活花销，我只还上一半的欠款。

临近大四开学，我为新一年的学费和生活费发愁，为欠下的债深深不安。

以我的家庭条件，无法申请助学贷款。我不好意思再向朋友们借，以前欠的我还没还上呢。交款迫在眉睫，经济压力令我心情沉郁，我半开玩笑半赌气地开始网络征婚。

"谁能供我到大学毕业，我就嫁给他。最好嫁到荒无人烟的地方，一辈子困居那里，我都愿意。"

我在 QQ 发，在微博发，在 MSN 发，在朋友圈发。

发完没多久，我收到几百条回复。

有来自朋友的关心，有陌生人的骚扰，有给我介绍工作的，有给我介绍不正经工作的，有套路贷款的……我吓得匆匆删掉所有征婚信息。

"叮咚"，银行短信通知：他行跨行转入 50000 元。

紧接着，一串很长的号码发来信息：5 万元已打入你卡中。

号码长得让人不会错当成手机号。这是一条网络短信。

我傻了。我并未公布手机号码，更不可能公布银行账号。这些信息别人是怎么知道的？

"你是谁？"我问。知道我的手机号码，八成是我认识的人。"这个玩笑不好笑。"

"一年后，兑现你的诺言。"

我急忙澄清："我是开玩笑的。我不要你的钱。"

"要反悔？晚了。"

我试图用转账功能把钱转回去，却一次次失败。

对方账户已冻结！

这么快！

我发信息："请把钱收回去。"

久久没有回应。

"你再闹，我要报警了。"

"报警？因为我打给你5万块钱？"透过文字都能感受到对方的讥诮。

我想打电话给他，网络号码根本无法拨通。我害怕了。"我真的是开玩笑的。"

"一年内，如果我死了，你就自由了。"

我一怔，怜悯油然而生，不假思索地写道："你别死。"

对方没有回应。不论我说什么，他再也不回复。

我提前返校，夜以继日打工，白天在快餐店工作，晚上送外卖。第二天就要交学费了，我看着银行账户余额里那笔陌生人给的款项，不敢碰。钱还没凑够。我硬着头皮向同学借。我与家里闹翻的事从未向外人说过。朋友们想必不明白，以我的家境，虽然不算富贵，但学费还是付得起的。尽管不解，他们依然慷慨解囊。越是如此，我越惭愧。

第二天，我去交学费。班主任诧异地说："你不是交过了吗？昨天转账交的。"

他给我看转账记录。我的脑袋轰的一下，冷汗冒出来。是那个银行账号！

班主任说："来，正好把票据给你。忙晕了吧？听说你拼命打工，要注意身体呀。"

我怔怔地走出来，觉得危机四伏。当我再次试图把钱打进银行账号时，它再次不出所料地冻结了。

"你给的钱我没动，请你收回去，连同这学期的学费。"我发送短信，重复发了几十次，没有得到任何回应。

我真的害怕了，不知道自己卷入了什么样的事件。

对方到底是谁？这么神秘，这么诡异，让人脊背发凉。

如果这是朋友的恶作剧，整个暑假过去了，他怎么还不现身？

如果是陌生人……太可怕了！

我曾问自己，我有什么好骗的？答案是：有！他们会不会是倒卖人体器官的，要把我骗到一个地方，大卸八块？一个眼角膜也不止五万元，这买卖他们不吃亏。

"咱们商量一下，将来，大概一年半以后……或者两年，等我上班赚钱了，我以三倍，不，五倍的钱还给你，行吗？"

发出的信息石沉大海。

对方不接受，再多的钱都无法还，他根本不给我机会。这交易到目前为止，变成了强买强卖。

我忐忑地度过大四第一学期。临近期末，各种校园招聘会热火朝天地举办着，唯独我不递交简历。

我记挂着"荒唐"的婚约。如果那个人是认真的，他花了钱，不会放过我。他在暗，我在明，我无法防备。毕业后我连身在何处都不确定，找工作该在哪儿找呢？

根据学习成绩和日常表现，全系保送两名研究生，其中一个名额是我。我惊喜，紧接着低落。大学的学费还欠着同学们没还上呢，拿什么读研究生呀？

班主任听说我有意放弃保送名额，找我谈话，问我是不是看不上本校的研究生，打算考其他学校。我否认。他问："你的成绩很好，不继续读了？"我摇头。他一脸惋惜地说："你再考虑考虑，机会难得。"

我感谢他。

其实我很动心。我原本不是好学的人，自从遇到变故，学费、生活费都由自己的双手一点点挣出来，我突然无比珍惜学习时光，从中找到乐趣，此时，想到要离开校园，万千不舍。

无论是回到冰冷的家，还是履行莫名其妙的婚约，都让我不安，更激发了我想留下继续读书的念头。但我"承诺"在先，应该一毕业就结婚的。

我矛盾重重，想了一夜，愧疚地拿起手机，抱着试试看的心情发送信息："学校保送我读研究生，我想去，可以吗？需要两年的时间。"

对方会有什么反应？责骂，讥讽，恼羞成怒？一会儿会不会冲出一帮黑社会，直接把我绑架？

我等了一个小时，颓然放下手机。

又过了一会儿，手机响起消息提示音，一条银行短信提醒，账户里刚刚转入人民币 20 万元。

这是……他给我上学的费用？他同意了？

我脸红了。"谢谢，我不是在要钱。"

对方依然不回复。

从那天开始，我开始用他给的钱，先还上欠同学的，然后继续打工，省吃俭用，努力学习。为这来之不易的学业，我不知牺牲了什么，必须玩命学，心里才能踏实一点。

有时我开玩笑地想，收到的钱够买我一只眼角膜了，万一我被卖了，也算捞回了一点。

他再也没有跟我联系。有时我不禁想，他是不是死了？他说，一年内，如果我死了，你就自由了。正常人谁会想到自己一年内会死？

许久不联系，我渐渐忘了这个人，平静地生活。直到拿到毕业证那天，网络短信再次出现，发来时间、机场和航班号。

那一刻，我心情复杂，紧张、害怕，还有一丝高兴，回复："你还在！"

"我们不是应该登记结婚吗？结婚需要户口本，我得回家去拿户口本，我父母肯定不同意，我得想个办法。"

对方把时间、机场和航班号的信息又发了一遍，像是懒得与我啰唆。

在等待护照批准的时间，我回家看望父母。走到家门外，听着里面的欢声笑语，我不免苦笑，等我走进去，里面的气氛会立刻改变。

不出所料，我进门后，空气一时僵住了。我低声说："我回来了。"亲戚向我点个头，匆匆告辞。不怪他，家里气氛尴尬，人家何必忍受？深受折磨的，只有我和爸妈。

或许我即将遭遇不测，这段时间是我与父母最后的相聚。无论他们的脸色多么难看，我都要忍，寻找机会缓和关系。

倘若我与父母关系融洽，我或许不会万里赴约。但是这个家让我不自在，于是我不排斥到异国他乡去，去颠沛流离，去感受未知，去江海漂泊。

机长广播打断我的思绪，飞机要降落了。

我无数次想象自己被摘除器官，扔到深山老林里喂野兽，或者被卖到某处当奴隶，受尽非人折磨。

前路或许荆棘密布，我想过要逃，他不一定能找到我。万一逃不过，就报警解决。因为有这个想法，我反而不慌张，盲目地以为有路可退，暂时不必认怂。

走出机场，我在路边等待。他会派人来找我吧，我完全不知道该往何处去。

一个高大英俊的外国男人直奔我而来。是他？我的心怦怦跳。我的命也太好了吧？虽然他看起来老了点，大概超过四十岁了，但总算是个正常人，敢走在阳光下。

"Mrs. Lee？"他微笑着说。

我失望，他叫的人不是我。

"Mrs. Lee？"他又对着我说。难道他叫的是我？我要嫁的那个人，是 Mr. Lee？多可笑，我连未婚夫的名字都不知道。他也可能认错人了，Mr. Lee 另有其人。我四顾，周围没有其他女士。那也不能保证他找对了。

他看穿我的想法，说："我没有认错人。"

花了二十多万，如果找错人，那他可真是够笨的。我心里已经相信他。Mrs. Lee，没有人会这么称呼自己的妻子，他不是他。他拉起我的行李箱，说："我来接你，跟我走吧！"他看上去有些着急。

路边停着一辆黑色的豪华轿车。还好，看起来还算正经，也显示他的经济条件不错。我想象过走出机场、离开人群密集地，被扔进厢式货车的情景。虽然我的想法有点儿不着调，但是考虑到他神秘的行径，我的担忧是不是可以理解？

我坐上车，他好像松了一口气。

车驶向郊外，到达一处气势恢宏的庄园。大门中央镶嵌着金光闪闪的家徽，花园修剪得匀整美丽，宅邸前有一座喷泉环绕的青铜雕像。

我被带到会客厅，人很多，个个衣着光鲜。我一出现，屋子里顿时安静。他们齐刷刷看向我，目光形形色色，接着，人们交头接耳，窃窃私语，说的既不是汉语，也不是英语，我完全听不懂。

我借口上洗手间，躲避那些探究的眼神。

从洗手间出来，我听到有人低语，说的是中文。

"是她吗？"

"看来是的。"

"真想不通，为什么挑了这样一个人？"

"怪人怪癖。"

"真可怜，她还不知道自己要面对什么。"

"换成我，我宁可去死。"

他们增加了我的疑虑。我不想被人看见，相信他们也不想被我看见，于是我从另一侧走廊返回会客厅。屋子比我想象的大，我迷路了，不知道自己到了哪里。

一个房间里传出熟悉的说话声，是机场接我的人。我走过去，刚要敲门，听到一个低沉的声音说："确保她待在那儿跑不了。必要时，弄瞎她的眼睛。"

毫无疑问，他们说的是我。我悚然，难道真的被我猜中，他们想害我？

我必须马上离开这里！

就在这时，我的手机响了。还是那个网络号码发来的信息：你在哪儿？

我大吃一惊！那个外国男人不是他派来接我的！天啊，他们是谁？

手机声音已经引起了屋里人的注意。我转身要跑，冷不防有个男人站在我身后。我倒吸一口凉气，来不及惊叫，他已经用一块手帕捂住我的口鼻。刺鼻的气味微甜，我顿时晕了过去。

手被反绑，脚也被捆住。蒙眼的布好紧，勒得我的眼眶都有些疼，嘴上贴着胶带。我试着用脚踹，却扯动了双手。绑手和绑脚用的是同一根绳子，束缚着我不让我的身体伸直，让我的腿使不上劲。气味有些熟悉，是汽车内饰的味道。我被塞进后备厢了？

眼前忽然亮起来，蒙眼布还在，一股新鲜空气涌入。接着，有人在我胳膊上注射。我一惊。注射了什么？他们想用毒品控制我？

我被抬到一张床上推着走。我假装未醒，希望对方放松警惕，好寻找机会逃走。

消毒水的味道浓郁。是医院！我肝胆俱裂。我不幸言中，他们真的要对我下手。人体实验，器官摘除？反正，陆陆续续有人对我做各种检查。我试图挣扎，手脚被换了不同的方式捆绑。最后，他们把我绑在床上，解开蒙眼布。这是 CT 室。他们在对我进行全身检查，确认我的健康状况，甚至包括身高和体重。四周都是穿着防护服的人。我想看清他们的脸，将来指认，假如能活着的话。但他们戴着口罩和护目镜，无法辨认。

我拼命扭动，想挣脱束缚，趁身体还归我支配，得战斗到最后一刻。

一个女人说："没用的，乱动只会让你受伤。"

又是麻醉剂，这次是半昏迷。

衣服，他们剥掉我所有的衣服。有人在对我的身体消毒，医用酒精的味道很重。手术要开始了吗？

我又被推到哪儿了？昏昏沉沉，眼睛都睁不开。

"这个人？"

"对，没想到吧。"说话的是机场接我的男人。

"营养不良吗？这么瘦。"

"亚洲人都这样。"

"老先生对她不满意。"

"她很健康啊。"

"老先生不同意，交给咱们处理。"

机场男问："怎么处理？"

"没明说。要不，像对那些女人那样，执行清除计划……"

机场男立刻打断他："不行！"

"这种便宜货，干脆扔海里算了，留着也是浪费时间。"

"疯了你。要是让他知道，你还活不活了？就算是垃圾，他扔了不要，别人也不许捡。"

"你劫了他的东西，他本来就不会放过你。"男人幸灾乐祸。

"那不一样。我只是奉命请她先到主屋，延迟了她的行程。"

"你想违背老先生的意思？"

机场男沉默。

有人冲进来，很多人。"她在哪儿？"

提议要把我扔海里的男人说："老先生对她不满意，让我们处理。"

"我们要带她走。"

男人为难地说："但是，老先生交给我们处理，他另外找人代替……"

"拿着电话。快，他可没有耐心等。"

男人的声音发颤："您好。是我……我哪敢？可是，可是……我明白了……转到二号仓库，下午装仓，是的……丽娃，确定是丽娃？当然，我不是怀疑您，穆勒先生。"

仓库？冻肉那种冷库？丽娃是谁？还有一个可怜的女孩？

不是他，他没找到我。这是另一群危险的人，把人不当人，只当作货物。

有人俯身看我。

我虚弱地说："Lee，救我。"

救我，救我，如果你能找到我……除非你和他们是一伙的，抛出诱饵，等我上钩。

我在颠簸中醒来，海风微咸，我在船舱中。我曾经憧憬、恐惧、后悔、怀疑，现在只剩愤怒。手脚的捆绑已经解除，我迈腿，发现有东西裹腿。啊，衬衫和牛仔裤已不见，换成了长裙。我连忙检查自己，还好，除了手腕和脚腕的勒痕，没有伤口，没有切除什么，没有被侵犯。

这是一艘非常豪华的游艇。我已经被卖了，装船发货了。这大概是买家的船，运输船不会这么奢侈。

四处是茫茫海水，想跑都没地方跑，难怪他们放心地解除了捆绑。我头晕得厉害。我从小就晕车，现在看来，晕船更严重。我想寻找一样利器防身。或许是对方有意防备，我什么都找不到。

我忍住恶心，偷偷摸进驾驶舱，开船的是一个浑身黝黑的外国人。不等我悄悄靠近，他发现了我。

我干脆不躲，厉声问他："你要带我去哪儿？"

他冲我咧嘴一笑，露出雪白的牙齿，叽里咕噜说了一堆我听不懂的话。

"带我回去！"我用手画圈，示意他调头。

他露出疑惑，摇摇头，又说了什么，说完不再理我。我抢驾驶舵，他吓一跳，钳住我的手臂。身后忽然伸过来两只胳膊，也抓住我。我一个后踢，把身后的人踹远，想去抓驾驶员，海浪翻涌，我站不稳，摔到船边，扒着栏杆剧烈呕吐。这时我才看清，在背后要抓我的正是机场男。

望着深蓝的海水和雪白的浪花，我想跳海逃跑，可我的游泳技术很差，在这样的波涛中，恐怕撑不了五分钟。我的目光搜寻着救生圈，要是有救生圈，我可以试一试，可是到处都找不到。我们在大海中央，完全看不见陆地。虽然有太阳，但是因为不知道时间，我分辨不出船行驶的方向。

"你逃不掉。我暂时不想把你捆起来，你最好不要逼我。"机场男戏谑地说，"那个后踢有点儿意思。"

我并不打算任人宰割，轻率地把自己置于危险境地。我用那笔钱学了两年跆拳道，预备着遇到危险时多少能够自救。但没想到他们用麻醉药，而这次，又是在船上，脚下不稳，我学的那些完全派不上用场。要不要抓住他扭打，即使逃不掉，仍奋力反击？我暗自摇头，晕船的情况加大了我的劣势，以卵击石，只会让自己受伤惨重，不能轻易发起挑衅，得寻找合适的时机。

我判断着局势，头重脚轻，抓着栏杆，只剩吐的份儿，倔强地想，哪怕拼上性命，也不让对方得逞，大不了一死！

我几乎把胃都吐出来，脑袋昏沉沉的，总觉得胃不在原来的位置了，悬在半空中，像被手拧着，又疼又酸。

机场男防备着我反抗，后来发现我因为晕船而失去抵抗能力，便放松下来。

我积攒力气，恶狠狠地瞪他，问："你是谁？为什么绑架我？"

他说："别这么大反应，我不是坏人。"

我冷哼："你以为我会相信你？"

"你有别的选择吗？"

"你骗了我，你不是他派来接我的。"

"我从没说过我是他派的。我的主人要见你，我奉命带你去庄园。"

"你们把我卖给谁了？"

"你已经把自己卖过一次，介意再被卖一次吗？买家是谁，有什么区别，对你来说都是陌生人。"

"你们到底要干什么？"

他不回答。

我带着威胁规劝："你们在犯法！最好赶紧放了我，否则，事情一旦败露，你要坐牢，严重的，会判死刑。"

他不以为意，说："判死刑的不是我。那个人打算怎么处置你，你很快就知道了。你害怕了？你决定卖掉自己的时候，怎么不知道害怕？"当他提到那个人，他的表情有一瞬间变得很奇特。

我盯紧他，"你认识他，你要把我送到他那儿？你要是再骗我，我饶不了你！"或许那个人更坏、更可怕、更危险，但我已没有其他的希望。

他笑了笑，说："说不定将来你会希望我是在骗你。"

我疑虑重重。如果他要把我送去见他，为什么一开始要带我去另一个地方？他的主人是谁，为什么想见我？那个人找不到我，会做什么？他很有本事，当初能拿到我的手机号和银行账号，说不定这次也能找到我。他有没有再发信息？

我所有的东西都没了，包括手机。他们不会让我有机会求救。

这次旅行，我记录每一段行程，存在云空间。万一不幸遇害，希望有人能循着我的足迹破案。最后一次记录，还是在大屋的洗手间。我现在离那里恐怕已经很远了。

还说不是绑架！限制自由，切断联系，必要时弄瞎眼睛。我到底干了什么，把自己置于这种危险境地？不行，不行，得赶紧想办法，不能坐以待毙！我焦急万分，偏偏被身体拖累。

最怕这种飘飘悠悠的感觉，找不到支撑点。我吐得昏天黑地，浑身无力。他们马上就要失去我了，我马上就要因为晕船而吐死了，谁也别想控制我。我在悲愤中有一丝释然。

Lee，你在哪儿？你找到我了吗？前方是你吗？

我们到达一处小岛。我虚弱得走不动路，抱着栏杆喘息。码头上站着四五个人。为首的一个年轻人，头发乌黑，看起来像是亚洲人。他冷冰冰地看着船靠岸。

机场男忽然有些慌张，他好像怕他。他的恐惧带得我也害怕，我问："是他吗？"机场男神情复杂，不回答。

另外几个男人个个面色严肃，人高马大。屠夫？打手？杀人狂魔？我抓住船，不肯下去。

"货到了。"机场男用力推我，我跌下游艇，差点儿栽到沙滩上。黑头发把我扯起来。

我又怕又疼，向后躲。

黑头发攥住我的手腕，力气很大，我的手腕因为被捆而受伤，他正好攥在伤处。我疼得发软，心中悲哀，这么粗野，不管他是不是 Mr. Lee，我今后命运堪忧。

黑头发冷冰冰地说："我没有时间浪费在你身上。"

机场男想要阻拦，黑头发身后的人根本不让他下船，禁止他的脚踏上小岛。他妥协地举起双手退后。

我奋力一挣，黑头发没抓住我，我摔在沙滩上，捧着手腕，愤怒地问："你到底想怎么样？把我卖去当奴隶，还是要卖我的器官？"

他的表情阴森，扯着我的衣服把我拽起来。

机场男隔着海喊："你别这么快把她弄死，毕竟花了钱的。"

我眼前一黑，莫名昏过去。

醒来时，一片漆黑。我失去眼睛了？！我惊恐地摸，是眼罩。我摘掉眼罩，急切地看向周围。房间非常大，装饰和家具都是巴洛克风格，异常华美，连眼罩都是真丝刺绣的。藻绿色的印花墙纸清新怡人，哦，不，那不是印花，而是手绘的壁画。

我低头看自己的衣服，虽然凌乱，但都是因为挣扎而导致的，并不像被侵犯过。

奇怪，他们蒙上我的眼睛，却不捆绑双手。

房间里没有其他人。窗户敞开，白色的窗纱飞舞，凉爽的风吹彻房间，海浪拍打着岩石，涛声传到屋中。我下床，踩在地毯上，洁白纤小的脚顿时没入地毯的长毛中，柔软舒适。我走近落地窗，小心翼翼往外看，确定没人后，走到外面的露台。

露台有楼梯，通往楼下。外面是一片白色圣星百合花园，晶莹洁白的花瓣盛开如雪。再远处是沙滩。此情此景，比我预计的好上太多。

看到海我就有晕船的感觉，赶紧转移视线。

当务之急，需要找东西防身。房间里有很多装饰品，要么太大，要么太重。

我打算出去看看。这扇门通往衣帽间，这扇门通往浴室，这扇门通往起居室。走进起居室，还有三扇门，一扇通往书房，一扇通往露台，一扇通往走廊。

幸好有露台，否则着火的时候，想跑下楼先得找对门——我还有闲心想这些。

我在书房中寻找，拆信刀，没有，剪子，没有，最后只能拿起钢笔。啊，电话！我捧着它。这个镀金的转盘式复古电话点燃了我的希望。我输入 +86，然后是……刚输入四个数字，提示报错。这是个内线电话，无法向外拨打。

我刚要打开通往走廊的门，响起敲门声，清晰而礼貌。无奈我如惊弓之鸟，依然被吓了一跳，退后好几步，把笔藏在身后。后来又想，不对，我应该躲在门后，可是来不及了，门开了。

一个褐色头发的中年妇人走进来，看见我站在起居室，她有点意外，继而平静地说："你醒了。需要什么吗？"她毫无表情，声音刻板得像个机器人。现在连机器人的声音都可以做得很动听，她的却漠然无波澜。

"我在哪儿？"

"岛上。"

"哪个国家，什么位置？"

她不答。

我换个问题："谁负责这里？"

"我是这里的管家。"

"我是说，关于我，谁有权力决定。"

"Mr. Lee。"

我惊喜。我真的来到他身边了，没有被再卖一次，黑头发真的是他。我的心顿时放下一半。另一半悬着，是因为他对我的态度，冷硬粗野，还有说不出的嫌恶。

"他是这里的……"我要通过他的身份来判定我的处境。

"他是岛的主人。"

我暗松口气，请求："带我见他。"

"他不希望被人打扰。"

"他在这里，在岛上？"

"是的。"

那么，我总会见到他的。

接下来，我该做什么？

她问："有什么能为你做的？"

"我不需要什么了。谢谢。"

她提醒："要吃点东西吗？再不吃东西，你又要虚脱了。"

"哦，吃的，是的，谢谢，请给我来一点。"

"我会送上来。还需要别的吗？"

"不，不需要，不用麻烦了。"

临出门，她打量我，说："衣物在衣帽间里。"

"我带了衣服，只是，我的行李……"

"私人物品一律不能带上岛。你需要的在房间里都能找到。"

我叹气。箱子里有我最珍爱的物品，我的相册，我的玩偶。或许，我不该期盼太多。比起剜眼剁手，现在的遭遇已经让我既庆幸又后怕了。我嗫嚅："好的。"

"衣服两年前就准备好了，每年都增加新的款式，都是按照你的尺码。如果你不喜欢，可以告诉我，全扔掉换成新的。"

我受宠若惊，说："不用麻烦了，一定合适。"

我问她的名字。"丹佛斯太太。"她严肃地说。

我脊背发凉。《蝴蝶梦》中曼德利庄园的管家丹佛斯太太。

她走后，我松开紧握的手，钢笔上全是汗。

走进浴室，我惊讶了：这是公共浴室吗，为什么这么大？二十个人同时待在里面也不会拥挤。别人家是浴缸，它却有一个浴池。旁边居然还放有一张床！还有绿植、沙发、唱片机等。

洗澡的时候，我锁上门，把钢笔放在伸手就能拿到的地方，保持必要的警惕。我不敢相信自己的好运气。我一直在回忆他的脸，当时应该多看几眼的。

衣帽间令人叹为观止，相当于我家的面积，衣服多得简直像服装店，所有衣服全是名牌。

这些都是给我预备的？两年前就预备好了？或许，他并不像表现的那样讨厌我。当然，这也可能是手下人办的。拥有一座岛的人，随便下达一个命令，自然有人去办。但是，"两年"这个时间让我心动。他其实对我有期待。他对我的态度可能是因为生气，因为我认错了人，跟着别人走了，让他着急。而且我拖延了两年的时间，读完研究生才来。

那些衣服贵是贵，却不实用，绝大部分不适合家居穿戴，即使是休闲装，也不舒服。我好不容易找到一条吊带沙滩裙，用大丝巾裹住裸露的肩膀。

丹佛斯太太送来食物，我盼着是西餐，可以拿到刀叉，可惜是中餐，只有一双筷子。

她侍立一旁，我不安，饭都吃不下去。她安之若素。我请她坐下，介绍岛上的情况。她勉强坐下，对岛的情况只说了一句："来到这里就不能离开，这是规矩，没有例外。"好吧，她不是多话的人。不过这一句话就够我受的了。

我轻轻说："那些衣服很好。但是，能不能……我喜欢简单的衣服，白色纯棉背心，柔软舒适的裤子，如果不是很麻烦的话。"

她应允。

"我能出去走走吗？"

"当然。你需要陪同吗？"

"不，不用麻烦你。"

"如果你对晚餐有什么要求，请告诉我。"

"随便，都很好，听您的安排。"有的吃就不错了，我哪儿还敢提要求。

我小心翼翼在楼内探险。客厅里有一个棱角尖锐的小青铜雕像，我偷偷拿起，用它当防身工具。

四层楼都转完，没有相片，没有画像，甚至没碰见第二个人。

因为心里不踏实，觉得时光飞逝，很快到了傍晚。丹佛斯太太问我晚餐在餐厅吃还是在我的房间。我回答餐厅。我希望在餐厅见到他。

餐桌上只有我自己，丹佛斯太太站在我身后。

我忍不住问："他不回来吃晚饭？"

她淡漠地说："他不住这里。"

不住这里？这里只有我？

"他不来吗？"

"不常来。"

"不常来是多久来一次？"

"两年，或者三年。"

我该释然还是失望？我自嘲地说："这么说，我第一天来岛上时见到他，是天大的幸运。怎么才能联系他？"

"只有当他愿意和你谈话时，你才能和他谈话。"

我叹息："我算什么？"

丹佛斯太太也在思索。很显然，绝不是妻子，因为我没有跟他结婚。

玩具，宠物，一时的消遣？连这种身份对我来说都是奢望。如果可以的话，我倒希望我是这里的工作人员，比如花匠、清洁工、厨师什么的。用劳动所得养活自己，是最令人踏实的。

明天我要到外面走一走，去找来时的码头。

因为总有危机感，所以睡得很轻。清晨，开着窗，我听到空中传来奇怪的轰鸣，像是……螺旋桨。我披着晨褛，跑到露台去看，果然，一架直升机正飞走。

吃完早饭，丹佛斯太太把我要的衣服给我。我惊讶："这么快！"她说："直升机刚刚送来的。"

直升机快递！

144　　　　　　　　　　　　　　　　　　辛问衣／ Coventry

她说："这里离陆地远，水运慢，所以基本上不用船，而是用直升机运送物资。岛上有码头，但没有船。昨天送你来的游艇，是五年来第一艘靠岸的船。如果你有想要的，提前告诉我，我让直升机采买。"

我寻找码头的想法，昨晚刚冒出来，今早就破灭了。

我想到那个男人曾经提到的丽娃，问："岛上是不是还有别的女孩？别误会，我只是有点儿闷得慌。"

丹佛斯太太说："现在没有。"

现在没有，表示以前有！她住在哪儿？是否每一个女孩，都居住在一栋这样的房子里。看来与我有同样遭遇的大有人在，我只是其中之一，没什么特别。那些女孩怎么样了？

我问："岛上其他地方还有这样的房子？"

她谨慎回答："你需要的，都在这里。"她没有直接否认！我住的这栋别墅，上一个入住者是谁？

我鼓起勇气，说："我想打电话，向家里报平安。"

"来到这里，就断绝和外界的一切联系。"

"没有人告诉过我。我还没做好准备。至少让我跟家里说一声，然后再断绝联系，父母找不到我，该着急了。"

一个男人冷冷地说："他们会找你吗？你们不是早就断了联系了吗？"

我一惊。他不知何时出现在起居室的门口。

丹佛斯太太向他微微躬身。他说："丹佛斯太太，你先出去。"

屋里只剩我们两个人。

今天可以好好看他。他的脸庞瘦削，浓黑的眉毛离眼睛很近，眼窝深陷，眼神是不耐烦的。他是混血吗？五官看上去比亚洲人要立体，棱角更加分明，非常俊美。

我掩饰紧张，说："我们没有断绝联系。以前我在上学，我们联系不多，是因为他们知道我很安全。我可以在岛上过与世隔绝的日子，但我必须向家里报平安。他们还以为我在上学的城市打工呢，要是一直没我的音讯，他们会急死的。"

"与世隔绝的日子？"他讽刺，"你以为我们请你来当少奶奶，让你享清福来了？"

我暗惊，预感恶狼要露出真面目了，眼睛悄悄扫向不远处的青铜雕像。

他坐下，说："既然来了，就要守规矩，安分一点。第一，不要试图逃走，你逃不掉，被抓住没有好下场。第二，不要自不量力试图反抗。第三，不要期盼有人找你，他们找不到。至于你亲爱的父母，自然有人关照。"

他说前两条的时候，我默想：你要做什么导致我逃走或反抗的事吗？他说到第三条，我急了，顾不得怯懦，大声说："别动他们。你要是敢伤害他们，我和你没完！"

他睥睨道："那要看你的表现了。"

"你要我干什么？"我问。

他不回答，径自走了。前后加起来三分钟，他来，只是为了告知我规矩。

我浑身发冷。跟拿绳子绑我、商议着弄瞎我、用麻醉药迷昏我的人比起来，他只是动动嘴，却让我感受到更深的恐惧。

我见到他了，和他说话了，但我宁愿没见过他，宁愿他留在我的幻想中。曾几何时，我以为有万分之一的机会，能找到一个温柔体贴的人。尽管知道是白日做梦，三年来，我依然偷偷地幻想过无数次。

他不再出现。我夜夜抱着青铜雕像入睡，有东西防身，感觉安全一些。

我又见到两个人，一个是厨师，一个是清洁人员，年龄都很大。他们既不懂中文，也不说英语，完全无法交流。我曾想偷他们的手机，发现那只是对讲机。我在书房发现电脑，喜出望外，暗骂自己笨，有电脑，可以上网发信息啊。鼓捣半天，最后发现是局域网。

有吃有喝，还在喘气，还活着，对于轻率做出决定的我，这是不幸中的万幸。有许多少不更事的女孩，因为轻信和贪婪，从此堕入人间地狱。比起她们，我的境遇好太多了。

但我还是忐忑。

我问丹佛斯太太："需要我做什么？让我做些什么吧！"

"你可以做任何想做的事。"

"我是指工作，我想获得一份工作。"

她盯我一眼，然后摇头，"我没有接到这种命令。你不是这里的工人。"

"那么告诉我你接下来要做什么，我可以试着做。"

她说："你不是来做这些的。他知道了会生气的。"

她说过我可以做任何我想做的事，如果我强迫她给我一份工作，她会答应吗？我不想让她为难，更不想让她因此受罚。他们看起来都很怕那个人。

"他到底要我来做什么？"

我没有说出口。这是丹佛斯太太无法回答的问题。

我无法心安理得地生活。我见不到他，找不到自己的位置。失去手机，我连联系他、给他发短信都不可能了，还不如当年。

我可以随遇而安，但不能糊里糊涂。连续几天，我让丹佛斯太太在早餐时多准备一个三明治，我带着它去岛上探索，直到日落才返回。每次出发，我向一个方向走四个小时，然后准时往回走。为了防止迷路，在没有指南针的情况下，我剪下园中的圣星百合，带着出发，沿路用它做标记。我记录走过的地方，用眼和脚踏勘小岛，戏称自己是小岛徐霞客。沙滩、礁石、悬崖、树林、小溪、瀑布，有些地方没有路，人迹罕至。

雨后，苔藓湿滑，我在跳跃时落地不稳，摔倒在地，脚扭伤了。我捏了捏脚踝，感觉骨头没事，只是软组织损伤。我一瘸一拐，用了两倍的时间才回到房子。丹佛斯太太站在大门口等我。我半身泥泞，长发被汗水打湿，我的样子让淡漠的她睁大眼睛。她的面容中隐隐藏着另一种恐惧。

脚伤令我不得不停止探险。次日，我在露台看海，丹佛斯太太送来一封信。信封是黑色的，里面是一张复古信纸，只写了一句话：十天不到，你已经待不下去了吗？

字体俊秀挺拔，落款是一个大写的 M。

"M 是谁？"我茫然。

"Mr. Lee。"

"这个 M 总不会是 Mr. 吧？他为什么不写 L？"

"他称自己为 Moventry。"

Moventry，Moventry，我在心里默念了十几遍。他连话都懒得对我说了，改用书信。他生气了，还十分鄙夷。丹佛斯太太说他几年才出现一次。因为我，他近期出现了两次，在他看来，已经算是恩典了吧。

丹佛斯太太说："你被禁足一个月，不能走出房间。"

Mr. Lee 以为这是惩罚，殊不知我近几年性格冷清，最适宜寂寞独处。但，为何惩罚我？因为我探索小岛？还是他发现我依旧想跑？但愿他不会对我父母做什么。

我收敛心神，宁神静气，过起隐士的日子。

脚踝的伤第一天看不出什么，第二天皮肤下渗出黑紫色的血丝，再过两天，肿得像馒头一样。西医对此光是用镇痛的外用药剂喷。要是在国内，我可以糊上膏药，活血散瘀。鉴于脚踝的伤，即使他不对我禁足，一个月内我也走不了路。老实说，别说一个月，我可以这样过上一辈子。物质上，衣来伸手、饭来张口；而精神层面，我从不曾被关禁闭。

我让丹佛斯太太买来一套彩笔，在画纸上泄愤。我的画技超级差，画出来的东西惨不忍睹。越是如此，越解气。我笔下的他，时而长着恶魔的触角，时而摇着狗尾巴，时而在圆月夜挥动蝙蝠翅膀，时而长出兔子耳朵啃胡萝卜。每一幅画都是他，他的黑头发被我变换各种颜色和发型。

我每天只许自己画一个小时，只在这一个小时里想他。其余时间，我强迫自己把注意力放在其他事情上，看书，听音乐，摸索着学弹钢琴，弹得难听死了。反正周围人少，惊扰不到别人。在荒无人烟的地方生活，这下真应了这句话。

受伤的脚不敢沾地，走路全靠单腿蹦。丹佛斯太太给我预备了轮椅，我嫌麻烦，又心疼地板，不肯用。

局域网上有电子图书馆，数目繁多，数百万册。开卷有益，我学会根据浴缸放水时的漩涡方向判断南北半球，学会了制作六分仪，计算出所在位置的经纬度，也不知准不准。

我读船舶制造的书，琢磨着造一艘船。学了几天，感觉太难，暂时放下，改学无线电，打算自制发报机，然后又学摩斯密码，准备求救。学了半天，发现根本拿不到材料去制作，于是又回归绘画。

丹佛斯太太送来茶点。茶色嫣红，香气馥郁，她说这是用岛上的玫瑰自制的茶。

"好香。"我说，端起来抿了一口。玫瑰的香气很特别，有一种迷离的温软。

下午，我还在画他，在画的右下角写上"暮帆迟"，躺在起居室的沙发上，欣赏自己的画作，想象他此时此刻在干什么，不知不觉睡着了，梦见他来看我，俯身看着那些画。

海风吹进来，凉凉的，很湿润。我醒了，风吹得我头疼。画纸被吹得满屋都是。天边，阴云聚集，海上要下雨了。

我去关窗。突然，露台上出现一个高大的身影。封闭的岛上出现陌生人已经让人惊讶，更可怕的是他的脸！那是一张多么狰狞可怖的脸，没有一寸肌肤是完好的，红色的肉绽裂着、扭曲着，有些呈现焦黑。眉毛稀疏，没有睫毛，鼻子像是橡皮泥融化了，连形状都不完整。不只是脸，他的脖子、耳朵都是这样的。

我吓得退后，不小心用了受伤的脚，疼得立刻缩回，失去平衡，倒在柚木地板上。我捂着脚，再抬头，只余窗纱飘荡，那个人不见了。

我大声喊丹佛斯太太。她匆忙跑上来。"有人！一个长相可怕的人，刚才在露台那儿。"我说完，立刻后悔。她只是一个女人，要是那个人使用武力，她打不过他。我不该把她扯到危险中。

丹佛斯太太倒是勇敢，跑到露台，四下找，显然没找到。我蹦过去跟着张望，她扶着我，问我是不是又受伤了。

我问："这个岛外人进得来吗？"

她曾经说过，这是私人岛屿，禁止外人进入，有严密的防范措施。

她摇头。

"岛上有保镖吧？我来的那天在码头见过。他们去哪儿了？"

她说："我来处理。"这个时候还能有麻木表情，我佩服她的镇定。

我不敢再敞开窗户睡觉，每夜抱紧青铜雕像。

过了两天，丹佛斯太太告诉我，岛上所有地方都找遍了，没有发现。她让我放心，说擅自闯入的人可能已经离开了。

她说完我反而不放心。说是小岛，岛其实很大。我前一段时间那么努力地去闯，始终见不到别人，也见不到其他房子。但我直觉岛上一定还有其他建筑，只是离得很远。在这么大的岛上藏身很容易。如今丹佛斯太太说他们找遍了，显然不打算再继续找，叫人怎么安心？

我的脚伤好了，禁闭也到期了。丹佛斯太太建议："如果你想去远处，可以骑自行车，或者我开车带你转。"

我含糊应着。那种工具只适合平坦的路，平坦的路一定防守严密，我可是要跋山涉水寻找出路的。

再次出发，我去走上次没走完的路。上次放置的圣星百合已经枯萎，有的不见了，可能被雨水冲走了。森林茂密，空气不流通，十分滞闷。

我放下一朵圣星百合，一抬头，那个面目狰狞的人站在坡上居高临下望着我。他的样子不是丑，而是恐怖，让人望之心惊，看一眼就想移开目光。可是不行。有人说，如果在野外遇见野兽，要直视它的眼睛，慢慢后退，随时观察它进攻的方向，切忌转身逃跑。此时，我用这招应对他，死死盯着他，脑子飞速运转。他距我十几米，我的脚伤初愈，我跑不过他，几步就会被追上。此刻，如果有匕首、电击棒、防狼喷雾，任何一样都好，可惜我都没有。

我严肃地镇定地说："你别看我瘦，我是中国人，练过功夫。"

他没反应。

我真傻。他多半是外国人，我说中文，他怎么可能听得懂。

他盯着我，眼睛像野兽一样灼灼闪光，说不定夜里能发出绿光。他是野人吗？看衣服又不像。他穿着合身的黑色衣服，看不出品牌，甚至看不出年代。这是现代服装还是古代服装？

他打量我，目光落在我的背包上。

为了野外旅行，我带了很多东西，背包鼓鼓囊囊。我忽然心中一动。他是不是饿了？

我后来很多次想起他，在他逃离别墅后。

藏身岛上，要想袭击，正常人应该选在夜晚吧，那天他却是在白天出现的。或许他并不想袭击任何人，他只是饿极了。别墅外侧有楼梯，直通露台。如果他从花园进来，顺着楼梯很容易到达我的房间。

我缓缓解下背包，拿出三明治，轻声问："Are you hungry？（你饿吗？）"

他目光闪动。我把三明治放在一棵倒下的树上，原路退后。他不动。我试探着说："我要走了。"他看向三明治。

我慢慢退后，视线不敢离开他。林中本没有路，我脚下一空，还好及时收步。他还是不动。我退着走，他一直望着我。

我躲到树后，借树林遮挡视线，又转了几道弯，感觉摆脱他的注视，我才大口喘气，衣衫被冷汗湿透。

我高估了脚伤的复原状况，走了一会儿，便觉得旧伤处酸疼，不得不停下休息。离大路还有大约两公里，到了平坦处，脚踝就不用这么吃力了。

我歇了一会儿，继续走。两公里已经到了，还是看不见大路。树林里光线黯淡。

我揉揉酸胀的脚，说："拜托，可别关键时刻掉链子啊。"

一只翠羽小鸟在我旁边的树枝上跳来跳去，歪着头看我，又啄啄爪子。

我说："抱歉，没有面包屑可以给你。"

它飞到我身边，试探着，一点点靠近，用喙啄我背包上闪亮的拉链。

我笑了，说："那不是吃的。"

它想必已经明白，歪着头看着，又啄了几下。突然，它振翅飞起，同时，一个巨大的黑影笼罩在我头上。我转头，见那可怕的男人近在咫尺。我吓得跳起来，脚一疼，不禁靠在树上。

"你干什么？"我色厉内荏。糟糕，一着急，用的是中文，他肯定又听不懂。

他看一眼我的脚，眼睛在幽暗中显得亮晶晶。下一秒，他伸手抓我的胳膊。

"放手！！"我喊。他扯下我的背包。倘若他要的是背包，给他好了。但他的手依然伸向我。

肩被他的一只手按住，他的另一只手向下伸去，我又羞又急，一拳捶在他胸膛。可恶，跆拳道的攻击招式主要在腿，我的一条腿无法支撑，另一条腿也就无力攻击。我的拳头已经用尽全力，他的胸膛出奇地结实，动都不动。在我的惊怒中，他把我横抱了起来。

天啊，我要被这野人绑架了！

我拼命挣扎，他皱眉——如果那也算眉毛的话，放下我，我正要跑，他把我扛了起来。我用双手砸他的背，又掐又挠，双腿乱踢。他仿佛没有知觉，不为所动。

他扛着我在树林中穿行。

我大叫，头朝下，很快便头部充血，喊不出来。

他放下我时，我满脸通红，头很晕。他扔下我的背包，转身走入森林。

我喘息了好一会儿，发现自己被放在大路边，远处露出别墅的屋顶。我抓起背包，一瘸一拐，头也不回地往前跑。

我不想吓坏丹佛斯太太，悄悄从花园的楼梯经露台回到房间。我犹豫是否该把遇见"野人"的事告诉她。那个人没有伤害我，还帮了我，把我带下山，我不能以怨报德。

我躲在房间好几天不出来。丹佛斯太太以为我病了，我解释是因为脚伤还没好利落。我问她岛上到底有多少人，她说她也不知道，她见过的，十个指头能数过来。

过了几日，我走到室外，沿着小路，边走边看海。一树红花，甜馨的香气。我仰头，阳光透过树叶的间隙洒在我脸上。

"又来新人了。"一个人说着英语向我这方走来。他约莫二十岁上下，碧绿的眼睛，黑色的头发，是个漂亮的混血儿。"美女，独自散步吗？"

我点头致意。他的脚步不停，离我太近，我退后。他笑嘻嘻说："哟，很害羞嘛。亚洲人？韩国人？日本人？新加坡人？"

我皱眉。

他拦住我的去路，轻佻地说："别这么无情嘛。聊聊天而已，不用急着走。"

我不想理他。

他哈哈笑，说："美女，认识一下，我是山姆。"

我无视他伸出的手，冷淡而客气地说："我不习惯和别人这么近，请退后一点。"

"可是我喜欢和你离得近啊。"他故意倾身向我靠来。

我背后是树，左右都被他拦住去路。我沉下脸，说："我是有丈夫的人，请你自重。"

"那有什么关系？"他耸耸肩。

我傲然说："他是 Mr. Lee。"

他一怔，"你是我的小舅妈？"

我暗想，他都二十岁了，他舅舅的岁数得多大？

他眼睛咕噜噜地转，说："你骗我的吧？"

我犹豫，竟无法坚定我的说辞。毕竟，我对那个人知之甚少，连他的名字都不确定，更别说年龄。我们说的可能不是同一个人。

他胆子大起来，说："我就知道你在骗我。我得惩罚你。"说完，竟然把嘴巴凑过来。

"别碰我。"我狠狠推他，把他推了一个跟头，反作用力使我撞在树上，脖子后面忽然像被针扎了一下。又有人拿麻醉针扎我？我气恼地回头，看见树干上一只奇特的大蜘蛛。我被蜘蛛咬了。脖子后面又痒又疼，迅速肿起来。我想摸摸，胳膊居然抬不起来了，接着，连腿都发麻，单膝跪在地上。

山姆本来恼羞成怒，看到我这个样子，也吓到了。我一步都走不动，也不敢走。我一定是中毒了！中毒后不能活动，以免加快血液流动。

"快去叫人帮忙。"这是我昏迷前最后一句话。

我发起高烧，迷迷糊糊的，听到丹佛斯太太焦急地和人交谈。

"实验室跑出的蜘蛛，没想到居然跑到这里。"一个说。

"她中毒很深，赶快给她注射血清。"另一个说。

"这是新品种，还在研究中，哪来的血清？"

"Mr. Lee 怎么说？"丹佛斯太太问。

"没有消息。"

"怎么办？他把人交给我，我却没照顾好。Mr. Lee 会怎么处置我？"

"你们两个，先别想别的，救人要紧！保住她，就保住了自己。"

"我一定竭尽全力！"

"能不能把她送出去？那些大医院或许有办法。"

"想什么呢？不可能！"

"说得对。Mr. Lee 不会允许她离开。"

"难道看着她死？她半边肩膀都紫了，毒气向心脏蔓延，恐怕熬不过今晚。"

"死也得死在这个岛上。"

"Mr. Lee 来看过她两次，他会忍心看她死？"

"这样的女人多的是，有什么不忍心？"

丹佛斯太太的声音突然恢复冷漠，问："山姆少爷，你在这里干什么？"

"我跟母亲来看小舅舅，闲逛到这边……她真的是我的小舅妈？这么年轻漂亮，可惜了。"山姆的声音。

他们给我打针，喂药。我的高烧持续不退。我祈祷别把我烧傻了。没有人保护我，我不能傻，我得保持清醒。终于，我的体温开始下降，周围的喧嚣也渐渐结束。

不知过了多久，我的眼睛睁开一条缝。屋中黑暗，没开灯。星光灿烂，映得室内有微弱的光线。我又烧起来了，比白天更厉害，伤处痒得钻心，叫人恨不得把那块肉剜下来。我轻声呻吟，没有回应。他们都走了。

露台有椅子挪动的声音，那里有人。他拨开飘舞的窗帘，无声无息靠近。丹佛斯太太和医护人员走正门，只有不轨之徒才从露台溜进来。我紧张，呼吸急促。他俯身看我，黑暗中，他的轮廓模糊可见。他躺在我身边，轻轻搂着我，胳膊坚实强壮。这是个年轻人！

我气愤，斥道："混蛋，放手！"声音微弱，语气强硬。

他没有放手的意思。

我手脚麻痹，仍努力推拒。"滚开，我是有丈夫的人！ Hands off！"我急得中英文混着说。

他搂紧我，声音低沉："我就是你丈夫。"

我一怔，手顿时收了劲儿。不对，他的声音不像。他对我说过两次话，声音好像不是这样的。我心里有了答案，重新用力。"你不是，你不是！山姆，放手！"

他的呼吸一凝，沉声问："山姆？他对你做了什么？"

"你，你……"这的确不是山姆的声音，"你是谁？"

"告诉我山姆做了什么？"

"他不信我有丈夫，我推了他一个跟头，然后就被蜘蛛咬了。"

他沉沉地出了一口气，气息直喷到我的脖子上。

我感受到他的胳膊，他的胸膛。怎么能让其他男人碰触我的身体，还和我一起躺在床上，传出去我还怎么做人？我推着他，急得想哭："放手，别碰我！你再过来，我死给你看！"

他无视我的威胁，抓住我的手，把我拉进他的怀里，在我耳边轻声说："你要我不要死，我听了你的话。现在，你也不许死，留下来陪我。"

我愣了，颤声说："暮帆迟？"

"嗯？"

"Moventry，暮帆迟。"

他说："是的。我是你的暮帆迟。"

我流下眼泪，无限委屈地告状："蜘蛛咬我。"

"我揍它。"

我蜷缩在他怀里发抖。

他温柔叹息："赶快退烧吧，赶快好起来。"

醒来时，医生正对着我的额头量体温。我扭头，身侧空空。

我问："他呢？"

"谁？"

"Mr. Lee。"

医生怜悯地望着我，说："他很忙，可能不能来看你。"

可是他来了啊。他什么时候走的？

起居室传来敲门声。丹佛斯太太走进来，跟在她身后的正是他。
我欣然。

他问："怎么样？"

"已经退烧了。"

他点点头，不看我，向丹佛斯太太低声交代。

外面传来喧闹声。他皱眉。

"怎么了？"我问。

丹佛斯太太沉默一会儿，说："山姆要被送走了。"

声音渐渐清晰。山姆扯着嗓子喊："小舅妈救我。我什么都没干，
救救我，别让小舅舅剥我的皮！我保证马上离开，再也不来这个岛！

啊，别碰我！"他吓得声音都变了。

我失笑。至于怕成这样吗？

丹佛斯太太的脸色微微变了。

"丹佛斯太太，让人堵住他的嘴，立刻弄走。"他说。

正说着，山姆冲了进来。他本来是要找我的，见到 Mr. Lee，转而求他："你在这儿！我什么都没干，饶了我吧！"后面冲进来几个保镖把山姆拖走。山姆吓得腿软，哀号："小舅妈，帮我求情！"

对自己的亲戚都这么狠，一点儿不留情。我暗惊。

他转身，也要走。他就这样走了？我希望与他独处，盼他留下陪我，又碍于旁人，羞于启齿。这时，他回眸，冷冷地对我说："你惹出了多少事！山姆的事都怪你！从今以后，你少出去。"

我愣了。我干了什么？

他走了。

医生见我黯然，安慰我说："毒素快清干净了，很快你就能痊愈。"

痊愈了又能怎样？逃不出这桎梏的小岛，逃不出他冷酷的眼神。当着其他人的面，他对我总是冷漠的，充满厌恶。他在维持他的形象吗？显出一副难以接近的样子。这样多累，容易没朋友。他一定没有朋友。谁有耐心陪他一辈子待在岛上？我忽然觉得他可怜，同情泛滥开来，原谅了他的态度。

他又生我的气了，不再来看我。也对，岛上不只我一个女孩。丹佛斯太太变相承认过，山姆也说过，"又"来新人了。想必其他女孩又乖又甜，不让他着急生气。可是，可是，那些女孩也和他有婚约吗？

打了许多针，吃了许多药，后颈因毒素而肿起的大包正在消退，依然黑紫黑紫的，疼痛不再，奇痒无比。我不敢用热水洗澡，否则它更痒，只能用温水洗，不敢洗得时间太长，怕身体虚弱晕倒在浴室。

披衣走出浴室，温暖的风吹进来，我到露台晒太阳。刚踏进露台，发现那个狰狞的人站在那儿。大白天的，他竟敢闯进来！

我们相对呆住。他看上去有些紧张，显然，他没想到被我发现。他高大强壮，又长得那么吓人，害怕的人该是我才对。自从他帮过我，我对他的恐惧减少了许多。我回过神，问："Hungry？（饿了？）"

他望着我。

看来英语他也听不懂。

我指了指肚子，刚要再问，忽然听到敲门声，接着，有脚步声向卧室走来。他的眼中闪过一丝慌乱。我顿时不忍，把他推到墙边，作势捂他的嘴，但并不真正碰到他，只是用这个手势告诉他不能出声。

露台是一个整体，既通往卧室，也通往起居室和书房。我把他推到卧室与起居室的隔墙处，这样，无论从起居室还是从卧室向露台看，都看不到他。等丹佛斯太太走进卧室，我示意他跑到起居室与书房的隔墙处。

丹佛斯太太在卧室没看到我，向露台走来。我在她踏入露台前挡住她，告诉她我非常饿，请她多准备一些食物。丹佛斯太太应着，说："建议你把头发吹干。海风强，受风容易生病。"她要关上露台门，我怕她走过去，说："别关门，我需要新鲜空气。我去吹头发。快去准备吃的吧，我已经饿扁了。"

她走后，我回到露台，却发现"野人"已不在那里。我探头向楼梯和花园张望，从露台这头走到那头，目光由近及远，看不到他。他走了？我松了一口气，忽听身后有呼吸声，连忙转身。

通往书房的门敞开着，原来刚才他躲在书房。起居室和卧室常有人来，书房倒是没人进过。我把他推进书房，紧张得像做贼，谨慎地锁上书房通往起居室的门。窗户对着海，没人能从那边看进来，我犹豫一下，还是拉上了纱帘。

刚才冲动地想要保护他，现在共处一室，我又开始害怕，站在窗边不往里走。他比我高出两头，肩宽快是我的二倍了。如果他要伤害我，我那两年的跆拳道完全无用。

山姆的遭遇让我担心"野人"将受到更残酷的对待，庇护他又可能让我自己陷入危险。我十分矛盾。

书桌上放着我的画。他专注于那些画，我的心渐渐放下。他看着我，我脸红了，说："那是 Moventry，暮帆迟。"

他茫然。

这个名字的确不常见。

"Mr. Lee。"我解释。

他一震。

果然，这个称呼才是通用的，即使是他也听过。

"他是我的……"丈夫，恋人，未婚夫？我说不出口，咬着嘴唇，脸更加发烧，快乐从心底冒出来，甜蜜翻涌。我羞涩地指了指画，又指向我的心。

他似乎懂了，盯着画看，眼睛发出奇异的光。

我心中一动，问："你在岛上见过他吗？"他到处躲藏，说不定见过他。

他抬头看我。

"我真傻，你听不懂我的话。"我失望。

估摸着丹佛斯太太快来了，我叮嘱"野人"不要走，跑回卧室吹干头发。

丹佛斯太太准备了牛排、柠檬汁煎鱼、火腿蛋、沙拉、一些蔬菜、罗宋汤，主食是意大利面和芝士蘑菇焗饭。食物确实很多，只是，没有能打包带走的。外国人大概不知道什么是"发物"，除了火腿蛋和蔬菜，其他的食物都不利于消肿。

我不让她在旁边侍立，我说那样我吃不下饭。她走后，我把餐车推进书房。

"野人"望着餐车愣了。我说："本想让你带走一些食物，可惜没有能带走的。你就在这里吃吧。"

知道他听不懂我的话，我直接把刀叉递给他。

因为有牛排，丹佛斯太太终于为我准备了刀叉。

他不接。他不会用？那，筷子呢，这个更难吧？我把筷子递过去，他还是不接。

我叹息，示意他跟我来。在洗手池，我先洗手，然后示意他洗。他不肯伸出手。我其实很急。他停留得越久，越容易被发现。我拉过他的胳膊，触手的是疙疙瘩瘩的皮肤，不由得松开手。

他的手很大，皮肤不正常，像是蜡像被烤化后再次凝固，指甲凹凸不平，不像普通人的圆润。我只看一眼，赶紧挪开视线，盯着看太不礼貌。

他似乎自惭形秽，缓缓把手藏在背后。

我恻然，拉过他的手，要帮他洗，白嫩柔滑的手与他粗糙丑陋的手形成鲜明对比。他退缩，犹豫一下，自己洗。我递给他毛巾，他亮晶晶的眼睛盯着我。"用吧，没关系。"我说。

他的视线停在我的脖子上。我说："被蜘蛛咬了。"啊，蜘蛛，得提醒他。语言不通，我用画的。我用水在镜子上画蜘蛛，指了指我的肿包，说："危险，见到了要躲开。"

他目光闪动，也不知是否听懂了。

他的眼眸是很深的蓝色，接近黑，非常清澈，以前惊鸿一瞥，我还以为是黑色。他果然是个外国人。不对，此时在另一个国家，在他眼中，我才是外国人。

他的手指轻抚我后颈上的肿包。我一惊，皮肤发麻，赶紧躲开，快步走出来。

我把餐盘端到桌上，切牛排，端给他，示意他用手拿着吃。他不动，只是望着我。我做示范，拿起沙拉中的一颗浆果放在嘴里，然后微笑着望着他。他迟疑地也拿起一颗浆果。他的手指非常笨拙，指关节弯曲好像很成问题，浆果掉下来，在他的衣服上滚落，留下几点沙拉酱。他的眼中闪过尴尬。

原来他的手不灵活，所以不用餐具。我说："对不起，是我的错。"我递给他餐巾纸，他擦干净沙拉酱。我用叉子叉起一块牛排，喂到他嘴边。他愣了。我鼓励地微笑。他缓缓张嘴，吃下那块牛排。

"希望不太凉。"我指着鱼，问，"要尝尝这个吗？"

他非常听话，喂什么吃什么。他的牙齿洁白。他没有皮肤，我无法通过肤色判断他的人种。这么洁白的牙齿，恐怕只有黑人才有。

"你是天生这样，还是受了伤、生了病？在这个看脸的时代，以你的样子，生活得很艰难吧。看着像烧伤，但是怎么会这么严重呢？你看过医生了吗？你是怎么来到岛上的？唉，这里不通航，你也被困住无法离开了。"我自言自语，明知他听不懂，还是在说，用唠叨缓解紧张，试图让他放松。我对他始终保持着戒心。

他的眼睛明亮，不知在想什么。

外面再次响起敲门声。我噌地站起来。真糟糕，饭还没吃多少，太阳还没落山，此时离开，他容易暴露。但是没办法，他必须得走。丹佛斯太太习惯先去卧室，书房暂时是安全的。

我和他快步走到露台。我轻声地恳切地说："以后不要来了。万一被发现，无论是他们伤害你，还是你伤害他们，都不好。"

喂流浪的小猫小狗，它们会守在投喂者附近。如果他以后常来，早晚会被捉住。

他低头凝视我，伸出一只粗糙的大手轻捧我的脸。我愣了一下，才想起侧脸闪避，催促："走，快走。"说完，转身回到书房门前，调整呼吸，打开门，"丹佛斯太太，我在这里。"我回头，高大的身影已经消失不见。

丹佛斯太太看见餐盘，扫了我一眼。

"我饿极了。"我把剩下的火腿煎蛋塞进嘴里。

游完泳，我在躺椅上休息。有人交谈着沿走廊而来，是丹佛斯太太和 Mr. Lee。

"……很不平静。看好她。"

"她最近倒安分。"丹佛斯太太说。

"别被她的外表蒙蔽。她不是还要去岛上探索，让你准备专业登山工具吗？"

"给她那些工具，是您同意了的。"

"哼，谅她也逃不出去。"

"山姆少爷怎么样了？"

"不该你问的别问。你一向不问其他事，不要被那个女人带坏了。"

"对不起，我多嘴了。"丹佛斯太太的声音打战。

Mr. Lee 提到我时，语气如此无情，比丹佛斯太太还要冷漠。那天晚上的温柔只是我的梦？回想那一天的对话，所有信息都是已知的，是我自导自演的一场幻梦？

盖在脸上的帽子突然被掀起，他恼怒地瞪着我，指责："你竟敢偷听！"

我坐起来，说："你搞清楚，是我先在这里的。"

"为什么不出声？你故意偷听我们的话！"他回望丹佛斯太太，"你还说她安分！"

我看倒是他故意歪曲事实，贬低我的人格。我忍无可忍地说："你要我怎样，难道在你们说话时叫你们闭嘴，说我在这里？！"

他眯起眼睛，"哼，你自以为你的回答很聪明。你让我觉得讨厌。"

我痛心地倔强地说："我知道，第一天就知道。你去码头接我，但你的眼中没有期待。你根本不想见到我！我不是你想要的，你也不是我要找的。"

他的脸色变了。丹佛斯太太的脸色也变了，她大概从没见过有人敢这样和他说话。

我说："你以为我愿意待在这里？是你把我困在这儿的！暮帆迟，你敢不敢放我走？"

"你叫谁暮帆迟？"他冷冰冰地说，"丹佛斯太太，她精力这么充沛，我决定再关她一个月禁闭。"

我说："你对我不公平！我告诉过你，婚约是个玩笑，要你收回你的钱，你不听，用强买强卖的方式促成交易，逼我践行诺言。我来了，尽管不情愿，你又对我不理不睬。我住在这里，白吃白喝，一开始非常内疚，觉得无功受禄，什么都没做，还让你破费。但现在，我不这么想了。你很富有，这点花销对你来说是九牛一毛，你根本不在乎。如同买了书却不看，买了衣服却不穿，束之高阁，闲置不管，留我悬着心惶惶度日。你对我，像对一个没有生命的东西。反正你有的是钱，房子足够多，你把我往这一扔，就像把东西放进仓库，任其腐烂，烂也烂在你的库房里。你从没把我当作一个人！既然不喜欢我，为什么不让我走？"

他无视我，吩咐丹佛斯太太："带她进去，不许她走出房子一步！"

我起身返回房间。

读四年大学有什么用，读两年研究生有什么用，在这岛上，完全无用武之地。我是笼中鸟，双翼被剪，徒劳看天。

在我的新画上，他的名字改为 Mr. Lee。陌生的冰冷的 Mr. Lee。但我常常忍不住画出他的微笑，尽管我从未见过，这时，他就从 Mr. Lee 变成了 Moventry，眼睛也弯弯的，带着笑意。

狂风呼啸，黎明黑得像夜，暴风雨来了。闪电划破乌云，云层有一小片被照得半透明，闪电过后又是黑暗。暴风雨肆虐了一天，到晚上明显减弱，大雨倾盆，打在窗户上，像小石子密集地砸。

丹佛斯太太来送茶，忘了准备方糖。

我敏锐地觉察有事发生，尽管她表面如常。

经不住我再三询问，她答："直升机遇到风暴，被闪电击中，掉进海里。机上人员生死未卜。"

我大惊，额头一下冒出汗，又急又气，问："有暴风雨为什么还要飞啊？！"

"他买了你爱吃的果仁千层酥，想让你早点吃上。"

他在直升机上！

我傻啦，胸口憋闷地疼，胃跟着拧紧。这叫什么理由，为了一块果仁千层酥，搭上他的性命！他何时关心过我的喜好？他会为了我的小小愿望，特意在暴风雨中赶回来，置自己的安危于不顾？这不是他，完全不像他。但，如果，如果他外冷内热，对我宠溺却不明说……不，不能这样，不能因为我，我堪负不起。他不能出事！

丹佛斯太太走后，我悄悄从露台跑出去，沿着海找。

你一定要回来，平安无事的，健健康康的。我等着你呢，我给你画的画你还没看，我还有好多话想对你说。你答应我不死的。你要我留下陪你，我留下了，你要去哪儿？

我拿着强光手电，在大雨中沿着海滩一寸一寸找，浑身被雨淋透，风吹得我站不稳。

如果他掉在附近海面，海浪或许会把他推上岸。但愿他没受伤，但愿有救生设备在他身边，但愿他清醒能自救。

在这里找没用，他什么时候才能漂到这边的海滩呀？我应该到海上去找，可我没有船。

我没有，一定有人有。展开搜救必须得用船，岛上一定有什么地方备着船。我抱着一丝希望赶往码头，果然有船，而且不止一条。码头无人看守，岛上拢共没几个人，所有人手大概都派出去搜救了。

我不会驾驶快艇。我想：能有多难？打开开关，像开车一样开船，应该就是这样。

我爬上一艘快艇，穿上救生衣。

需要先找到踏板。应该有刹车和油门吧，像汽车。我低头找，船在风浪中摇晃，我的头撞在驾驶舱上。怎么摇晃得这么厉害？我直起腰，发现不知何时，拴在码头上的绳索松开了，船随海浪漂荡，已经漂出几十米。

糟糕。我犹豫要不要下船，又不甘心，暴风雨的肆虐渐渐平息，现在正是搜救的好时候。我拧动钥匙，船发动了。有希望！

别添乱，尤其在这种时候。这是我对自己最起码的要求。可是，如果他没了，谁又会在乎我是否消失？没有他，我算什么？

江海翻腾，浪高四五米，快艇在海面颠簸，有时倾斜达四十五度角。我的晕船奇迹般地没有犯，从此以后晕车晕船的毛病全好了。人被逼急了，会激发未知的潜能。

浪推着快艇，它完全不按我设想的路线走。我留意罗盘，确保回去时能找到方向，但我知道，我已经被海浪送到了未知的海域，我自己也迷路了。

在茫茫大海找一个可能已经沉没的人，希望何止是渺茫，简直是零。我没指望找到他，我只是在屋子里待不下去，必须去找他。

风卷着雨不停地打在脸上，让人睁不开眼，湿透的衣服贴在身上，我冻得瑟瑟发抖。

油还剩不到五分之一，必须返航了。我一边转弯，一边向远处的海面再次扫视。远处翻涌的浪中似乎有什么。我驾驶快艇缓缓靠近。那是几块看不出是什么材料的破烂板子。我的心重重一跳，捞起一块板子，看上去像是座椅的碎片。我的眼睛急速搜寻四周。

没有人，没有任何人。

我不死心，继续向前寻找。

有个黑乎乎的、圆圆的东西，啊，是一个人的头。是他，他趴在一块板子上，随波漂荡。

我大叫："暮帆迟，暮帆迟！"

他不动。我停住船，握他的手腕。他的身体好冷，脉搏和呼吸均微弱。失温是致命的，得赶紧把他弄上船。我下水，动作轻巧，怕海浪推翻他，试图用救生圈套住他，却怎么都弄不好。我拿起另一件救生衣，捆在他身上。救生衣的浮力和我作对，光做这件事我已经累得胳膊发酸。

总算把救生衣捆好，借着它的浮力，我想把他托上船。快艇的船舷此时显得那么高，我费尽力气，他根本没离开水面。船舷擦伤我的小臂外侧。我抱着他，泪水流在脸上，短暂的温热。"暮帆迟，Mr. Lee，Moventry，求求你，醒一醒。我一个人没办法，帮帮我。"

他一点儿反应都没有。他要么冻晕了，要么已经死了。

我大口喘气，攒了一会儿劲，再次用力托他。船被他的身体推远，漂走了，他则被掀翻，破板子也跑了。我赶紧抱住他，另一只手抓住救生圈。

他仰漂在水上。船渐渐漂远。算了，追上船也上不去。幸好我们都有救生衣。我一手拉着他，一手摽着救生圈，一点一点游。

只要方向无误，总会到家的，一定！

我咬紧牙关，奋力蹬水。不能失温，不能停下，不能放弃。

不知道过了多久，腿早就没劲了，蹬水变成了靠意志支持的机械动作。终于，我们碰到了沙滩。我忽然想哭，把他扯上岸，然后瘫倒在地。天似乎要放晴了，太阳在云后跃跃欲试想照耀大地。

"让我歇十秒钟。"我对自己说。数了十个数，我强迫自己爬起来，手脚都软绵绵的。他没有呼吸，还是我的手冻得失去知觉？他的心跳哪儿去了？

我把他的头扶正，向后扳，抬下巴，打开呼吸道，给他做心肺复苏。

六分钟早就过了，八分钟，十分钟。我持续做心肺复苏，不是因为我有多么坚强，笃定他能醒，其实我已经绝望。但我没有停止，停下就意味着放弃，我怎能放弃他？

他嘴角忽然涌出水，咳嗽起来，歪头吐出更多的水，微微睁开眼睛。

"暮帆迟，你醒了！"我惊喜万分，向后坐倒，再也没有力气。夕阳突破乌云，晚霞绚丽，映在我身上。

他喘息一会儿，仿佛被霞光晃到了眼睛，看不清我，所以一直盯着看。

"我们在海上漂了好久……直升机失事了，大家找不到你。我想找一条船。你刚才趴在木板上，我想把你弄上船，不小心把你弄到水里去了，船漂走了。我好不容易把你拖到这里。还好你醒了，谢天谢地。除颤仪……没有除颤仪……"我语无伦次地说，忽然后怕，悲从中来，热泪汹涌流下。

他不耐烦地说："不是叫你别到处跑吗，你怎么总是不听呢！"

我抽噎："可是你遇到危险了，我得救你。"

他皱紧眉头，又要发怒。

"要是你能攒出力气骂我一顿或者打我一顿，说明你好了。"我又辛酸又开心，眼泪止不住，怕他笑话，扭开头不让他看见。

他沉默片刻，说："这有多危险，你知不知道？"

"那我也得找你。刚才你吓死我了，脉搏都没了，给你做心肺复苏，你就是不醒，早就超过六分钟了……"

"心肺复苏？"他的脸色有些变了，"你对我……"

我救了他，他怎么好像更在意我碰了他。我委屈得红了眼圈，"你的心脏停搏了呀。"

"别哭，我还没死呢。"他烦躁地说，坐起来。

我的胳膊抖得厉害。

他的语气难得温和下来，说："别怕了。"他盯着我的胳膊。

我摇头，要强地说："不是害怕，胳膊是刚才做胸外按压累的。我做了好多好多个周期，至少几十个。"

"你怎么那么肯定我会醒？"

"我不知道你会不会醒，可我不敢停。我不敢失去你。"我的脸红了，"我没有别的办法可想，脑子已经空白，只能重复简单的动作。"

他望着我，过了一会儿，脸上闪过恼恨。"以后不许再叫我暮帆迟！Moventry 才是我的名字。"说完，他硬生生扭开头。

我用海水洗去脸上的泪痕。

没人心疼，我更得坚强，无论外表还是内心。暮帆迟，果然只是我的一个梦吗？看他嫌恶的样子，即使那不是梦，他也努力想抹掉。唯一让我感受到他的温柔的事，恰恰是他不想要的。

他问："这是哪儿？"

我这才有空观察环境。这是一个超级小的岛，一眼能看清全貌，一个沙坡、几棵树、几块岩石是它的全部。

我嗫嚅："流落荒岛了。"

他反而不急，躺在沙滩上。

我实在累了，也躺下，当然，距离他几米，心灰意懒，说："对不起，把你带到这儿。"

"他们能找到我们。"

他如此笃定，我半信半疑，燃起希望。

我说："以后不要在暴风雨中飞行。"

"这次直升机失事与天气无关。"他平淡地说。

我琢磨他的话。

天完全放晴，海鸟翩跹而过，螺旋桨的声音由远及近，一架直升机出现在视野中。

他的腿骨折，他们把他安置在我的楼下。我守在他的床边，累了就趴在旁边休息。我感觉到他在抚摸我的头发，我的嘴角涌出笑意，假装熟睡，希望这样的时光长一些。

他放下手，不再动，难道又睡着了？

我抬头。他正迷惑地看着我，眼神是温柔的，见我抬头，那温柔迅速消退。

我问："好些了吗？"

"你为什么在这里？"

"照顾你。"

"有丹佛斯太太就够了。"

"可是，可是……"我担心呀。我咬着嘴唇，说不出口。

"为什么救我？"他问。

这问题简直愚蠢。"当然要救啊。"

"为什么跑出去找我？海上多危险！你在拿命开玩笑。"

"管不了那么多，你是我的……"我害羞地停了口。

他的眉宇间闪过一丝复杂的情绪，似乎是恼怒。"回你自己的房间去。"他嫌弃地说。

我的自尊被深深刺伤，难堪地走了。

他不懂吗？不，他都懂。他不在乎我的感受，也不接受我这个人，肆意践踏我的心意。

正是黎明，我心情低落，迎着晨光走到露台。露台的小桌上放着一束野花，带着露珠，安宁而美好。这份礼物想必来自丛林中的朋友。幸好大家正忙着，没发现他。我低头嗅，淡淡的芬芳，那气味，来自森林，来自清晨，来自善意，来自自由。

无论 Mr. Lee 多富有，拥有多少价值连城的古董花瓶，都配不上这束花。

我让丹佛斯太太找了一个普通玻璃瓶，把花插进去，摆在书房。

我喝一口茶。花香馥郁，茶色红艳透亮，是自制的玫瑰茶。奔波半日，一夜不眠，我真的累了，趴在桌上睡着了。朦胧中，有人碰我的手臂。小臂外侧被船擦伤的地方已经包扎好。伴随一声轻叹，温柔的手在伤处周围舒缓地轻抚，小心地不碰伤处。

我心生暖意，想说不疼，别担心，却动弹不得，发不出声音。

他烦我，我便不去见他。我捧起一本书读，不由自主竖起耳朵听楼下的动静，又恨自己不争气，干脆戴上耳机听歌，声音开得很大，阻隔一切外部声音。

楼下"哐当"一声。我跳起来，跑到他的房间。

他倒在地上，旁边有一把凳子也倒了。我去扶他，架起他的胳膊，把他的重量放在我身上，帮他站起来挪到椅子上。他仿佛忽然醒悟，推开我，脸涨得通红。

他特别反感我碰他，海滩上就是。

他的目光从我身上迅速扫过，扭开脸。已经入夜，我穿着一件吊带长睡裙，衣料轻薄，窈窕身材尽显。

他低吼："走开！"

"我穿得很正常，比泳衣的衣料多得多。我又不是瘟疫，你至于这么躲吗？我发烧的时候，你又不是没碰过我。"

"你做梦呢吧？我碰你？"他矢口否认，满脸鄙夷。

我想到一种可能性。"难道你……"我倏然住口。

"什么？"他微微变色。我摇头。他逼视我，问："你想说什么？"我紧抿嘴唇。

他眼中竟然闪过一丝慌乱。

难道是真的？他……是同性恋？！

我被自己的想法吓住，赶紧抛开这念头，拒绝接受悲惨的命运。

他追问："你刚才想说什么？"无论他怎么问，我都不再开口。

丹佛斯太太走进来，我趁机离开。

第二天，他搬离房子。

我请丹佛斯太太开车带我逛岛。汽车能到达的地方不多。离房屋一公里处的直升机库和停机坪，空旷的码头，然后就是山和丛林了。没有基站，即使有手机也没用。要联系外界，需要一部卫星电话。

Mr. Lee 大发慈悲，恩准我出门，允许丹佛斯太太为我购买登山用具。我拿到后，第一个找的就是卫星电话，结果不出所料，只有一部对讲机。他们不可能给我卫星电话。我计划近期登一次山，然后谎称对讲机丢失。我要利用这个对讲机，连同能找到的其他配件，自制一部卫星电话。这对我来说是完全陌生的领域。我想好了，一年不成就两年，两年不成就十年，早晚我要找到方法造出来。

在此期间，其他途径我也不放弃。混进直升机？经过实地考察，否决。窃取丹佛斯太太的对外联系方式？经过反复侦察，她不跟外界联系。她总是把需求发送给一个什么中心，由那个中心再转达。

无论如何，只要还有一口气，我就不会停止寻找联系外界的方法。

第一步顺利实现。丹佛斯太太又给了我一部对讲机。谎称丢失的那个被我拆得七零八落，藏在衣帽间一堆鞋子后面。

丹佛斯太太说 Mr. Lee 要请我吃晚餐。我实在惊喜。每次见他都是惊鸿一瞥，这回总算可以和他相处久一点。

庭院中摆放餐桌餐椅，瓶中一枝玫瑰，烛火在水晶灯罩内摇曳。远处，海浪翻涌，日已落，晚霞缤纷了半个天空。

丹佛斯太太说："请用餐。"

"他呢？"

"他不来。"

我讶异："他不来？难道让我一个人吃晚餐？"

"是的。他请你吃晚餐，并没说要和你一起吃。"

我又气又失望。难得我精心挑选服装，还化了淡妆，兴奋一天，等来这么一个结果。

我说："我要见他。"

丹佛斯太太摇头。

我自嘲地笑一下。真是的，怎么能指望冷漠的她帮忙，她对 Mr. Lee 尊奉如神。

她说："你不明白，他不是你想见就能见的。即使面对面，如果他不想见你，你也见不到他。"

我自嘲的笑意更深。赌着气吃饭，味如嚼蜡。

丹佛斯太太轻声说："他……其实很……可怕，你不要抱太大希望。"

漠然的她肯出言相劝，我心里感激，但实在酸楚，吃了两口便推说饱了。

她说："喜欢宠物吗？ Mr. Lee 问你要不要养只狗，或者别的什么。"

我淡淡地说："何必多一个囚徒？谢谢，不用。"

心如止水度日并不难。每天在树荫下看书、听音乐，不必工作，不必学习，懒得说话可以一整天不吭声，想要什么，只需开口，自然有人奉上。

我本来可以过得像在天堂，无奈我已心动，怀有期待，无法平静。

辗转难眠，听到玻璃上嗒嗒轻响。下雨了吗？我睁眼，窗帘上映出一个身影，轻敲我窗。我披衣起身，啊，是"野人"。

即使是晚上，他来这里也不安全。我想劝他走，他已经沿着露台的台阶走到下一层楼。我以为他要离开，他竟然进入了那层楼的露台。虽然楼下没人住，但不排除有巡夜的人，要是他被发现可不得了。我穿着拖鞋去追，刚踏出一步，拖鞋发出"吧嗒"一声。我脱了鞋，赤脚追上去。

他沿着露台走到尽头，身影消失了。这一层的露台转弯处有一个通道，通道也是露天的，尽头是一道隐蔽的楼梯，通向上方未知处。他正顺着楼梯向上走，我追上去拦住他，不敢出声，只能疯狂摆手。他不理我，继续走。

我只好跟着他。楼梯通往楼顶天台。平整的天台空无一物，向外望去，四周一览无余。别人看向这边，恐怕也是一览无余。好在附近没有其他建筑物，没有人能看到屋顶，况且是黑夜，但我依然紧张。

他站定。我再次摆手，示意他快走。他向上指。我抬头，顿时被震撼。

星空！

我在这里住了几个月，居然不曾抬头看过夜空。天气晴朗，新月如眉，偶有流云。漆黑的天幕上，星光点缀，那么闪亮，那么璀璨，近得仿佛触手可及，将夜空辉映成清澈透明的深蓝色宝石。星垂四野，无边无际，漫布整个苍穹。我的眼中盛满晶莹，被这令人窒息的美征服了，感动莫名。

仰得脖子累了，还舍不得挪开视线。他碰碰我的手，我望向他，发现不知何时他已坐下，此时他躺了下去，枕着手臂，舒舒服服地看星星。

屋顶被晒了一天，此刻犹有余温。我学他躺下，眼睛依恋着闪耀的精灵。

过了好久，我才从震撼中恢复，醒悟到自己正跟陌生男人浪漫地看星星，顿时不安，同时不由自主地想，如果身边是暮帆迟就好了。我强烈地渴盼他，觉得现在的情形有失检点，我坐起来。"野人"疑惑地看着我。

我抚了抚头发，收拾心情，用手指做了个走的动作，指指我，也指指他。他不动。我招手，让他起来，见他还不动，便伸手拉他。他反握住我的手，我暗惊，抽不出手。他略一用力，我完全失衡，撞上他的胸膛。

我面红耳赤，推不开他。他的心跳强劲有力，震动我的手。我急了，屈膝，要用膝盖顶他的要害。他抓住我的胳膊，翻身把我压在身下。我顿时动弹不得。他高大的身形遮蔽整片天空，星光闪耀在他的眸中。他带给我巨大的压迫感，我透不过气，惊恐地睁大眼睛，心急速地跳。

他凝视我，丝毫不打算松手。

比起害怕，我的伤心失望更甚。果然我的善良是愚善。即使是狼，也可能有清澈眼神。我帮了一匹狼，只凭那清澈眼神，自顾自放下戒心，现在狼来吃我了。

"暮帆迟，"泪水模糊了视线，我哽咽，"暮帆迟救我。"

他害怕了，抖了一下，渐渐松手，然后迅速离去。

我坐起来，抱着膝无声流泪。不许哭，以后不再轻信别人就好了。你的软弱给谁看？

可是泪水止不住。晚餐受的委屈，Mr. Lee 对我的冷落，"野人"造成的惊吓，我对父母的思念，对未来的恐惧，所有落空的期待，一齐涌上来，酸楚无比。

清晨，我收拾行囊，要丹佛斯太太多打包些食物，告诉她我去登山，晚点回来。我戴着护腕、护肘、护膝、护踝，把自己防护到极致，揣好亲手绘制的地图，带上对讲机，骑着自行车，向着未知的地方进发。我要看看岛究竟有多大，我要找到暮帆迟，见不到他不回来！

丹佛斯太太当然不知道我的打算。但，她看我的眼神为什么蕴含深意？是不是她发现了，这次出发我没带花，我不打算标记来时路，我没打算回来。

她叮嘱我早些回来，说今晚 Mr. Lee 可能来。我问她可能性有多大，她答不出。

他来不来是他的事，我不能总是等他垂怜。

我要主动出击，找到他，问清楚。如果他娶我，那就赶紧。如果他不喜欢我，又不许我离岛，我可以当个用人，自食其力，劳动谋生。总之，我不能稀里糊涂待在这儿。

天空多云，很好，免得晒。

自行车能走的路已到极限。我徒步跋涉。

山横亘在岛的中央，无论怎样都绕不过去。我的目标是翻越它。我直觉，越过山，将进入另一个世界。

这是名副其实的野山，没有路，树林里到处湿滑。有时明明要朝这个方向走，因为崎岖难行，不得不迂回前进。我走得很慢，指南针不离手，不时停下，更新手绘版地图。

我气喘如牛，找个干净点儿的地方坐下休息，把登山杖搁在一边，卸下沉重的背包，揉揉酸胀的肩膀。背包带勒得我脖子后面的肿包又痒起来。我汗如雨下，在小溪边沾湿毛巾擦汗。

一朵枯萎的圣星百合引起我的警觉。我刻意避免走以前走过的路，怕遇见那个可怕的人。周围景色陌生，这个地方我没来过，不是我碰见他的地方。圣星百合大概是被溪水冲下来的。我松了口气。

从清晨到日暮，我出来整整一天了。丹佛斯太太问我还有多久返回，她说 Mr. Lee 快到了。我告诉她我很安全，其余不多说。

左侧是高坡，右侧是溪流，前方横出几根手腕粗细的树藤，挡住去路。我抓住树藤，往高坡爬，刚爬到一半，一条湛青碧绿的蛇顺着树藤蜿蜒而下。据说颜色越鲜艳的蛇毒性越强。它近在咫尺，我静止不动，一只手扶着腰侧装匕首的皮套。

树林中遇见动物并不稀奇。我的原则是敬而远之，实在躲不过的话，只要它不攻击我，我绝不招惹它。

小青蛇慢悠悠卷着树藤爬，我的视线跟随着它，渐渐转向身后，蓦然发现"野人"站在小溪的另一侧盯着我。他静静站在那儿，我甚至怀疑他跟踪我已经有一段时间了。我屏住呼吸，心提到嗓子眼儿。他向这边迈出一步，我不由自主地躲，差点儿撞在蛇身上。我真的怕他，虽然他距我几十米。

也不知哪儿来的力气，我蹿上高坡，手脚并用越过拦路的树藤，一口气跑出一百多米，顾不得踩到什么、抓到什么，总之就是逃。

对讲机响起，我本就紧绷的神经受到惊吓。它会害我暴露！

丹佛斯太太说："Mr. Lee 在等你。"

"我没空儿见他。"我没好气，同时紧张地四下张望，怕"野人"循声追来。"暂时别联系，我很安全。"说完，我关闭对讲机。

树林遮挡了光线，显得十分幽暗。我已偏离设定的方向，又不敢回头，只能硬着头皮继续走。深入山腹，茂密的树林越发昏暗。打开手电筒，飞虫陆陆续续撞上来。我时开时关，为了省电，也为了避免飞虫密集。我收紧袖口和裤腿，戴上面罩，防止被叮咬。

这种山林不会有大型猛兽，堂堂的 Mr. Lee 岂容卧榻之侧潜伏危机。我安慰自己，坚定向前。丹佛斯太太现在一定急坏了。我特意在书房隐蔽处留下纸条，说明丹佛斯太太不知道我的计划，以免她受罚。

夜幕降临，气温迅速下降，土壤带着湿寒之气。

我顺着山形，一会上一会下，体力逐渐耗尽，坐在石头上休息。向上看，只看见树叶缝隙中的天空，向下看，树林和杂草黑漆漆的。

我为走出这么远而欣喜，有种说不出的畅快，带着叛逆的兴奋。

登山杖倒了，掉落在下方，我想捡，却有心无力。一旦坐下，立刻手脚酸软，再也懒得站起来。

留得青山在，不怕没柴烧。休息一会儿，恢复体力，明天一定能翻过这座山。

我给自己鼓劲，吃了点东西，喝了两口水。头嗡嗡地响，原来走路多了，真的能走到头昏。

一只鸟扑棱着翅膀从上空飞过，林间处处是虫鸣。

我拿出对讲机，想跟丹佛斯太太道歉并报平安。刚打开，对讲机里传出大吼："你死哪儿去了？赶紧回话！"

我说："我很安全。"

他没想到听到我的回答，沉默了一下，接着爆发了："你疯了吗？你要是从山上摔下来怎么办？中暑怎么办？着凉怎么办？待在那儿别动，我派人去找你！"

他在担心我。我心里一甜，继而鼻子发酸。"我很好，你不用来找我，我会去找你的。"

"找我？"

"对，找你。你不能想来就来，想走就走。我要找到通往你的路。以后，我想见你，就要见到你。如果你永远不想理我，我也要你当面对我说清楚！"

他怒吼："那你过来找我呀！马上回来！"

"回去？来不及了。开弓没有回头箭。你能允许我离开小岛吗？我的生活能变回认识你以前的样子吗？"不能半途而废，否则他将看轻我，我再也无法翻身。

他喊道："疯了，你们都疯了。"

看来其他女孩也曾经被逼疯过。

我说："我和你是平等的。你不想见我，有权不见。我，也不是你想见就能见的。"我关上对讲机。

他的气急败坏中带着慌张。他的反应多像我的父母呀。我越是独立能干，他们越是伤心愤怒。当我不再依赖他们时，他们慌了，他们认为失去对我的控制就失去了我。

最长久最牢固的控制，绝不是高压逼迫，而是用爱，至少对我这种人是。

他们是我最亲近的人，我反而无法让他们明白这个道理。

树丛中突然出现两点绿光，缓缓靠近。看间距，这应该是头大型野兽。我看向多功能防身登山杖，模糊可见它在距我两米的地方，太远了，够不到。我全身戒备，一只手摸向强光手电筒，随时准备用强光晃它的眼睛，另一只手握着匕首的手柄。

绿光忽然分开了，一个向左，一个向右。原来是萤火虫。

我透口气，说："别想吓退我。"

我累极了，紧裹衣服，抱着手臂靠在树上，一靠上去便睡着了。

似乎有人碰我，我睁眼，"野人"正用安全绳把我绑在树上。我惊叫："你干什么？"

他听不懂，当然不回答，但是动作停止。

我吓得尖叫。他盯着我，半晌，缓缓退后，消失在黑暗中。

我肝胆俱裂，好一会儿才回过神，慌忙挣脱，却被安全绳束缚着动不了。我发现强光手电筒开着，背包被翻过了，安全绳上的多功能安全扣在我手边。我解开安全扣，却差点摔倒。我所在的地方是倾斜的山坡，如果没有那根安全绳，我睡着后很可能从山上滚下去。

鼻尖和太阳穴都有薄荷油的气味，非常明显，而我居然没醒。我昏过去了吗？

我不敢在黑暗中登山，又不敢待在原地，走了十几米，到达一处相对平坦的地方，又累又怕，手脚瘫软。

山里越来越冷。白天我出了许多汗，里面的衣服都湿了，贴在身上显得更冷。我拿出衣服换上，在外面套上登山服。一边换衣服，一边警觉地四顾。如果"野人"在附近，除非他有夜视眼，否则他应该看不见我，如同我看不见他。

换完衣服，我感觉暖和了一些。睡袋太大，我怕引起丹佛斯太太的警觉，不敢携带，这时真有些后悔。登山服防风防水，可我还是冷。海岛丛林里处处潮湿，连干柴都找不到。我把电击枪握在手里防备"野人"，蜷缩着，一会儿睡着，一会儿惊醒，总觉得危险潜伏在周围。

天亮了，我吃了些食物，喝足了水，再次出发。指南针不知道何时丢了。腕表带有指南针功能，在我跳过一块岩石、撞到树上时，表盘被撞碎，虽然指针还在动，但只有时间是准的，指南针紊乱了，估计是撞坏了里面的磁石。

我利用太阳辨别方向。

正午时，我站在山脊线上，山崖下是一个海湾。海湾狭窄，露出某个东西的一角。我顺着岩石小心地向下移动。腿因为连续劳累，不停地发抖。我在每一步都踏稳后再走下一步。费了一番力气，我伏在岩石上，看到了那东西的全貌。是一艘小型快艇！

此处不是码头，只有山崖乱石，快艇的出现实在蹊跷。它八成是偷渡上岛的！

海流通往山崖内我看不到的地方。那是个天然洞穴，里面想必更窄，快艇进不去。

快艇上没人，多好的机会，我懊恼万分，我不会开快艇！在岛上待了这么久，琢磨了那么多异想天开的方案，却没想过去学驾驶快艇。我的思维被禁锢了，丹佛斯太太说码头弃用多年，我就完全排除了从水路走。

脚步声从洞穴内传出来，带着洞穴的回音，越来越清晰。走出的竟然是 Mr. Lee 和一个年轻女人。

女人打趣道："最近你火气很大啊。听说你有个新任务，你的小娇妻让你吃不消了？"

他不悦地说："别拿她开玩笑。"

当着外人，他护着我呢。我心里发甜，对他的气全消了。

"你该不会真的喜欢她吧？那可就真糟了。"

他不作声。

"试验又失败了，情况一点儿不见好转。"女人的态度正经起来。

"你的工作时间减半，有进展才怪。"

女人委屈："怪我吗？试验对象总是跑掉。还有啊，上次你送来的样本根本不能用。你得提供原料，我才能做事。"

他冷哼。

女人说："好了，不耽搁你了，快去陪你的小娇妻吧。"

他沉声说："我说了，别拿她开玩笑！"

他的语调带着压抑的愤怒和威胁。女人有些愕然，恭顺地低下头，语气却不甘，说："是，尊贵的 Mr. Lee。"

他开快艇走了。这是他的快艇，那就合理了。岛屿中央被山阻隔，原来他是用快艇代步的。

女人返回山洞。我向快艇行驶的方向走。

植被渐渐稀少，岩石密布，越来越难走。好在石头表面被风化，十分粗糙，提供了足够的摩擦力，走起来倒比湿滑的树林稳当，视野也比树林里开阔多了。

天真蓝，清澄辽远，海也蓝，蓝得耀眼。我的心情好得出奇。我向丹佛斯太太报平安。山顶的风太大，我的声音被风吹散，说了好多遍，不知她是否听清。她说了什么，我完全听不见。我又关闭了对讲机。

直升机在天空盘旋，我忽然意识到它在找我。

为了找我，这动静也太大了吧。不过也对，我的身份如果是准岛主夫人，他们的举动怎么都不为过，而且还嫌迟。

身在开阔之地容易被发现，我寻找藏身之所。冷不防一阵强劲的旋风袭来，沉重的背包促使我失去平衡，从坡上滚落。我连忙四处抓，抓草草断，抠岩石缝，手指承受不住整个身体的重量，再次脱手。我滑向山崖边缘，碰到一块突出的石头。感谢昂贵的攀岩手套，帮我牢牢抓住它。

耳边风声呼啸，海浪拍击着礁石，发出巨大的声响，从山崖下往上传。我有一种泰山崩于前的感觉。脸颊擦破了，火辣辣的疼。

背包成为累赘，拽着后背向下坠。我上身不敢动，也不敢转头看，脚到处寻找着力点。脚横向一侧时，碰到一处坚硬，我惊喜，试着踩，果然是一块石头。踏了踏，它不动，很结实，能承受重量。

我手脚同时发力，双手抱着石头往下按，脚下一蹬，用力向上蹿，打算借此让自己重回山崖上。只要上半身能趴上岩石，就安全了。

岩石严重风化，表面松脆，这一蹬不仅没能借力，反倒把石头的表皮蹬下去一块。我的重心已经倾斜，脚下失去支撑，手中的岩石表皮也崩碎，我抓不住，整个人溜下去。

电光石火间，一只大手一把抓住我的手腕。我抬头，"野人"头朝下趴在山崖上，焦急地望着我。

我的身体悬空，除了他，什么都碰不到，全部体重都在他手上。

他的出现让我生出一分希望，忘了对他的惧怕。或许是我眼中的希冀点燃了他幽蓝的眼眸，他的眼睛那么明亮，在耀眼的阳光下依然夺目。

我戴着手套和护腕，他什么防护都没有。他的胳膊硌在石头上，流出鲜血，染红了那片灰白。血迅速渗进岩石表面，提醒我它的风化程度。

他伸出另一只手，用双手来抓我，刚一动，他的身体往下栽了一点。我叫："当心！"他稳住身体，试图单手把我提起来。一片岩石脱落，从他的身侧掉下来。我们同时意识到，这块石头撑不了多久。

当务之急，必须减负。我的右手被抓住，左手能动，摸索着拿出折叠刀，要卸下左肩的背包带。这时，我感到他用力捏我的手腕。我看他，他盯着我的右肩。对了，我的右肩在上，左肩在下，虽然卸左肩的背带容易，但是一旦卸下，背包的重量全集中在右肩背带，背带将勒紧身体，想割断，难免伤到自己。

我改为先割右肩背包带。身体在空中轻微荡漾，被他握住的手的护腕滑动一分。我们同时屏住呼吸。因为出汗，我的护腕内侧湿了，再加上我的体重，护腕要滑脱了。

我感觉到他更紧地攥着我的手腕，不禁看向他。他的眼神是坚定而鼓舞的。我咬咬牙，用力切割背带，同时左肩一沉，背包顺势下坠，掉进海里。我顿觉轻松。

他再次尝试单手提我上去。就在这时，从我的角度看去，这块突出的岩石与山体连接的泥土中出现一道裂缝，泥沙顺着缝隙掉落。他全身都趴在岩石上，如果石块脱离山体，我们两个都要摔下去。

我坠崖是被自己的鲁莽害的，何必再拉上无辜的人？

我气息不继，断断续续地说："石头经不住两个人的重量，放手吧，要不你也会掉下去。"

我向下看，海面亮晶晶。到底有多高，十几米，几十米？"下面是海，掉进水里没事。放开我吧。"我骗他，也骗自己。"我不怕，真的不怕。"我试着微笑。

他听不懂，但他的眼神流露出生离死别，继而是刚毅。他又一次试图拉起我。这次，岩石颤动，我们都感觉到了。

我着急地喊："放开我！你想死吗？"护腕已经滑到手掌，搓得登山手套都卷了一半。

大势已去。我气喘吁吁地说："放手。你是好人，你救不了我，是我自找的。"

他神色毅然。在护腕即将滑掉的刹那，他猛地扑过来，另一只手抓住了我，但同时，他的身体也栽下来。

身体完全失控，原来是这样的。半空中，他把我拉近，将我的头紧紧按在他的胸膛上。

下一秒我们已经掉进海里。巨大的冲击先击打了他的背，力道从他的身体传向我的身体，我感觉像被重重撞击，接着，海水从四面八方挤压过来，除了身前，那里有他挡着。他的胳膊松开了，他被撞晕了。

我的耳朵好疼，眼睛过了一会儿才敢睁开。水流、气泡，快闪开，我看不见他了。我伸手抓。他渐渐漂远，下沉。一片殷红在水中漂荡、变淡。是他的血。

游泳的本能让我的身体上浮，离他越来越远。我拨水，想潜下去，可身体不听使唤，就是潜不下去。有人从上面抓我，我被扯出水面。是那些保镖，他们找到我了。

我大喊："还有一个人，他沉下去了。快救他！"

他们把我弄上岸。

我不停地叫："他还在下面。去找他，去找他！"

他们无动于衷。一艘快艇开过来，他们把我扔上去。我想下船，一只手用力抓住我。是脸色铁青的 Mr. Lee。

我哀求："快救人，他在下面！他救了我。别把他一个人丢下！"

他不理我。

"救救他，求你了，我再也不乱跑了，以后我一定听话。救他，求求你，求求你！"

他还是不理。

我撕心裂肺地大喊："回去，救他！"

从未这么害怕过，被送进医院、以为要摘除器官时都没这么害怕。从未这么着急过，在悬崖上命悬一线时都没这么着急。他随时可能死掉，假如可以以命换命，我立刻去换！

"那儿什么也没有。走。"他冷冷吩咐开船。

我打个寒战，不敢相信地看着他。禁闭的小岛……谁都不能离开……私闯禁地，他要他死！既然他们不管，那我自己去救。但他抓着我，仿佛洞悉我的意图，不给我机会逃脱。

我几番挣扎，他狠狠打了我一个耳光，怒喝："你惹的麻烦还不够？！"

第一次有男人打我，而且是他。

我眼冒金星，心像坠入冰窖。

他打在我流血的脸上，但我觉不出疼，所有疼的感觉都在胸膛内。

回到陆地，他扯着我，把我扔上车，按住我。我始终注视着"野人"的方向，望眼欲穿，几乎把脖子拧断。

到达别墅，他打开车门，把我推下去。我摔在地上。等候在外的丹佛斯太太搀起我，Mr. Lee 极其气愤地说："把她锁起来！"

丹佛斯太太脸色发白，深深低着头，赶紧拉我。我有气无力地看一眼 Mr. Lee，默默进去。

丹佛斯太太把我送回卧室，关上门，迅速离开。

我扑到露台，听到丹佛斯太太低声说着什么，Mr. Lee 大吼："他死了！你的任务是保证她不再跑出来，做好你的事！"说完，他狠狠关上车门走了。

我瘫倒在露台。

过了一会儿，丹佛斯太太走进来，对着瑟瑟发抖的我沉痛地说："你都干了什么呀？你闯下大祸了！"她眼圈发红。匆匆说完这些，她来扶我，伺候我沐浴，给我处理伤口。

我呆呆的，任她摆布，失魂落魄地说："如果沉到海底的是我就好了。"

她皱眉，眼底有泪光闪过。

假如时光倒流，回到两天前，我劝说自己打消与外界联系的念头，悲剧就能避免吧？

假如时光倒流，回到半月前，我吓走"野人"而不是请他吃饭，悲剧就能避免吧？

假如时光倒流，回到半年前，我耍无赖，拒不守信，不来赴约，悲剧就能避免吧？

假如时光倒流，回到三年前，我低头认错，从未登过征婚信息，悲剧就能避免吧？

一步一步，我的任性累积，害死一个无辜的人。

从此我背对窗口，不敢看海，紧闭门户，不敢听涛。门未上锁，是我的心锁沉重，解不开。无须禁足，我自我封闭，浑浑噩噩，不知今夕何夕。

露台出现一个人影。"野人！"他还活着？我急忙走到露台，却见到 Mr. Lee。

他讥诮地问："失望吗？"

我不出声。

他逼问："你在等谁？"

我低头。

他攥着我的下巴，差点儿把我的下颌骨捏碎，恶狠狠地说："我低估你了。你果然有些手段。丹佛斯太太！丹佛斯太太！"

丹佛斯太太小跑着进来。

"记住，不许她踏出屋子半步，去花园也不行！不许她见任何人！"他阴恻恻地对我说，"不要误会，这是对你的保护。"

丹佛斯太太垂下目光应允。

Mr. Lee 把我拖进浴室，扔进浴缸，打开花洒。水浇在我身上，湿透衣裙。

"洗干净！"他嫌恶地说，"肮脏的女人，你也敢有奢望？！"

他带着四个保镖搜查别墅，包括我的房间，在衣帽间找到改装一半的对讲机，扔到我面前。我毫无波澜，了无生气，水从身上流淌。

他怒吼："你好大的胆子！"

我要是胆小，不会只身一人万里赴约，不会在暴风雨中出海找他，不会翻山越岭去见他。而那后果，是我无法承受的。一阵痛楚袭击心底，我忍耐地闭一闭眼睛。

他恶狠狠地说："想跑？死了这条心吧。这座岛就是你的葬身之地！上了岛，谁都别想离开！"

我喃喃。他听不清，俯下身。

"你不是我的暮帆迟。"

他用力踩对讲机，把它踩得稀烂。

他不是我的暮帆迟，他只是 Mr. Lee，别人眼中神秘的、尊贵的、威严的 Mr. Lee，我眼中残忍的、冷酷的、平庸的 Mr. Lee。请原谅我使用"平庸"这个词。如果他不是我的暮帆迟，那么他与其他千千万万的人有何不同？对于我，他不再特别。

他以为他掌握着我的命运，其实不然，我的思想和身体都不受他的禁锢。身在牢笼之内，只是因为我不想伤害自己，否则，就连这个身体也不在他的控制之中。

入夜，起居室传来轻微的声响，我的心激动地跳。是"野人"吗？

黑暗中，那人弯腰偷吃茶点，狼吞虎咽，像是许久没吃过饭。突然，他察觉到我，动作僵住。

"Are you hungry？"我轻声问，触动太多辛酸。

他直起腰，那是一个瘦弱的人，个子比我高，但不是他。

"Be quite！（安静！）"啊，是一个女人。她逼近，卡住我的脖子，并不用力，只表示威胁。

我有些明白了。这里有窗户，容易被发现，我握着她的手腕，带她到衣帽间去。她蒙了，迟疑地跟着我走。

我说："其他地方都有窗户，只有浴室和衣帽间没有。"我向外走。

她警觉。"你要干什么？"

"把食物拿进来。"

她不放心，要跟着我。我说："不安全，你留在这儿。"她犹豫，退回衣帽间。

我拿来食物和水，问："我能开灯吗？放心，别人看不见。"

她只顾吃。灯打开了。她是一个漂亮的姑娘，金色短发，碧蓝的眼睛，身上裹着一件说不出是黑色还是灰色的布袍。由于不适应光线，她的眼睛眨了许久，手不停往嘴里塞食物。

我问："你从哪儿来？他们正在找的是你吧？"

她瞪视我，反问："你是谁？"

"一个囚犯。"

她上下打量我，显然不信。吃饱喝足，她对我的敌意消退一些。她不回答我的问题，倒问我许多问题，来岛多长时间了，是否一直住在这里，房子里有几个人，守卫严不严，有什么办法出岛。

我说："以前我算是'住'在这里，现在，大概算是被'关'在这里。Mr. Lee 要人把我锁起来。"

她无比惊讶，问："你见过 Mr. Lee？"

我点头。

"他⋯⋯可怕吗？"

"算是吧。"

她说她以前在医学中心，那里还有好多和她一样的人，有男有女。她说大家都想方设法逃跑，有人甚至在做手术时逃跑。

我说："正做着手术跑出来？那手术做完了吗，成功了吗？"

"你问的是剥皮还是植皮？剥皮嘛，取皮的人还活着，算是成功。植皮是否成功，要看排异反应。"

我毛骨悚然。常听一个人发狠说，再怎么怎么样，我剥了你的皮。难道现实中真有人剥别人的皮？！

"最近一次的实验又失败了。每次实验失败，参与手术的人都会消失，再也不出现了。"她恐惧地说，"所以我必须跑。Mr. Lee，那只野兽，上帝保佑，我还没见过他，不知道是我的幸运还是不幸。"

"野兽？"

她说："大家都这么叫他。他用非人折磨把人逼疯，然后把人弄没了。在这个岛上，时常有人消失。我怕走内陆迷失方向，一路沿着海岸线逃。海边有巡逻队，我不敢离海太近。有一群人围在东侧小海湾。他们发现一具尸体，被海水泡了很久，烂得不成样子，根本分不出是谁。据说是个男人。他全身没有一块好皮肤，大概是在礁石上撞的。海边找不到船，真倒霉……"

她后面说了什么，我已经听不见。我的身体摇晃，心忽悠一下，冷汗冒出来，仅存的一点希望化为泡影。

她问："你来剥皮岛多久了？"

"什么……岛？"我茫然。

"剥皮岛啊。当然，这不是它本来的名字。"

我想到"野人"体无完肤，仿佛被剥了皮。Mr. Lee 的脸在我的脑海浮现，带着阴恻恻的冷笑。

"都怪我年轻，贪钱，同意了交易。一百万美元，听起来是不是很诱人？可是，如果一辈子不能离开，钱对我有什么用？"她凄凉地说。

"什么交易？"

"你不知道吗？你不是因为这个来岛上的？"

我艰难地问："因为……哪个？"

"取皮。他们剥了我的皮。"

我的脑袋"轰"的一下，眼前昏花。

她掀起衣服展示后背的伤疤，我晕倒了。

醒来时天光大亮，金发女已不见，我还躺在衣帽间的地上。

我吃东西，喝水，补充体力，眼巴巴等天黑。

暮色降临。我继续等，等到夜深。我像猫一样敏捷，无声地溜出卧室。

别墅静得反常。守卫都去哪儿了？他们不能进入房屋，但怎么周围也不见人影？我在窗帘后向外探看许久，小心翼翼走出去。

夜好静，只有风声和浪涛。

四周黑漆漆，月色朦胧，逃脱异乎寻常的顺利。

我不敢暴露在空旷海滩，选择在树林穿行。金发女提到"东侧小海湾"，我便一路向东。或许他已不在那里，他们处理了他的尸体，无论如何，我要去看一眼。

树林里隐约有声音，我半蹲，从树后悄悄探出头，借月色看见两个人，顿时脊背冒凉气。

金发女与 Mr. Lee 热情拥吻。他亲吻她犹如打补丁的皮肤。

我抑制不住发出一声尖叫，翻身爬起来，撒腿就跑，向小海湾的方向。

Mr. Lee 追我。

我玩命地跑。

他压低声音吼："站住！"

脚步陷入沙中，跑不快。他扑倒我，我拼命挣扎，大叫："魔鬼，你是魔鬼！不许碰我！"我重重地踢他，踢中他的腹部，他疼得弯腰。我打个滚，爬起来接着跑，没跑两步又被追上。

"别过来！放开我，别碰我！变态、疯子、凶手！"

叫声引来守卫，他们联手抓住我。我像鲤鱼打挺，力气大得出奇，又咬又挠又踹，四个人按我不住。忽然，后颈被人重击，我被打昏了。

我被关进一间没有窗户的小屋，除了一张床，空无一物。

我不停地尖叫，喊破喉咙，把门撞得咚咚响，踹坏了锁，冲到走廊。守卫摁住我，Mr. Lee 赶来，见此情景，惊得半晌才说出一句："疯了吧你！"

我冲向他，眼神疯狂，被守卫拦住。

这些日子，我一直试图跟自己和解，跟他和解。我害死了一个人。我们联手害死的，也有他一份！我该死，他见死不救，也该死。

我要与他同归于尽！

　　四五个人按住我，给我打镇静剂。

　　我发高烧，胡言乱语。一旦醒了，攻击一切试图靠近我的人。我大叫："别靠近我，你们想干什么？"

　　Mr. Lee 让人把我绑在床上。现实与虚幻交替，我分不清真假，自言自语，声音忽大忽小。大，是因为我听不到自己的声音；小，是我在对他说话，轻声细语。

　　"鸟啄走他的眼睛，他看不见了。鱼在咬他。把它们赶走！走开，离他远一点，不许过来。"

　　"护腕要掉了，放手啊！"

　　"为什么要救我？我不值得！为什么豁出命救我的人偏偏是你？"

　　"他自由了，随鸟去了，随鱼游走了，他逃脱了。海浪托着他去远方，他离开小岛了。"

　　"山姆，可怜的山姆。我该救你，可我怎么才能救你？"

　　"他在海底，睡着了。嘘，小点声，不要吵醒他。"

　　"要不要一起去看星星？天好黑，从来没亮过，只有星星发着光。"

　　"刀子呢？背包带太紧了，得把它割断。"

　　丹佛斯太太说："她疯了。"

　　"疯了？"Mr. Lee 怀疑，"是新的诡计吧？"他俯身审视我。

　　我挣扎，绑带勒进肉里。"我认得你。刽子手！守卫是你支走的。我看见你和她在树林里……"

　　他的脸上闪过慌乱，他背对着丹佛斯太太，只有我看见。

他大声说："她疯了。禁止任何人见她。"他的声音盖过我的。

丹佛斯太太担忧地说："要是别人问起她……"

他冷酷地说："告诉他们她死了！"

我对着他的背影神经质地大笑。他的肩抖动，似恐惧。

我恢复一丝意识时，照顾我的人换成一个矮胖的老女人。四个人押着我回到原来的房间。屋里少了很多家具，多了很多摄像头，窗外有人日夜巡视。房间的锁换成从外面上锁的。

"这个疯女人怎么办？早该对她实行清除计划。"

"Mr. Lee 不让。"

留着我，是善意还是折磨？

我对着摄像头傻笑，脱衣服，脱得只剩贴身内衣。

我在赌，赌 Mr. Lee 作为男人的占有欲。就算他不喜欢我，他应该也不愿让别的男人见到我的身体。果然，他撤去了这一层所有的守卫和摄像头。从此我的视野除了那个胖女人，不再有闲杂人等。

胖女人让我在起居室坐下，把脚凳拿远，抬起我的腿放在脚凳上，突然向我悬空的膝盖坐下去。我惨叫，汗和泪都冒出来，抱着腿蜷成一团。

她得意地说："这下你跑不了了。"

丹佛斯太太听到我的惨叫，上来查看。胖女人不让她进门，说："她又发疯，在桌上跳，摔断了腿。"自此，屋中的家具再次减少。起居室已经搬空。

医生为我治疗。等人走后，胖女人立刻换了一副嘴脸。轮椅成了摆设，我大部分时间坐在地上，衣衫凌乱，她对医生解释说是我自己发疯不许别人打理。

她克扣我的食物，要么她吃掉，要么倒进马桶。她说："吃这么多，让你有力气逃跑吗？我可不会犯和丹佛斯太太同样的错误。"

没有人来看我，Mr. Lee再也没露过面。能见我的只有胖女人一个人。一切都由她说了算。

我的腿折了，她非常放心，并不二十四小时盯防我。

危险近在身边，强行结束我的恍惚，激发了反抗。我怎能败在卑鄙小人手上？！

当着她，我装迷糊昏沉。

背着她，我在腿部的穴位上按摩，渴盼尽快好起来。我寻找能作为武器的东西。房屋收拾得很彻底，由于我前期的暴躁行为，他们收走了所有利器、钝器、可移动装饰物。实木家具太重，不便挥舞，雕饰太结实，我掰不下来。

但，只要想找，总能找到。

我用一只合金手链的花瓣装饰，不断磨损浴池壁最下面一层陶瓷贴砖的缝隙。勾缝全磨掉后，我成功撬下一片瓷砖，又悄悄把它按回去，耐心等腿痊愈。

第一百二十天。我的腿恢复力量，横踢后踢都能快速强劲地发力。

我撬下准备好的瓷砖，摔碎它。

陶瓷碎片锋利如刀。我用它割开衣服，用布条缠手，以免伤到自己，拿着碎片，等在起居室门后。

胖女人走进来，毫无防备。我从她背后无声地贴近，对着她的脖子扎下去，鲜血涌出来。她捂着伤口，转头看是我，惊恐万分，想说话，发不出声音。

我打量，说："不是动脉喷射的样子。我下手很准的，没有扎到颈动脉。说不出话吗？伤的是气管。别拔出来，要是碰到动脉，你死定了。"

我的话语如此清醒，她露出深深的恐惧。

我微笑说："运动会加速血流。你不想失血过多死掉吧？所以别乱动，我去叫人帮忙。"

她果真不敢动。

我从容走到大厅。真冷清，一个人都没碰上。

我在厨房洗手，找食物，抱着一堆食物到丹佛斯太太的房间。她大吃一惊，意识到发生了什么，夺门而出。我坐在她的椅子上吃蛋糕。楼梯上响起匆忙的脚步声。一辆车在门前急停，医生用担架把胖女人抬走。我悠闲地踱步到大厅，倚在门边望着，一边吃果仁千层酥，一边哼歌。胖女人看见我，想说什么却说不出来，急切地看身边的人，没有人顾得上留意她的神情。

又来了一辆车，Mr. Lee 从车上下来，瞪视我。我刚好吃完果仁千层酥，把手上的布条一圈一圈解开，扔向他，傲然走进房子。

他厉声说："丹佛斯太太，从今天开始，你负责看着她！十足的疯子！"

日升月落，天黑天亮，光明或黑暗，于我没有分别。

哭或笑，睡或醒，床或地板，于我没有分别。

天黑了，我反而睁大眼睛。外面狂风大作，我在屋里打起伞。星光让我觉得刺眼，我背对它，感觉它像一万根针刺进我的后背。我把书页撕下来，一页一页叠成小船。有时我睡在浴室，有时睡在柚木地板上。

过了多久，一年了吧？我已被世界遗忘，被时光抛弃。

今夜风浪很大，窗户和门早就封死了，海风吹不进来，只有隐隐的涛声。我抱膝坐在地板上，倚着床，盯着墙上的油画，三个小时不换姿势。我不是在欣赏画，只是在看月光随时间推移在油画上移动。

一道阴影遮住月光，久久不散，我转过头，窗外，一个高大的身影向屋内凝视。

这一层的露台上不可能有人。守卫和监控都被我用计逼退。

这个人是谁？

他的轮廓有一丝熟悉。我向他走去。逆着月光，他的身影难以辨别。我再走近一些。高大的身材，粗糙的皮肤，一张狰狞的脸，幽蓝的眼睛在暗夜中闪闪发光。

我扑到落地窗前，从上到下急切地打量着、辨认着。是他！这个身形，这双眼睛，不会错，是他！他还活着！我的心扑通扑通强烈地跳动，每一下都令全身震颤。

他的眼中满含渴望和喜悦，他看着我按在玻璃窗上的手，把他的手放在玻璃外侧相对的位置，仿佛我们的掌心相抵。我向上伸出手，手掌微微弯曲，像是在触碰他的脸。他微微侧头，宛如感觉到我的碰触。

狂喜、庆幸、感激、酸楚，一齐涌上心头。

他用手拧了拧通往卧室的门把手，表示打不开。他向旁边走去，我跟到起居室。他拧那里的门把手，我依然摆手。我示意他离开，他深深望着我，转身走了。

我忽然有一种强撑许久终于可以放下的感觉，身体和心灵都从紧绷中释放。我贴着落地窗，坐在地板上，感激莫名。他还活着，我没有害死他！我的愧疚总算可以放下。他活着，这就够了，我别无所求。逃不掉、永远困在岛上，是为了让我见他？那我没有任何怨言了，见到他活着，弥补了这一切。感谢上苍，感谢所有的神，感谢你们让他活着。

过了一会儿，走廊的门传来轻微的响动。门开了，他闪身进来，手里竟然拿着钥匙。

他去丹佛斯太太那里偷了钥匙？

我惊讶得说不出话，呆呆地站起身。

皎洁的月光披泻在我身上，他自黑暗中凝望我。房间好静，静得能听见呼吸。

他走近，我下意识地躲，碰到落地窗。他被我的反应弄糊涂了，脚步微顿，再次迈步。我摇头，身体向后缩，缩成薄片，紧抵在玻璃上。他明显疑惑了，步伐却坚定。

地板上，月光分割黑暗与光明。他的双脚迈过分割线，接着是腿，然后是腰、肩。

我忍无可忍，走上前，伸直胳膊，双手用力抵住他的胸膛，阻止他向前。

我说："不要再过来。要是月光照到你的脸，你不是他，我会永远恨你，诅咒你下地狱！别给我希望，如果你最终要夺走它。"

他的眼眸像暴风雨夜的海。他顶着我的手，一步踏进光明。我紧紧闭上眼睛，睁开时他还在。无法模仿的不可复制的他，沉默不言的无声嚣张的他。

这一刻，他是黑暗的，光明的，丑陋的，魅惑的。

他那么高，我不得不仰起头。

我轻声说："他们说你死了。有人在小海湾附近发现尸体。一年多了，我以为你真的死了。"

他拉着我的手，贴在他的胸膛。是的，我感觉到了他的心跳，真实，强劲，充满活力。

"你去哪儿了？你离开岛了？如果离开了，为什么要回来？如果你一直在岛上，为什么不来看我？我以为你死了，我每一天都在恨自己。我希望掉进海里的只有我！我希望被救的是你，留在海底的是我！我希望那个曝尸海滩的人是我！你去哪儿了？！"我的气息不稳，声音断断续续。

他的眼波掀起滔天巨浪。他向我俯身，伸出一只大手捧着我的脸，像要把我看仔细。

我不敢与他对视，在他的胳膊上寻找当时被岩石磨破的地方。他本就是体无完肤的，完全看不出是否有新的伤痕。我的手覆盖在记忆中他的伤处，低柔地问："你的伤都好了？是不是很努力很努力才回来的？"

他反握住我的手，放在唇边轻吻。

当他的唇碰到我的手时，我不由自主地抖了一下。这是男人对女人的态度，而不是其他的任何东西。

我第一次强烈地意识到我们之间的性别差异，同时惊讶地发现，他的触碰居然让我欣喜，甚至有如愿以偿的感觉。他眼中的深情满溢，吸引我的目光无法移开。

不对，不能这样！

我蓦然惊醒。我还没有疯到忘记自己的身份，也深知此地的危险。我推开他，走到门前，坚定地指向外边。

他站着不动，我把他向外推。到了门口，他突然转身，紧紧地抱着我，我的头被压到他的胸膛，听见他震耳欲聋的心跳。那一秒，我几乎沦陷。坚实而宽阔的胸膛，可栖身。残破却温暖的身体，可御寒。

我艰难地和自己斗争。"既然你活着，我不欠你的了。"我无情地说，就算他听不懂话，但想必能听出我语气的冷漠。我打开门，用力把他推出去。

他的力气比我大，但他蒙了，呆呆地被我轰走。

他该走了，必须得走了。如果被发现，他们会杀了他！

我关上门，紧紧地靠在门上。

他爱我，这个面目狰狞的人深爱着我。他不说话，但他用实际行动在爱我。我在 Mr. Lee 那里得不到的珍视，他给了我。他不顾生命危险，从悬崖上跳下来，只为把我抱在怀里，保护我。他是想见我的。如果能早点来找我，他一定会来。这一年，他不知经历了多少困难，闯过了多少难关，才能来见我。

在这世上，爱我的人太少了，我得保护好他。只要他活着，无论他在哪里，他对我的爱都活着。只要想到他，我就能收获温暖的力量。

房间钥匙还在这里。我不知道钥匙具体是在哪里找到的，无法放回原处。我把钥匙插在门的外侧，假装成丹佛斯太太忘记锁门。

收获喜悦，又经历决绝，望着空荡荡的房间，我有一丝恍惚。

刚才是幻觉？不，不是幻觉。我摸到他的心跳，感觉到他的温暖，这些都不是幻觉！

我捧着被他吻过的手，甜蜜而心酸。

他还活着。我的生活重新被点亮，从此我又有梦可做了，而且是美梦。我不再背负愧疚，不再怨恨命运，不再暴戾残忍。我又感受到了生命的美好，即使永远不能得偿所愿。

如果可以选择，你想和谁共度一生？英俊多金、冷酷无情的他？丑陋流离、坚定守护的他？可惜，命运早有预谋，我的未来早在四年前已划定轨道。

Mr. Lee，我那名存实亡的未婚夫，他想要的不是我，我也在感情上舍弃了他。可怜的我们，相看两厌。他故意无视我，我对他心灰意冷。我的存在对他是无形的折磨，于是他用他的方式折磨我。如果他放我离去，也就放了他自己，但他不。他禁锢我，反而不得不惦念着我，这个他花费心思禁锢的人。我们需要好好谈谈。可惜，我装疯卖傻，他习以为常。如果我"恢复神智"，他可能会气疯。

"野人"现在在哪儿，做些什么？

奇怪，我为什么叫他"野人"？虽然丑陋，但他一直很干净，总穿同一套衣服，却没有异味。回想往日种种，短短的几次相处，他并不粗野，相反，有的时候他甚至有绅士风度。

丹佛斯太太来送餐时，我在卧室的落地窗前看天空。阳光暖暖地洒在我身上，透过薄薄的衣裙，透过身体，照亮我的心。

我不回头，她不出声。那把钥匙她做何感想，我不得而知。一切风平浪静。

我走进书房，赫然见"野人"坐在书桌前。大白天的，他居然敢来？他是怎么进来的？丹佛斯太太在走的时候明明锁上了门。

我急忙拉上窗帘，想了想，怕此举反而引人注意，改为只拉上纱帘。

做完这些简单的事，我气喘吁吁，是紧张所致。

"快走！"我装出厌憎的语气轰他，自己也想不出他现在该怎么走出去。

他在看我的画。我画了很多"奇怪"的画，每一幅都是各种颜色交错的色团，没人看得出是什么。他把那些画都找出来，折掉空白的部分，把有画的部分拼在一起。他居然看懂了！我想捂住，为时已晚。

那是他。

我画了很多张他，分散在不同的画纸上，拼在一起，就是他。他在星夜的样子，他在丛林中的样子，他在海水中的样子。画中的他有一双温柔的幽蓝眼眸。

他抬头看我，我不知所措。

他指画，又指我的心。

"我没有。"我使劲摇头，微弱地分辩，"我没有！"

他的眼睛闪闪发光。

我依然摇着头，无法面对他，想走，他握住我的胳膊。我像被烫了，试图挣脱，他低头，差点儿碰到我的唇，我侧脸错开，用力推开他。

我呼吸困难，转身走出书房，他跟着我走出书房。我穿过起居室，他跟着我穿过起居室。我逃进浴室，无路可退。

我几乎站不住，手撑在洗面台上，心慌意乱。

他出现在镜子里。我微微发抖，闭着眼睛不去看他。

我感觉到他在靠近。

他站在我身后，散发的热量烘烤着我的背。我咬着嘴唇，依然紧闭着眼睛。

他拨开我的长发，粗糙的手指轻抚我的后颈。被毒蜘蛛咬过的地方，留下玫瑰花瓣大小的一片淡紫色晕痕，估计要好几年才能褪去。他的手指像带着电，我颤抖得更厉害。

他轻轻从身后抱着我的腰，温柔地亲吻那片紫晕。我抑制不住地发出一声呻吟，更像是哭泣，后背窜过阵阵电流。

不能这样，不能这样！

我的心脏狂跳着。

他吻得更用力，用舌尖熨平我的伤痕。

我应该挣扎，可我浑身发麻，每一个细胞都僵硬。

他的唇离开我，手也放开了。

好一会儿，屋里没有任何动静，只有我擂鼓般的心跳。

他走了？我缓缓睁开眼睛。他还站在我背后。我们的视线在镜中相遇，交织，纠缠。他灼灼的目光烙烫我的心。我不该睁眼，目光泄露了太多的感情。

"我没有想你出现，我没有把你放在心里。我，我全是因为内疚。"我苟延残喘。

他握住我的肩，让我转身。

"我没有渴望你，我没有喜欢你。你的样子很丑，我不会喜欢你。我……有喜欢的人了，他会娶我。"

他只是望着我，幽蓝的眼眸璀璨无比。

"我害怕你，讨厌你，你却偏要救我。你让我忘不了你，你让我每天都伤心。"我说，"我恨你！你走吧，别再来了。"

他转身走向门。

我悲伤得弯下腰，听见"咔哒"一声，他关上浴室的门。

我呆住，望着他走回来。他抱紧我，吻我颤抖的嘴唇，霸道无比。我喘不上气，完全晕了。

粗犷而细腻，霸道却温柔。

那么拘谨，又那么疯狂。

那么痛，又那么甜。

这就是他，沉默无语，飓风一样席卷我的感情，一点不剩。

我该抗拒，可另一个我却沉醉其中。

原来我喜欢他！不知从什么时候开始，我喜欢上他了。悬崖的舍身相救，他感动了我，彻底俘获了我的心，但紧接着，他消失了。悲痛刺激我对他的感情疯涨，不能停止。日复一日，他眼中生离死别的不舍和坚定守护的无畏，在我脑海徘徊不去。我对他不是悼念，是思念，是信赖，是依恋。他沉入海底，我便把感情深深地压在心底，用悲伤覆盖。当他再次出现时，我的狂喜不仅是因为他还活着，还因为他本身，因为他来找我。

我狠心推开他，声音轻颤："我不能爱你。我属于 Mr. Lee，我是他的未婚妻，尽管他可能不这么认为。但是，我承诺过。作为交换条件，他给我的，我已经接受了，交易已经不可能解除。他在我最难的时候帮过我，我不能背叛他。"

他疑惑地望着我，当然，他听不懂。

我说："你走吧。否则，你会害了我，害了你自己。你不知道他有多冷血，多可怕。"

他的目光深沉复杂。

我向后摸，拿出藏在洗面台下用衣服上的金属装饰磨成的刀片，抵在自己的咽喉，指着门，惨然说："走！"

他看懂了，眼中都是惊痛。

我再次指向门，恶狠狠地说："我恨你，如果不是因为你，他不会这么讨厌我。走！永远别再来！"

他微微眯着眼睛，走了。

我望着手腕。他一定会再来，因为我在这里。如果我不在了，他就没有理由再来，可以死心。

如果我自杀，是否会激怒 Mr. Lee？他要是迁怒我的家人怎么办？

我犹豫许久，听到敲门声。丹佛斯太太对待我的态度一如既往，不管我是狂躁还是安静，Mr. Lee 对我是中意还是嫌弃，她只管做她自己的事。进入房间前，她一直保持着敲门的习惯。

我藏好刀片，她已寻到卧室。她服侍我沐浴更衣，挑选晚礼服，搭配首饰，尽力打扮我。

华丽的黑色丝绒礼服裙，配金色猫眼项坠和耳坠，映得雪白肌肤更加莹润细腻。乌黑的头发梳拢，颈部以下的头发烫成整齐的发卷，覆盖在曲线柔美的肩上，遮住紫色伤痕，掩映光滑肌肤，有种欲迎还拒的娇羞。我在她的手中变得端庄娴静。

她打量化妆镜中的我，说："Mr. Lee 要你去他的住处，在山的那一边。"

我平静无波，不好奇，不惊讶，不感兴趣，连眼皮都没抬，到书房拿起画。

她说："不能带画去。"我隐隐有一种再也回不来的预感，抱着画不放。她妥协。

有人开车载我去停机坪，途中，我左右各坐了一个保镖。他们对我严加戒备，怕我突然"发疯"。

直升机上升，海清澈蔚蓝，波涛闪着金光，海浪扑在沙滩上，后退，被后浪推涌，激起雪白的浪花。

飞越高山，小海湾、岩石、树林、悬崖，尽在脚下。这座山比我想象的大得多，岛更是大得惊人，我在高空都没能看到边际。我居住的地方，只是这座岛极小的一个边角。

前方出现两座充满科技感的高楼。直升机降落在其中一栋高楼的楼顶，保镖在前面领路，从空中封闭的玻璃连廊进入另一栋高楼。

Mr. Lee 闷闷不乐在等我，身后居然有两个机器人。见到我，他不由自主上下打量。人靠衣装，盛装之下，还是一样的皮囊。正如他，永远身着名贵的衣服，内在又如何呢？

保镖不约而同止步于空中走廊，仿佛那里有无形的墙，他们不能进入。

Mr. Lee 对他们说："你们可以走了。"

保镖递给我画夹，Mr. Lee 问："什么东西？"

"夫人的画。"

Mr. Lee 露出嫌弃，忍耐着没说话，带着我乘电梯到达顶楼，指着一个现代化套房说："你住在这里。"

我清晰地说：“我要和你解除婚约。”

之前他的眼神都是从我身上飘过，现在他开始认真看我，问："你是好了，还是疯得更厉害了？"

我再次说："我要和你解除婚约。"

他吐出三个字："不可能。"

我坚定地望着他。

他讥诮地问："你以为解除婚约就能离开？"

"你没那么好心，我没那么幼稚。我爱上别人了，不想骗你。"

他的脸色顿时阴沉，呼吸变得重浊，咬着牙问："谁？"

"你最好还是不要知道。他没你英俊，没你尊贵，没你有权势，但是我爱他。"无论他是什么容貌，什么身份，是死是活，我爱他，如从悬崖坠海，无能为力，不可逆转。

他从牙缝里挤出一句："你疯了。"

"我已经通知到你。婚约解除，即刻生效。从此，我爱别人，不算背叛你。"我长舒一口气，心和感情从此自由。

他大喝："我告诉你了，不可能！"

我淡淡地说："晚了。你顶多能把我关起来，关不住我的心。我再也没有忠于你的义务了。"

他掐住我的手腕，眼神是狂乱的，混合惊讶、恐惧、嫉妒、怨愤。

"其实就连身体，你都管不了我。"我轻轻说，"我只是不愿伤害自己，因为找不到自残的意义。"

他目光一凛，缓缓放开我。"你做什么，由不得你！"他外强中干地撂下这句话，摔门走了。

我站在窗前，俯瞰风景。一片平原，花草树木都是精心修剪过的，四五条狗在溜达。等等，那不是真的狗，全是机器狗。这里到底有没有真人？从前的住处好歹还有丹佛斯太太等人，虽然人数寥寥，但这里似乎一切由人工智能代劳，显得冰冷。丹佛斯太太他们是不是真人？该不会也是机器人吧？

机器狗的动作突然同时静止，然后同时加快，似乎接受了新指令，地毯式地搜索巡视。

我打开画夹，取出藏在里面的刀片，小心地捏在手里。

门突然打开，"野人"出现在门口。

引起骚动的是他？他怎么找到这里的？他怎么敢来这里？无论我在哪儿，他都要来找我，对吗？

我扑向他，激动得说不出话。他轻抚我的脸。

Mr. Lee 刚被我触怒，他不会放过他。

我急得拉起他的手，想逃走。他从容地拉住我。我急得舌头打结："要是他发现你……咱们得赶紧走。"我拉着他跑向电梯，电梯正在上行，旁边是楼梯，从下层传来脚步声。走廊的另一头，机器保镖正赶向这边。我只能向上走，来到天台。

天台很大，找不到出路。唯一的通道是我们上来的楼梯。

无路可逃。结局已定，我反而踏实了。

风吹过旷野，在空无一物的天台更显威力。他转到上风处，为我挡风。我感动地说："你的一点微光，却是我整个世界的太阳。"

他动容。

我抱着他的腰，脸贴在他的胸膛。天崩地裂，山呼海啸，我有他，就觉得安全。

背后传来 Mr. Lee 的冷哼。

我转身，张开双臂将"野人"挡在身后。

Mr. Lee 看看我，又看看他，说："你是真疯了。"

我说："我们的婚约已经解除。"

"婚约不是你说解除就解除的。"他说。保镖陆陆续续寻到这里，有机器人，还有两个真人。他们在 Mr. Lee 身后站成一排，等他吩咐。

"我知道你不会轻易放过我。"我转身看着"野人"，问："你曾经为我跳下悬崖。如果再让你选一次，你还愿意和我同生共死吗？"我望一眼天台的栏杆，又看向他。

他握着我的肩，摇头，用目光制止我的疯狂。

"我愿意。"我轻轻说，心中已有决定，步步退后，拉开与他的距离，嫣然一笑，指指我自己，又指向他的心，要他记住我。

他迷惑了，Mr. Lee 也糊涂了。

我走向 Mr. Lee，毅然说："我认命，我跟你走。"Mr. Lee 讶异，看着我走近。我没有给他反应的时间，迅速绕到他身后，一脚踹向他的膝盖，在他跪倒的同时，用刀片抵住他的咽喉。我沉声说："放他走，否则，我不敢保证我会干出什么。"说着，威胁地环视保镖。

所有人都呆住。

Mr. Lee 开始冷笑。

我警告其他人不要轻举妄动，说："你要的是我，我留下，放他走，安排人送他出岛！"

"明白了。"他抬起头，望着"野人"，"我终于明白了。"他半回头，对我说，"婚约不能解除，他我也不能放。"

我嘶吼："放他走！我说最后一次。马上派人去办！"

他望着"野人"，问："我的任务是成功了还是失败了？"

我一怔。

他说："你派我照顾她，她不停地受伤。你让我假扮你，她现在要和我解除婚约，因为她爱上了你。我好像办砸了，但这个结果是不是更合你意？"

我彻底傻了，又模糊地明白了，但手中的刀片不放松，怕他骗我。

"野人"走过来，温柔地握着我的手腕。我结结巴巴地问："你、你才是 Mr. Lee？"

那个人站起来，揉揉膝盖，苦笑着说："这差事真不好干。夫人，之前多有得罪。我是 Mr. Lee 的特别助理，穆勒。"他向我弯腰行礼。

刀片掉在地上。我望着"野人"，又看向其他人。他们都随穆勒弯腰行礼，变相证实了"野人"的身份。

Mr. Lee 伸手要拉我，我又羞又气，捶打他："你骗我！你听得懂我说话，却假装不懂。你居然还找人假扮你一起骗我。"

"夫人。"穆勒看不下去，忍不住出声。Mr. Lee 对他摇头。

我气呼呼，"你知不知道我天天都在担心你，你知不知道今天我差一点自杀，怕你总来找我害死了你！你躲在暗处看我着急。你、你……道歉，赶快对我道歉！"

穆勒再次出声："他在火灾中被严重烧伤，熏坏了嗓子，不能说话。"

我的气愤顿时化作怜悯，嘴里不饶，说："那也不成。你骗我这么久，你故意捉弄我。我不会原谅你，永远都不原谅……"他捉住我的拳头，搂着我深吻。我挣扎着喘息："我还在生气，你别想蒙混过关。我永远都不原谅你，要你用一辈子来赔。"

他笑了，嘴角上翘。我命令："不许笑。好好吻我。"

这是热烈的甜蜜的没有顾忌的吻。我有点儿晕，靠他的拥抱才能站稳。

穆勒等人不知何时不见了。风吹乱我的长发。他拥我入怀。我慢慢放松，感受他的温暖，坚实的胸膛，强劲的心跳。他才是我要找的人。终于找到他，终于不用纠结背叛，可以放心地依靠他。

我感觉像做梦。短短一天，发生了太多事。我抬头，惶惑地问："是真的吗？"

他轻抚我的头发。

穆勒的声音从楼梯传来，只闻其声不见其人："Mr. Lee，您不宜在室外停留，现在最好全身杀菌。夫人如果……靠近您，事先也要消毒除菌。"

Mr. Lee 无奈地叹息。

我醒觉，拉开距离，问："你的身体还没好？疼吗？穆勒看见我碰你，一脸不高兴，是不是因为会弄疼你？"

他摇头，用额头抵着我的额头，小心翼翼，像是怕我会躲，又像是随时给我机会闪躲。

尽管难舍，我说："你去吧，我等着你。把穆勒留下，我有话问他。"

我要穆勒告诉我关于 Mr. Lee 的一切。

Mr. Lee 的父亲是商业大亨，已故的原配夫人出身贵族，两人膝下有三个女儿。他父亲一直想要个儿子，但遵照妻子的遗愿，没有续弦。Mr. Lee 的妈妈是个平凡女子，偶然与他父亲相识。他父亲比他母亲大二十岁，对他母亲只抱着猎艳的心态，很快就厌弃。母亲怀着孕离开了他父亲，生下他。他父亲得知后，派人来夺，他母亲以死相拼才保住了他的抚养权。他们约定，他满十八岁后回到他父亲身边。在他十八岁生日的前一天，他们居住的公寓着起大火，他母亲葬身火海，他也被严重烧伤，全身烧伤面积超过百分之八十，嗓子也哑了。

他从此变得孤僻，在封闭的岛上专心治病，不理世事，也不许任何人打扰。他与父亲不亲近，以前他或许有朋友，自从遇到变故，与故人断绝来往。他父亲重男轻女的思想很严重，一心要把家业传给他，只等他治好病。

我忍不住插嘴："那他的几个姐姐能同意吗？"

穆勒看我一眼，似乎我问了一个白痴问题。

我恍然，那场大火估计就是他姐姐们的杰作。

我打了个寒战，因为想到了一个关键的问题，剥皮。全身大面积烧伤，靠自己的皮肤进行植皮肯定不够，所以要剥皮。我脸色发白，问："那些……剥皮的事……"

　　穆勒的脸色变了，说："那不叫剥皮，是交易。看见旁边的大厦了吗？那是专门给他盖的医学中心，里面的科学家每天都在研究新的人造皮肤。他的身体排异反应很严重，现有的人造皮肤他全都不适应，只能一边研究，一边寻求自愿交易者，取他们的皮肤尝试移植。他们能够得到巨额报酬。你不要把我们想象成残忍的剥皮者。"

　　我听得心惊肉跳。"那，那个女孩是怎么回事？"

　　他的神色变得不正常。"没人能离开这座岛，除非被清除记忆，这是合同约定的。我们将对所有上岛交易的人做短期记忆清除，再送他们离开，防止他们把岛上的事泄露出去。一方面，Mr. Lee不希望世人知道他的存在，另一方面，也为了防止他的姐姐们害他。至于那个女人，她是自愿留下的。别人都是只取一次皮，不管适不适用，我们都按照约定送他们走。那女人主动要求多取几次，甚至同意在她身上进行试验，她需要钱。"

　　如果穆勒说的是真的，事情的性质就完全变了，不再是剥皮狂魔和受害人的关系，正如他说的，这是一场交易。他们没有故意伤害别人，让我如释重负。

　　穆勒的言语绵密，我插不进去话。他大概怕我问起他与金发女的关系。他说："Mr. Lee应该在无菌环境里待着。他的身体没有皮肤保护，极容易被细菌感染，一旦感染，就可能危及生命。他的衣服是特制的，住处的通风系统是特制的，连洗澡水都是经过特别处理的。所有到岛上的人必须体检，消毒，还要隔离一段时间，才能见他，不能让他有接触细菌的危险。可是，他却频繁见你，甚至为了你，到细菌密布的丛林里去。每一次见你之后，他都生病，每一次，都差点要了他的命。今天，你又把他带到室外去了。"

这就是穆勒敌视我的原因吧。

他继续说："他掉进海里，身体受到海水的撞击，差点儿死掉。幸亏衣服是特制的，几乎能防弹，他才捡回一条命。他用了一年的时间才恢复。这一年里，老先生一直逼他对你实施记忆清除，将你送走。他不肯，他用放弃治疗做威胁，坚持把你留下。"

我问了一个困扰我许久的问题："在我之前，有其他女孩来岛上吗？不是取皮的那种。"

穆勒沉默一会儿，说："有。"

我问："多吗？"

"多。"穆勒说，"Mr. Lee 痊愈的可能性越来越小，老先生送来很多女孩，想要……想要孙子。"

我心里一惊。他父亲已经放弃他了，把希望寄托在孙子身上，他只是个传宗接代的工具。

"那些女孩见到他，吓坏了，尽管已经有人提前告诉过她们，她们还是怕他。有个别胆子大的，看在报酬优渥的份上，壮着胆子靠近他，都没成功。"他显然不愿谈这个话题。

"我上岛之前到过一处庄园。你说的老先生，是不是在那儿？他好像不同意要我。"

"你不是老先生选的，你是 Mr. Lee 亲自选的。"他说，"在岛上，Mr. Lee 的日子很单调，吃饭、睡觉、治疗，没有别的，活着没有活着的样子，死又死不了。偶然间，他看见你的征婚广告。那是火灾后的第五年，他因为排异反应备受折磨，全身溃烂、化脓，随时可能因重度感染而死。他已经绝望。可是为了你，他开始期待明天，为此撑过了所有的治疗。你说你想读研究生，他虽然失落，还是同意了。他终于挨过了三年。你启程出发的那天，他高兴极了，尽管他不打算以自己的样子去见你。"

我沉默一会儿，说："求你一件事，让我给爸妈报平安。"

穆勒说："其实没必要。按照 Mr. Lee 的吩咐，一直有人冒充你跟家人联系，给你父母寄工资。他们一点儿都没起疑。"

我为他的细心周到欣慰。不过，身逢巨变，联系家人成为我的需求，而不只是报平安这么简单。

穆勒迟疑一下，说："需要请示 Mr. Lee。"

他交给我一台平板电脑，用我的指纹登录，通过它搞定所有，控制灯光、窗帘、空调、热水。一切服务都由机器人提供，点餐、送餐、警戒等。

门没有锁，靠生物信息识别，走到门前，如果生物数据登记在系统中且权限足够，门自动打开。

穆勒说系统控制比人为控制可靠。

所有的设置都拒人于千里之外。我打心里怜惜。

Moventry 在孤单凄清中苟活，外人惧怕，亲人逼迫，他只有自己。

他连续数日没有出现。白天，我见不到一个人。晚上，我独自睡在套房。我不知自己该干什么，能干什么，该在房间等，还是去找他。在这里，我的活动范围不明确。难道要我每天守在房间，只等他有空来看我一眼？

起居室里，一个年轻女佣打碎了茶杯。她吓得脸色煞白，抖个不停，见到我，竟然扑通一下跪倒，连连哀求："我不是故意的，不要让他们带我走，我还能干活。求求您，让我留下。"

"别害怕……"我还没说完，机器人申请进入房间。我扶起女孩，说："我打碎了茶杯。"机器人扫描屋内状况后退出。女孩满脸感激，赶紧收拾残局。

女孩离去前压低声音对我说："快跑。他是野兽。你一定要想办法逃出去。"

我一怔，她已快步走了。

半夜，迷迷糊糊的，感觉有个人靠近，躺在我身侧。我惊得骨碌一下爬起来，摸向床头灯的开关，仓促中摸不到。啊，我换了住处，开关的位置也换了。他握着我的手贴在他粗糙的皮肤上，似乎想用这种方式告诉我他是谁。我忽然心中一动，冒出一个念头，坚持要开灯。我找不到，只得求助他："请打开灯。"

灯亮了。原来还可以语音控制。

柔和的光照出他的模样，也照出幽蓝眼眸中的悲伤。

我想去握他的手，指尖堪堪碰到他，他已起身离去。

女孩再来的时候，我问："为什么叫他'野兽'？"她装听不懂。我再三追问，她说："经常有女孩被送来，他折磨她们……没人知道他究竟干了什么，她们走的时候都疯了。所以大家背地里都说 Mr. Lee 是野兽。"

女孩的金属手镯突然亮起红灯，发出警报声，她惊慌失措。门外传来机器人的声音："主人，请允许我打扰。"接着，两个机器人进来，逼近女孩，冰冷的机械声响起："SW073，你违反禁令，按照第 62 条规定，你将受到处罚。"

女孩惊恐地向我求助，我不知该如何帮她，更不知她违反了什么禁令，将受到什么样的处罚。

女孩似乎意识到大难临头，突然面露狠色冲向我，试图揪我的衣服。我闪身避过。与此同时，她的手镯全部变蓝，她抽搐着瘫倒，像全身失去力气。

她直勾勾望着我，断断续续地说："你也……活不长。一屋子的凶手和暴徒……"手镯闪亮，她持续抽搐。

机器人拖着女孩离开。前前后后不到五分钟，房间安静如初。

我在平板电脑上急召穆勒，开门见山，问："那个女孩干了什么？"

"她违反禁令。"

我盯紧他，问："什么禁令？关于'野兽'？你监听我的房间？"

"当然不是。没人敢监视你。她的金属手镯具备一些功能，是用

227

来监督她的。"

"告诉我'野兽'的事。"

穆勒犹豫很久，说："Mr. Lee 把老先生送来的女孩留下过夜，第二天驱逐，作为对老先生的反抗。离开时，她们的精神全垮了，可以说是疯了。"

疯了？

"出岛前，她们被清除短期记忆，立刻恢复了正常。但是，岛上的人见过她们发疯的样子，胡乱猜测，背地里都称 Mr. Lee 是……野兽。我在努力纠正他们。女孩们没有受伤，你不要想歪了。"

还要怎么想"歪"？他说的还不够引人遐思吗？难怪大家那么怕他。机场男曾说我可能会后悔来见 Mr. Lee，看来他也听说过。

"还有什么关于他的事，请你都告诉我。"

穆勒说："没有了，我知道的都说了。"

"可是，可是并不多啊。"少得可怜。

穆勒答："这是全部。"

如果这是全部，他的生活乏味得可怕。偌大的岛，之于他，不过是医疗中心的无菌舱和无菌舱外的一张床。

"他的喜好呢？颜色，食物，音乐，运动，哪本书，哪部电影，哪幅画作？或者，他有什么特别讨厌的东西？"

我问一个，他摇一次头。

穆勒观察着我的反应，隐露讯消，似乎在问："失望吗？"

我说："你为什么讨厌我？我不会伤害他。"

穆勒的目光迅速低垂。"我不是讨厌你。你是主人，我是仆人，我怎敢讨厌自己的主人。"

我一怔，从没想过我们是这种关系，也不知道该如何处理这种关系。

我岔开话题，问："岛上有他姐姐的人吗？"

"很难说。"他露出赞许，似乎我终于问对了问题。

"山姆怎样了？"

穆勒耸肩，"毕竟有血缘关系，他的皮还真是坚持了一个月才出现排异反应。"

他真的剥了山姆的皮！

我担忧地说："他姐姐……"

穆勒再次耸肩，说："又没人请他们来。岛主是 Mr. Lee。上了岛，都得听他的。"

我在电脑上查阅人员信息，翻到丹佛斯太太和穆勒的，好奇地阅读。信息实在简单，只有生日、血型、国籍。

人员清单下有一个机密档案，只有最高权限才能查看。我试着用我的权限访问了一个人的档案，不禁倒吸一口凉气。这是凶杀案的案卷。

我又查其他人的。有个人是毒贩，有个人杀了自己不满周岁的亲生女儿，有一个枪杀了警察，还有一个是黑心律师，帮助许多罪犯逃脱法律制裁。

没有穆勒的秘密档案。如果穆勒的权限凌驾于其他人之上，如果他有权管理档案，他可以删除他自己的。

岛上都是些什么人啊？！它应该叫恶魔岛，恶魔聚集。

难怪那女佣身处险境时冒出劫持我的念头，大概她也是罪犯，不是第一次铤而走险。

那么 Moventry 呢？与凶犯为伍，指挥他们，这些可怕的人居然害怕他，他又是怎样的人？

迷雾重重，叫人不踏实。

我在楼里闲逛，都说好奇害死猫，但弄清自己的处境才能自我保护啊。

"夫人，"穆勒不知何时在身后出现，吓了我一跳，"Mr. Lee 问你，是否需要让丹佛斯太太来照顾你。"

我摇头，说："她是别墅管家，不是女佣。这里又不需要管家。"丹佛斯太太的档案记载，她杀了她的丈夫和丈夫的情人，一把火烧了他们的房子。

Moventry 要派这么危险的人在我身边！

我问："他呢？"

穆勒说："正在无菌舱治疗。"

"要多久？"

"一周后出舱。"

需要那么久！我以为只有几个小时。我该庆幸不用见他，还是遗憾见不到他？

"他……知道那个女孩的事？"

"岛上所有的事他都知道。"穆勒话中有话。

那么他也知道女孩告诉我他是野兽，知道我查阅过秘密档案。

我顾左右而言他："守卫机器人真多啊。"

"你被接上岛后，老先生曾派直升机来岛，要带你走。Mr. Lee不让他们降落，并加强了守卫。"穆勒说，"在这座岛，他有绝对的权力，你完全不用担心。就像那天那个女佣，她伤不到你，金属手镯自动识别你的生物特征，控制她的行为，她的攻击会在第一时间被制止。"

我提出想去医学中心，穆勒说："未经授权，治疗室你进不去，更别说无菌舱。去了也见不到他。"

"我能看看他的房间吗？"

他还是那句："未经授权，进不去。连我也没有获得授权。"

我对平板电脑发语音指令，要求远程看无菌舱。

系统提示："请阅读以下文字，验证语音授权。"

我按照提示读："Lee，救我。我喜欢简单的衣服，白色纯棉背心，柔软舒适的裤子，如果不是很麻烦的话。我要找到通往你的路，以后，我想见你，就要见到你。"这都是什么呀。

"语音识别成功。"

我看着穆勒。他说："他想看你时，你身边的人会戴上纽扣式微型摄像头。不过你放心，你的房间里没有，他没有监视你，那太变态了。这两栋楼里，出于安全考虑，公共区域都有摄像头。"

打开无菌舱的画面，他躺在一个类似 CT 机的仪器上，环状机械臂从头到脚一遍一遍对他做着什么。他表情痛苦，拼命忍耐，身体微微扭动。视频没有声音，他是哑巴，再疼也发不出叫声。

我看得揪心，手心都是冷汗，问："每次都这么疼？"

穆勒说："这次治疗仓促，他临时提出要加一个疗程，当天才敲定方案。其实技术还不成熟，试验尚未成功，他等不及了。以前他对治疗一点儿都不积极，只做必要的处理，对植皮很抵触。自从你来了，他才积极起来。"

Moventry治疗结束的那天，我在连廊等他。久等不见，我踱步到医学中心。他和几个人在一间实验室里。隔着透明的玻璃，他见到我，没有反应，继续听其他人讲话。其中有个人很面熟，是海湾边曾与穆勒对话的女医生。

一个研究人员向他汇报，看样子在连连道歉，筛糠似的发抖。Moventry做个简单的手势，两个人拉着那人离开，那人腿软，根本站不住。

Moventry走出实验室，与我擦肩而过，穿过连廊，众人跟随他。女医生客气地向我行礼，尊称我为"夫人"。Moventry则根本不看我。我走在最后。没有人在意我的尴尬，仿佛司空见惯，他对人冷酷才是正常。

女医生低声道歉，不停地解释，说治疗方案还在修改，请求再给一周时间。她在连廊与主楼连接处止步，像那些保镖似的。那里似乎是无形的界限，禁止其他人进入主楼。Moventry对她点一下头，又对穆勒招手。女医生如释重负。穆勒对我说："Mr. Lee有事要处理。"

我默默退下。

那天，他没来找我。第二天，我来到他的卧室外，穆勒正好沮丧地走出来，看我一眼，行礼走开。我走近，门自动开了。啊，我有进入的权限。我礼貌地敲敲门，走进去。

灰色、白色、驼色、黑色，简洁的现代化家居，单调得像他的生活。只有桌上的书颜色缤纷。

他在卧室，赤裸上身，沉郁地对着镜子里的自己。我的身影出现在镜子里，他一怔，抓起一件衣服要穿。

透过屏幕看与亲眼见到，感触差太多。震惊与心疼油然而生，我忍着不流露。我轻触他的伤疤，他的动作明显停顿一下，微微躲开我的手，穿上一只袖子。我从背后拥抱他，脸贴着他伤痕累累的背。他一震。

我的呼吸喷在他的后背，不知道失去皮肤的他是否感觉到了，他的身体像石块一样僵硬，动作都停止。接着，他呼吸沉重，掰开我的手，转过身，目光在我脸上逡巡。

我说："他们叫你'野兽'，送上岛的女孩，那些犯罪档案，我都知道了。你为了我，连命都豁得出去。这样的你，有什么可怕的？"

他把我的手按在他粗糙的身体上，要我清楚感受他残破的皮肤。我拉掉他只穿了一只袖子的衣服，说："让我看看，在我面前你不用隐藏。"

他退后，方便我看清楚，目不转睛地观察我的反应，幽蓝的眼眸像忧郁的海。

"你的状况比我想象的要糟。伤得这么重，还要跑出无菌环境去看我。"我感慨，"我认识的你，长相吓人，来历不明，但你对我的好无人能及。"

他捧起我的脸，透过我的眼睛探寻我的心意。

我说："那天晚上我该拦住你不让你走，和你说清楚。我不是怕你，而是怕不是你。可能我小说看多了，想得太多。假扮你很容易，尽管这是你的岛，没人有这胆子。但是，你想想是不是存在这种可能。你不说话，你的样子没人敢直视，也许从没有人真正看清你。即使看清了，你总在治疗，身体状况不断变化，谁又分得清？如果有人假扮你，从外貌上百分之九十能过关。所以我要开灯，要确认是你，必须是你才行。"

我轻抚他的脸，抚过他的伤疤和血痂，他粗糙的皮肤甚至刺痛我。我呢喃："别躲着我。我每天都在想你，每时每刻都在想你。我想的，就是你现在的样子。我不是怜悯你，不是一时冲动，你明白吗？"

他深深吻我。

我们一起吃晚餐。他的手指依然不灵活，只选简单的食物，我不依，说："你需要营养。想吃什么，告诉我。"他摇头。我叉起一块牛柳，递到他嘴边，说："张嘴，啊——"他眼中露出笑意。

看着他吃完我喂的食物，我抿嘴笑，难以抑制的快乐。

快乐其实很简单，和喜欢的人在一起，为他做一点点力所能及的事。

我吃冰激凌吃得不亦乐乎，他为我擦嘴角。

我心直口快："他们叫你'野兽'，你用什么吓住他们的？"他听到"野兽"两个字，动作停顿了一下，又继续帮我擦。"他们要是见到你现在的样子，肯定改变想法。不过，那个医生好像被你吓坏了。你是不是惩罚他了，而且是很严厉的惩罚？你当时的样子，还真是威严。可是我不怕你，你对我那么温柔。"话未说完，他已经拉起我，把我抱到他腿上坐着。

我轻叫，脸红了，说："你……你干吗？抢我的冰激凌吗？"

他目光一闪，吻着我嘴角的余味，舌头探进我的唇，吮吸甜蜜。

我举着小勺，冰激凌慢慢从勺里滑下，终于掉下来，落在我的锁骨处，凉丝丝的。他火热的唇一路向下，追寻那逃脱的美味，一点点啄我的锁骨，又酥又痒。

我浑身发热，喘息着嗔道："你欺负人。吃你家一顿饭而已，你要吃掉我吗？"

他改为轻轻地咬。我说："你还真是'野兽'啊。君子动口不动手，不对，动口也不行。"

他继续向下咬。我低叫："我错了，饶了我吧。"

他抬起头，意犹未尽的。深情自他的凝望倾泻，笼罩我。

我由衷地说："真想听你亲口说爱我。"

他的目光刹那间黯淡。

如果他不能发声，我中毒那晚的暮帆迟是谁？真的只是我的一个梦？

我曾问穆勒："他的嗓子治不好了？"

穆勒答："试过很多药，不见效。他烦了，不再治。"

此时我心中一动，轻声说："我曾经做过一个梦，梦境非常真实。在毒性发作、最难熬的那晚，有个人来看我。他要我不要死，要我赶快好起来。他说，他是我的暮帆迟。我爱上了那个人。"

他眉梢微动。

"如果那个人不是你，难道是穆勒？"

他轻皱眉，露出一丝难以忍受，转开头。

我总是找穆勒问东问西。我们什么都聊。他向我介绍研究进展，楼宇布局，天气和洋流。许多次，Moventry找他，我都和他在一起。我们轻松地说笑，一旦Moventry出现，穆勒立刻变得恭谨，不问不说话。Moventry的神情一点点变冷。

有一次，我去找穆勒，他正对着房间中的屏幕，因治疗方案的事向Moventry请罪。我插嘴："不要再责备穆勒，他管的事情已经够多了，忙得焦头烂额。治疗方案应该由医学中心负责，而且不用那么着急吧？"

Moventry沉着脸，结束视频通话。

穆勒慌张地申请再次连线，对方拒绝。穆勒回头，意味深长地看我，说："你不该帮我说话。"我微微一笑，胸有成竹。

这日，我把穆勒叫来问事，正说笑，Moventry走了进来。穆勒立刻噤声，恭谨地垂手而立。我也安静，低下头。

Moventry 冷峻地看一眼穆勒，他识趣地告退。我的眼神流露不舍，目光追随着穆勒，直到他走出去，关上门，我才收回目光。

Moventry 注意到我对穆勒的眼神。

我一言不发走向浴室，他握住我的胳臂。我低头，试图抽出胳臂。他握紧，呼吸加重，似乎忍无可忍。我固执地不看他，暗暗较劲。他抬起我的下巴，逼我与他对视，又迷惑，又气愤，摇晃我，似乎在问怎么了。他突然强吻我，我像个木头人毫无反应。他终于放了手，一脸怒气，隐有一丝恐惧。

我进入浴室，他跟着我。我打开淋浴，一副心神不宁的样子，说："我要洗澡，请你回避。"

他扫一眼我整齐的衣服，无声地质疑。

我把水开到最大，踏进水中。水打湿我的衣服。他要拉我出来，我摇头。

水帘隔开我们，模糊了我的表情。他不解地望着我。

我说："告诉你一个秘密，我还喜欢他。"水声压过大部分语声，因为离得近，他依然听得清我的话。他僵住。

"我喜欢你，不骗他，现在我也不能骗你，我对穆勒还有感觉。女人是靠感觉活着的，所以当我喜欢你时，我不在乎你是什么模样。感觉不是说来就来，说走就走的。看到他，让我想起往日。你是 Mr. Lee，他却是我的暮帆迟。我中毒的时候，他常来看我。虽然白天当着别人的面他对我很坏，但是到了晚上，他对我很温柔。他要我不

237

要死，留下陪他。"

他的目光明亮，隔着水幕摇晃。

"每天晚上，他都来陪我，抱着我入睡。"

他的眼神变得凌厉。

"我知道那不是幻觉，尽管他从不承认。我发烧浑身疼，他唱歌哄我。我没有力气，他抱我沐浴。他还，还……我盼了他那么久，对他毫无保留……"我轻咬嘴唇，娇羞得住口。

他呼吸急促，胸膛剧烈起伏，突然转身要走。我拉着他，问："生气了？"

他想抽出手，我用双手拉住他。他转开头不看我，紧抿嘴唇。

"对不起，那时我以为是你。不，应该说，我以为就是他。"

他咬得牙齿咯咯响。

"一旦尝过温柔的滋味，就忘不掉。"我还在回味。

他倏然转过头，神情又是愤怒又是痛苦又是嫉恨。

他的反应就是答案。我走近他，水流失去我的遮挡，落在大理石砖面，发出更大的响声。我踮起脚，仰头，依然够不到他的耳朵。我的声音借着水声的嘈杂隐藏大半，极轻微地说："要不要告诉我你的秘密？"

他一愣。

我说："刚才是骗你的。你是不是暮帆迟？"

他目如闪电。

水落在地上，激起水花。我指着它，又指指耳朵，摇摇头，示意有水声遮掩，轻声说话不会被听见。"有个人，他只来过一次，他是我的暮帆迟。是不是你？"

他沉默。

"我知道不是穆勒，早就知道。他的眼神不对。我一度以为自己真的在做梦。"我轻触他的脸，"你的生活是谜，身份是谜，心事是谜。你的一切我都好奇，都想解开，怎么你却恐惧被我找到答案？你不想让我接近？要怎样你才能信任我，让我看清你？"

他直视我的眼睛，像是要看进我的灵魂。

"如果真的不是你，那我去找穆勒了。"我眨眨眼睛。

他长叹，把我紧紧搂在怀里，既感慨，又释然，惩罚地假装咬我，低声说："你这个小机灵鬼。"

我的心终于放下了。他能说话，他的声音我听过，那天晚上的人就是他。

"再对我说句话吧，让我听听你的声音。"我祈求。

"我爱你。"

多么动听啊，他的声音。他瞒过了所有人，只告诉了我，在我快撑不下去的时候，温柔地鼓励我，霸道地留住我。

穆勒有理由防备我，暮帆迟为我改变太多，破例太多。穆勒视我为暮帆迟命中的劫数，对我充满敌意。

"告诉我，你还喜欢他吗？"他充满醋意地问。

我开心地笑了，"你是我的暮帆迟。你说呢？我就是想让你着急，看看你的反应。我喜欢的，是那个来抚慰我伤痛的暮帆迟。那不是他，是你啊。”

他吻住我的笑容，惩罚地用力。

我呻吟：“你不能吻我……暂时。你让我脑子短路，无法思考。”

他声音暗哑，说：“是谁让谁无法思考？”我顺着他的目光看，长裙湿透了，贴在我身上，玲珑的身段一览无余。

我脸红，躲进水流，用手遮住他的眼睛，不让他看。他靠过来，浑身也被打湿了。

他低哑地说：“你发现了我的秘密，只有让你成为我的人，我才安心。”

我嗫嚅：“我们还没举行婚礼。”

“我更注重婚姻的实质。”他向我俯身。

舒爽的清风吹舞窗纱。我枕着他的胸膛，他的手指绕着我的长发。

我问：“为什么选我？”

“身处炼狱的我，偶然发现陷入困境的你，有种同是天涯沦落人的感觉，所以想帮你。你那么努力，拒绝我的帮助，不甘被人摆布。你顽强拼搏的样子，让人无法不喜欢。”

“那也不该是男女的那种喜欢啊。”我不自信地说，“你怎么会喜欢我呢？”

“你要我别死。每个人都盼着我死。我爸只想要一个人继承家业，如果我有儿子，他会立刻抛弃我。只有你对我说‘你别死’。”

我仰头看他，说：“缺爱的小孩。”

他咬我的鼻尖。"只有你有胆子这么说我。"

"我其实很平凡，你喜欢我什么？"

"我最喜欢你拒绝别人追求时说，你有男朋友了。"

我甜蜜地笑。

他问："如果一开始，出现在你面前的是这么丑陋的我，你还会喜欢我吗？"

"我早就喜欢你了。在你话也不说，打给我钱让我读研究生时，我就喜欢你。通过那件事，我断定你是个善良的人，从那天开始，我才敢用你给的钱。明知可能遇到危险，我还是决定赴约，我太想见你。"

"你拒绝我的资助，后来又改变主意，是因为这个？"

"嗯。你虽然语气凶巴巴的，但其实很体贴、很宽容。"我点点他的胸膛，说，"坚硬的外表下，一颗充满柔情的心。"他捉住我的手指吻。

我问："你的嗓子没事，为什么一直不说话？"

"起初是真的哑了，后来是因为严重的抑郁症不想说话，再后来是无话可说。"

"那多不方便。"

"没有啊，挺方便的。"

"比如要吵架，别人说了一大堆，你却一句话不能说，多吃亏。"

他低笑："谁敢和我吵架？"

"那……假设你要骂穆勒，怎么办？"

"把他的错误指给他看，他就明白了。"

"可是，我喜欢听你的声音。"

"我只说给你听。"他凑近我的耳朵。

"以后呢，还不说？"

"你提到的假冒我的条件都说对了。我准备了三个替身，他们代替我出岛。装哑巴，是为了方便替身行动。"

我睁大眼睛。"你还真……为了防备你姐姐？"

"不只如此。我讨厌与人接触，只想在岛上自生自灭，不让世界打扰。"

我静了静，说："我陪你。"

暮帆迟轻吻我的额头。

"岛上有你姐姐的人？"这是我一直顾虑的，所以即使猜到他能说话，我也不当着别人说破，谨慎地选择私下确认。

"很有可能。目前知道我能说话的人，只有你，连我父亲和穆勒都不知道。为了不让替身穿帮，今后当着其他人，我还是不出声。"他沉静地说，"替身的事是秘密，岛上只有穆勒知道。三个替身现在只剩两个，另一个在直升机失事时死亡，过了很久，我们才在岛东侧的小海湾找到他的尸体。"

穆勒曾经说过，飞机失事不是因为暴风雨。金发女说过，有人在东边小海湾找到一具尸体。

我问："穆勒到底是谁？其他人好像很怕他，仅次于你。"

"我从海里救起他，他自愿留在岛上照顾我，跟随我多年。他并不是一般意义上的特别助理。"他搂紧我，"干吗提他？和我在一起的时候不许想他！"

"不是你让他扮成你的吗？这会儿又吃醋。"

"还不是因为你先误会他是我。你的画上都是他，写着暮帆迟。从你的笔触看得出你喜欢他。我希望你安心留下。既然我不能现身，你又错认了他，干脆让他照顾你。"

"拧巴的逻辑。"

"你的胆子越来越大了，敢这么跟我说话！"他压在我身上。

我笑着抗拒，说："以后要和你过一辈子，现在不争取权利，难道要一辈子被你欺负？"

暮帆迟凝视我，"一辈子都待在岛上，不出去，你愿意？"

"外面没有人等我，没有人爱我。在这世上，除了我爸妈，我只有你。我想陪在你身边，你在哪儿我在哪儿。"

他抱着我，深情地说："我会保护你，不让你受一点委屈。"

"谢谢。我胆子大，其实全仗着你宠我，是你的爱让我有恃无恐。"

我要穆勒检查房间是否有监听监控设备，他说绝对没有，因为我的坚持，他又查一遍。

我指着机器人守卫："它们呢，站在门外，能不能听见屋里的声音？"

他说不会。

我问："那些罪犯个个都是亡命徒，为什么会怕他，受他差遣？"

"他们有的被判处终身监禁，有的应该执行死刑。Mr. Lee 将他们从监狱挖出来，要他们在岛上服务，等于给了他们一线生机。如果他们做错事，违反规定，将被清除岛上记忆，遣返原地，接受原定的惩罚。跟监狱或死亡比起来，岛上就是天堂。"

只有这样的人才能接受永不离岛的规定吧。我说："可是，多少还是有些危险的。"

穆勒解释，这些人的案件特殊，不是穷凶极恶之徒，犯罪往往是不得已。比如杀害亲生女儿的那个，因为女儿患罕见绝症，活着是受罪，该国法律不允许安乐死，他看不得女儿受苦，又救不了，于是杀了她。又如年轻女佣，她的男友打算把她卖掉，她无意中发现计划，反杀了人贩，因为缺少正当防卫的证据，被判定一级谋杀。

人生艰难，苦乐不均。

"那个女孩被送回去了？把她接回来，来得及吗？不要严厉惩罚她。她肯冒险提醒我，是个善良的人。"

穆勒看我一眼。

我问："有人从岛上逃走过吗？"

他说绝不可能。每个人都有一个无法自行卸下的金属手环，如果他们试图逃走，金属手环会放电，并且立刻将他们的位置信息反馈给系统。

"你的手环呢？"

他答："我和他们不同。"

我忽然醒悟，说："我身上有定位器？那次你在海上失事，我找到你，他们找到我，咱们就得救了？"

"是的。"

"在哪儿？衣服里吗？可是衣服都浸水了。"

"在你身体里。"

我吓了一跳，问："什么时候装上的？"

"你上岛那天。你晕倒，是因为我悄悄扎了你一针。有了定位器，以后你再被陌生人从机场拐跑，就能找到你了。Mr. Lee 在山上找到你，也是借助定位系统。"

我向穆勒要了一只机器狗，不管它有多么高科技、多么智能，只把它当宠物。我叫它 Mo，要它立正、卧倒、向前跑，给它设定智能对话程序，教它唱歌。穆勒看了哈哈大笑。

暮帆迟从远处听到笑声，沉着脸交给穆勒一项工作。穆勒领命而去。

进入房间，暮帆迟耿耿于怀地问："这么开心，你们在说什么？"

我调皮地说："你猜。"

"哼，如果以后再让我看见你和他说说笑笑，你不妨猜猜看我会做什么。"

"做什么？吃了我？"

"我现在就吃了你！"

我提出要与父母联系。"我不想跑，我只是想他们了，想听听他们的声音。我改装对讲机，不过是想跟他们通个电话，不是想逃走。"只有不再牵挂，才能安心留下。

他的眼神有着强烈的不舍，仿佛打完这个电话，他将失去我。但他终是应允。

打电话时，我让他待在身边。

电话拨通了，听见妈妈的声音，我一度哽咽，怕被听出来不敢出声。妈妈的态度依然淡淡的。我们简单地聊天，关于工作，我瞎编一通。

"妈，我交男朋友了。"我望着暮帆迟微笑。

"哦。哪儿的？"

"当地的。处得好的话，我可能会留在这里和他结婚。"

又是一声"哦"。

我说："等我在这边安稳了，我把您和爸接过来住。"

"不用。我们喜欢住在这边。"

我说："哦。"

又聊了几句，实在没得可说，挂断电话，了却心愿。在我心里，是用这次通话做告别的。我要留下陪暮帆迟。他那么孤单，他需要我。

暮帆迟轻轻耳语："如果你想，以后可以随时打电话给他们。"

穆勒告知老先生要与我对话。我拒绝。穆勒表情僵硬，说："没人敢拒绝。你最好接听。"

书房里，整面墙是屏幕，压迫感极强。打开视频通话，暮帆迟代我应付。

"那女人呢？"老先生威严地问。

我要往前凑，暮帆迟挡在我身前。

"你真以为她喜欢你？对她实施记忆清除，送出岛。李察伯爵的女儿今年二十一岁，他家有意与我们联姻，你的情况他们都了解，不在意，你……"

暮帆迟按下结束键。

想必老先生在那边暴跳如雷。我不禁担忧。

"不用管他。只要待在岛上，你就是安全的。"他说，"在认识你之前，我不想做植皮手术，原因就是这个。在他眼里，我只是个工具，联姻的工具，传宗接代的工具。他从来不把我当他的儿子。"

"说不定是位漂亮的贵族小姐。"

他不屑地说："她会爱我丑陋的样子吗？她会为我跟别人拼命吗？"

"说不定她具有'十二月党人'妻子的品格。"我说。

他生气。

"如果有个女孩，为你付出一切，你会被她感动，然后爱上她。如果她做得比我多，你会选择她。你缺少关爱，任何爱你的人，你都无法抗拒。"

"无稽之谈！"他真的生气了，到医学中心去了。

我对着机器狗 Mo 说："我说的是真实想法。他提到的都是那女孩不会为他做什么。那么，如果她做了呢？如果我不曾付出，如果我不曾说我喜欢他，他还会喜欢我吗？他是被我那句'你别死'暖到了，那时，他一点儿都不认识我。"

新一轮治疗开启了。他全身浸泡在封闭的再生液舱中，只有头露在外面，咬紧牙关，强忍疼痛。

我到医学中心去。女医生阻拦我，说："夫人，Mr. Lee 正在治疗，你不能进去。"

"我不进去。我想在这里陪他。怎样才能让他听到我讲话？"

她指通话器。

我对着通话器说："嗨。"

暮帆迟睁开眼睛。

"我在这里陪你。"

他摇头。我知道，他不愿让我见到他痛苦的模样。

"我念诗给你听，好吗？"

我沉静吟诵：

　　我爱你，不光因为你的样子，还因为，和你在一起时我的样子。

　　我爱你，不光因为你为我做的事，还因为，为了你，我能做成的事。

　　我爱你，因为你能唤出我最真的部分。

　　我爱你，你的手穿越繁杂，触摸我心灵深处，无视我的傻气、我的弱点，你用光芒照亮我心中那无人触及的美丽。

　　我爱你，你让我懵懂的生命，不再是匆匆旅途，而是恒久如圣殿，你让我日复一日的生活不再枯燥，成为岁月的歌咏。

我爱你，因为你胜过任何信条而使我向善，胜过任何命运而使我幸福。

你做出这一切，不需碰触，无须言语，没有暗示。

你做到这一切，只因你是你。

或许这才是这段关系的关键。

他的目光闪亮，望着摄像头。

女医生为我端来一杯水，我道谢。她的眼睛红红的，说："你真的爱他。你的眼睛闪耀着爱。"

穆勒拿来一份请柬。"山姆的婚礼。老先生要求 Mr. Lee 和你一起出席。Mr. Lee 拒绝了。在婚礼后的家庭聚会上，老先生将宣布新的财产分配方案。如果他不去……"

"金钱对他毫无意义，他不在乎。"

"不单纯是钱的事。这座岛属于家族。如果财产分配时，老先生生他的气，让他的姐姐们占了上风，以后，这个世外桃源恐怕保不住。他的治疗怎么办？"

啊，还有这一层，事态确实严重。

我说："他不能离开无菌环境，能否成为合理理由？"

穆勒说："最近，他的治疗取得很大进展，可以在户外自由活动了。老先生知道。"

我思索。

穆勒说："婚礼举办时，Mr. Lee 会在无菌舱治疗，短时间内不会结束。如果派替身出席，你知道替身的事吧，由你陪同，我想，应该能蒙混过关。我和你们一起去，以防万一。在 Mr. Lee 发现之前，我们能赶回来。当然，去不去由你决定，你是主人。"

我权衡利弊。

他提醒："如果决定了，需要先取出你体内的定位芯片，以免 Mr. Lee 发现你离开。否则，一旦你离岛，定位系统会发出警报。"

"什么时候出发？"

"后天。"

我给机器宠物狗穿上一件毛茸茸的外套。谁愿意抱着冰冷的金属，宠物当然要可爱才行。我带着狗去散步，整整去了一天，傍晚才返回。

我要暮帆迟陪我去海边看星星。房子离海很远。海边只有我们两个人，还有 Mo。

满天闪烁的精灵。

我们双手紧握。明天他又要进无菌舱了。我说："不要急于求成，虽然我想让你快点好起来。治疗方案如果还不完善，不妨多给他们一些时间。你治疗的时候那么疼，我不想让无效的治疗害你多受苦，别拿你自己冒险。"

"我可能治不好了，一直是这个样子。你后悔吗？"

"哪怕你以后永远是这个样子，治不好，我也爱你。我已经见过你最糟的样子，你还没见过我的。我会一点点变老，变丑。你后悔吗？"

他吻我的侧脸。

我问："如果我不喜欢你，不主动靠近你，如果我怕你，躲着你，你还喜欢我吗？"

"你猜。"

我抱紧他的腰，"多想永远在你身边，像现在这样。"

约定的时间到了，穆勒来接我。我直视他的眼睛，问："穆勒，你会保护我，对吗？我可以完全信任你吧？"他肯定地点头。

Mo亦步亦趋跟着我。

我叫："Mo。"

"汪！"

我说："坐。"

它坐下，摇摇金属尾巴。我用手比画枪，指向它，说："砰。"

它倒下装死。我笑了，说："在这儿等我。"

导游宣布故事到此结束。

女士们意犹未尽，叫："没有了？后面呢？"

"Mr. Lee发现她走了是什么表情？"

"好想知道后面发生了什么！"

男士则不屑地说："这都是白日梦，现实中不可能发生。"

导游说："根据接到的通知，全船有四个名额可以登上无名岛，免费体验这个新开发的恋爱探险旅游，时间和本次团期一致。也就是说，把现在的十日深度游替换成无名岛旅游，原来的旅行团费全额退还。中奖结果不能转让，可以放弃。这可是无名岛第一次对外界开放，机会简直可以说是百年一遇，连我都羡慕能上岛的人。"

有人打哈欠，有人眼睛放光，有人感慨："游轮上有四千多人吧？不到千分之一的中奖率啊，我看我没戏。"

"快抽奖吧。"

导游说："抽奖在明天早晨举行，在露天剧场，船上所有的视频全程直播抽奖过程。船长亲自抽奖。请大家拿好手中票根准备核对。"

有人说："抽不中也无所谓。想去的话我可以自费去啊。"

导游说："那是不可能的。未经允许，任何船只和飞行器都不能接近无名岛。那里是私人海域，擅闯是违法的。"

"这么夸张！"

"无名岛派船将中奖的幸运游客接上岛，九天后再送回游轮。"

"故弄玄虚！"有人撇嘴。

"船好像停了。"

导游走到窗边向外看，说："前方就是私人海域。"

游客纷纷问："为什么要停在这儿？可以绕着走啊。"

导游看表，眨眨眼睛，说："时间快到了，大家可以到甲板上去，有很精彩的事将要发生。"

众人登上甲板。不知何时，周围停了很多船，帆船、渔船、游轮、快艇，大大小小，应有尽有。大家似乎都在等待着什么。

夜空宁静。突然，数百枚烟花齐放，五彩缤纷，灿烂了整片天空，美得令人窒息。游客欢呼雀跃，兴奋不已，指点着天空中的图案。

我注意到船员站得笔挺，安静地面向同一个方向行注目礼。不仅如此，所有船只呈半月形聚拢，船头指向远处一艘小型游艇。它停在私人海域，在灯火阑珊处。和巨大的游轮相比，它那么小，非常不起眼，却有众星捧月、牵动千钧之势。

我问导游。他说："你发现了？嘘，别声张。那是他的船。"

他没有说出名字，仿佛别人理所应当知道"他"是谁。

周围的游客大赞烟花表演。

导游低声对我说："那不是烟花表演，是大家自发为他庆祝生日，感谢他的帮助。"

"他是个热心助人的人？"

"正相反。他很孤僻，不同任何人来往，驱逐所有闯入的船。人们都说他冷酷，但事实上，他默默保护着周围的人。有一艘游轮无意中驶入他的海域，触礁了，船只发出求救信号，他第一时间派人救援。他把船员接到岛上款待，又调集船只把他们安全送出海域。看到那些小渔船了吗？大概也曾得到过他的帮助。"

"他……在那艘游艇上？"我的心怦怦跳。

"不，怎么可能。他从不露面，没人见过他。"

"那，他从岛上能看见？"

"不可能。他住在很远的地方。不过，那艘游艇是他的，有人代他观看烟花。或许，哪天等他有兴趣了，会问上一句，或者看一看手下人拍摄的视频。"导游欢喜地说。那个人"可能"看到他们献给他的烟花祝福，已经让他这么满足。

次日清晨，幸运号码公布了。不出所料，这种幸运不会降临到我头上，我到甲板上看海，在栏杆边吹风。一个外国人走过来，对我说："女士，我的主人邀请你喝咖啡。"

顺着他指的方向，我看到一个穿着白西装的男人向我举杯。大概我站的位置刚好在他的视线内吧。我婉拒。外国人态度强硬地说："我的主人从未遭到过拒绝，请你随我来。"

我的倔脾气上来了，淡淡地说："抱歉，我累了，要回房间休息。"

外国人挡住路，我冷冷瞪着他。我不信他敢在公共场合强迫我。

导游气喘吁吁地跑来，说："原来你在这儿。你们怎么了？"

外国人对我说："想必你不知道邀请你的是谁。如果你不去，有可能被赶下船。"

我冷哼一声。

导游说："弄错名额了，一共有五个名额，最后一个幸运者是你。赶紧收拾东西，准备下船。"

外国人恼怒地说："你们没听明白吗？现在我的主人要你过去。"

导游歉然说："恐怕不行。这位女士还有别的事。"

外国人严厉地说："没有我的主人允许，你哪儿都不能去！"

正在这时，船长带着一群人走来，焦急地问导游："你在磨蹭什么？"

外国人说："船长，这位女士不能走，她应该与我的主人一起喝咖啡。"

船长问导游："是她？"

导游点头。

船长的神情严肃又紧张，郑重地对外国人说："转告你的主人，我非常尊重他。但是，这位女士要去无名岛。"

外国人脸色大变，问："是……'那个'无名岛？"

"是的。我想，你的主人不会连他的客人也要阻拦吧。"

外国人忙不迭让开路。

船长看看表，对我说："我不是催您，但您需要赶快出发了，不能让 Mr. Lee 等。如果您有幸见到他，请代为转达我们的敬意。"

他说 Mr. Lee ！ Mr. Lee 不是故事中的人物吗，从他嘴里说出来，简直像现实中也存在这个人一样。我飞快扫视其他人，没人觉得他的话有问题。他们仿佛对 Mr. Lee 非常尊重，甚至还有些畏惧。

我带上行李，和其他四名游客登上游艇。围观的人群中发出惊呼："哇，丽娃游艇，游艇中的劳斯莱斯！"

"Mr. Lee 真有钱！"

"据说每一艘丽娃游艇都是限量收藏版。"

我不由得打量一下游艇，的确处处透着昂贵。丽娃，Riva，原来故事中提到的丽娃不是女孩，而是游艇。想必那男人得到的指令是用丽娃游艇将女孩送上岛。

同伴们相互不认识。简单的自我介绍后，年轻的男人说："咱们的行程是体验后续剧情吗？"他有点娘娘腔，扭捏作态，我起了一身鸡皮疙瘩。工作人员相视偷笑。

中年外国胖大叔翻阅着无名岛恋爱解谜观光旅简介，跃跃欲试地说："我最擅长解谜了，看我大显身手！"

十六岁的棕发小女孩佩普浑身散发着草莓味。她说她最喜欢草莓。她的唇膏、护手霜，甚至连洗发水都是草莓味的。此刻，她的眼中闪耀着天真的好奇。

我们到达一座美丽的小岛，岛上的别墅是巴洛克风格。大家无法抑制地赞叹别墅的华美精致。"这样的别墅也舍得拿出来当旅游酒店？要是开张，房费一天要多少钱？！"

"豪华得有点儿过分啊。"

"那些雕塑好像是真的艺术品！"

"我的上帝。这里的东西我不敢碰，损坏了我可赔不起。"

众人用抽签的方式决定房间。我住在一楼的套房。身穿黑色衣服的女管家自称丹佛斯太太，她安排服务人员带我们到各自的房间安顿。

我的窗子对着一片白色花园。佩普嚼着草莓味的口香糖，到我的房间闲逛，惊叹花园的美丽，问："这是什么花？真漂亮！"

我说："伯利恒之星，中文里叫它'圣星百合'。"

"我头一次见，哇，太美了。花语是什么？"

我说："抚慰伤痛，守卫受伤的心灵。"

她思索着点头，说："他失去爱人，所以种下圣星百合。"

"在故事里，女孩上岛时花园已经存在。我猜，让 Mr. Lee 深受打击、走不出痛苦的，是他母亲的死。他一定很自责，认为是他把噩运带给母亲的，母亲受到伤害时，他什么都做不了。"

大家迅速进入游戏状态，在房间内找线索。根据导览手册介绍，线索多达上千条，故事包含主线和多条支线。大家拿着对讲机，随时沟通发现的信息。

"啊，这幅油画好像是真的。等等，油画后面有张纸条。"

"我在花瓶里找到一把钥匙，在三楼主卧找到穆勒上锁的日记，钥匙打开了穆勒的日记本。上面记载，金发女是派到岛上的奸细。穆勒喜欢她，舍不得赶她走，还帮她藏身。"

"我早猜到了。不过我觉得这是支线，不重要。"

小雕像下压着一张照片。那是一个男人的背影，身姿高大而挺拔，半回头，面部和颈部的皮肤斑驳，是深红色的，像是烧伤过。

我的手一抖，照片掉落。佩普捡起来，吓得尖叫："真可怕。"她叫其他人看。

照片背面有字：你记得我吗?

我的心忽悠一下。是的，我记得他，那个愤怒的、悲伤的、疯狂的人。

当年的记忆是碎片式的——

我昏昏沉沉，睁不开眼睛，嘈杂的声音像洗衣机的滚筒在转，近在耳边。一个男人怒吼："你答应过我不伤害她!"

"你真的在乎她? 真可怜，你总是为他的女人神魂颠倒。"女人不怀好意地说。接着,是一股狂风,风声遮蔽一切声音。

我被关入水牢,周围黑得伸手不见五指。我的手被捆着,绳索吊在高处,让我的胳膊放不下。水没过腰,所幸水温不算冷。

没有人理我,整个世界似乎忘了我。不知过了几日,我又饿又渴,奄奄一息。

突然,门开了,一道光照在我身上,我的眼睛刺痛,只能闭上。有人跳进水里,接着,又有落水的声音。绳索被割断,我站不稳,要栽倒时被人接住。

"还好吗?"是一个男人低沉焦急的嗓音。

我口干舌燥,喉咙只发出模糊的呻吟。

"告诉你待在岛上,你非要跑出来!"他听上去又生气又心疼。他把我抱出水牢,强光刺得我闭上眼。一条毯子裹住我,一杯水递到嘴边,我抱着一饮而尽。

他大喊:"医生呢,医生!"

"医生正在赶来。"

这个人始终抱着我。我的眼睛适应了光线,睁开时,肝胆俱裂。从未见过如此狰狞可怖的脸。是魔鬼,是妖怪!我尖叫,推开他。他一时抓不牢,我掉在地毯上,连滚带爬地躲远。

"你怎么了,是我啊!"他伸手,我的尖叫升级,不敢看他,双手挥舞着打所有靠近的人。他愣了,跪在地上,抓住我的胳臂,逼我与他对视。我颤抖着叫:"放开我。鬼,鬼!走开,走开!"

他震惊,盯紧我的眼睛,探询、不信、心痛。恐惧的应该是我,怎么他脸上的恐惧之色更甚？

他的牙齿咬得咯咯响。他会吃了我吗？他恶狠狠的样子像是要吃人。我得逃，我得躲！他大吼："他们对你做了什么？是我啊，是我！看清楚，不许躲开，看着我的眼睛！"

我大叫救命。

他的手像铁钳，我动弹不得。他痛心地叫："这不好玩。别拿这事开玩笑！是我错了，我来晚了，让你受苦。我没保护好你，我该死！别用这个惩罚我。"

我使劲向后仰，拼了命躲避他，吓得掉眼泪。

"你别这样，不要吓我。"他的声音发抖，接着歇斯底里地叫，"我要杀了他们！"

他捧着我的脸，额头凑过来，碰着我的额头，粗糙的皮肤弄疼了我。他的脸扭曲了，更显得可怕，嗓音发颤，悲伤地说："是我，赶快想起来，我来找你了。是我啊，是暮帆迟啊，你的暮帆迟来了，求你快想起来。"

我浑身发抖，眼前发花，昏了过去。

我在医院里醒来，听到门外有人强硬地命令："一定有办法。你们把她给我找回来！"

医生诚惶诚恐地道歉，告诉他不可逆。

他阴沉地说："治不好她，你们就滚出岛吧。"

是那个怪人。我下床，躲到床的一侧，盯着门。他走进来，见床上没人，一愣，然后看到我。我惊惧地抓紧病床的栏杆，只露出两只眼睛。

他的眼中闪过痛苦，仿佛难以堪负地转开头，只一瞬，他又转回来，大步走向我，不顾我的叫喊，把我抱在怀里。我挣扎，咬他，他就是不放手。我听见他的心跳，跳得那么乱，那么快。他会不会一时冲动伤害我？

他酸楚地说："别怕，我会帮你想起来。"

他把我带到海边，指着陌生的环境，带我一一查看，跟我说在那里发生了什么，充满希冀地望着我，期望我说我记得，每次都失望。我战战兢兢地告诉他他认错了人。他大吼："我没有！是你，我不可能认错你！"

"我是来旅游的，遭到了绑架。谢谢你救了我。你能不能帮我联系大使馆，我……"我瞥见他握紧拳头，不得不把后面的话咽回去。

四周一片汪洋，我该怎么逃走？他寸步不离跟着我，我连离开他的视线都不可能。

我乞求："我想回家。求你让我回家吧。"他拂袖不理。

我被困半个月，猜测家人是否报案。我心惊胆战，一天比一天消瘦。

他的情况也一天比一天糟，情绪波动极其厉害。皮肤，不，那或许已经不能叫作皮肤，总之他的身体裂开很多小口，开始流血，化脓，结痂，再流血。他的手下低声劝说，被他骂走。他依然带着我到处跑，每到一个地方就开始叙说他的故事，近乎疯狂的偏执。在我一次次摇头后，他渐渐消沉。

有一天，他兴冲冲地说："有了，我以前怎么没想到这个呢？"他播放一段又一段视频。我惊讶了，视频中的女孩和我长得一模一样，怪不得他错认了我。只是，那些事我真的没经历过，但他充满渴盼的眸子让人不禁动容。

他专心观察着我的表情，而我就像在观赏一出精彩的戏，没有共鸣，只有感动。他的神情逐渐黯淡。

我恻然，说："暮先生，我想，我有些明白了，但是很抱歉，我不是她。"

他咬咬牙，拉着我去爬山。

落日将波涛染成金色。在山顶上，他热情地讲述他怎样根据定位信息爬上悬崖，找到命悬一线的"我"，两个人一起掉进海里。

我不忍让他失望，但我真的不知情。他忽然爆发，绝望地大叫："不可能忘记！你自责了那么久，天天忏悔，你应该都记得！别这么对我，如果你要忘了我，还不如让我当初就死掉！"他状似疯狂，我吓得屏住呼吸。

他捧着我的脸，仿佛要看到我心底去，把隐藏的东西揪出来。"求求你，想起我吧。无论是美好的记忆，还是可怕的记忆，你要记得啊。在这世界上，我只是一颗尘埃，没有人在乎。我只存活在你的心中。如果你忘了我，那我还剩下什么？我在这世上就没存在过。拜托你想起来，我是暮帆迟，你的暮帆迟啊！别忘了我，别丢下我，别让我一个人……"他从嘶吼变成乞求，声音越来越微弱，哽咽不能语。

他像垂死的人在求救，可我救不了他。我说："对不起。"

悲伤充溢他的眼睛，他放开我，怅然对着海，身影孤单凄清，站了很久很久，仿佛化为岩石。

"暮先生，我了解，你失去了一个人。她长得和我很像，但我不是她，我不认识你，你真的认错人了。你应该赶紧去找她，而不是在我身上浪费时间。或许，她也正等着你。"我小心翼翼地说。

他背对我，半晌，转回来，眼睛发红，闪着湿润的光泽。

我轻声恳求："我想回家，你能送我回家吗？我爸妈一定急死了。"

他又背过身去，好一会儿才转回来，望着我，说："好，我送你……回家。"他的声音轻不可闻，那么无助，我的心狠狠地疼了一下。

我半信半疑，没想到他真的说话算数，放了我。

他说送我，我以为是送到码头，或者送到机场，没想到他全程陪着我，一直把我送到居住的城市。在私人飞机上，他沉默地目不转睛地望着我，十几个小时不曾合眼，像是不敢浪费每一秒。

他递给我一张卡片，上面写着一个名字：Moventry ，还有电话号码。

我接过，他捏住卡片不放，深深凝望我，说："记得打给我。无论什么时间，无论在哪儿，无论什么事，只要你需要我，一定要打给我。"

我点头，他又沉了几秒才松开手指，眼中流露的，竟然是一种生离死别的不舍。

我顿生怜悯，安慰道："祝你早日找到她。"

他的眼神变得苦涩。

回国后，我做了很长时间的心理治疗。医生说我被绑架后受到刺激，记忆发生扭曲，分不清哪些是梦，哪些是现实。但是，无疑，我记得那个人，我还珍藏着他的名片。

现实中遇见的人，为什么出现在故事里？恋爱和探险只是旅游的噱头，怎么可能与现实对应？！可是，暮帆迟是真的和我说过话的，他真的失去了挚爱，早在无名岛旅游项目开发之前。

太混乱了。

假设故事是真的，有钱有闲的 Mr. Lee 投资开发了这个恋爱旅游项目，想让世人了解他的爱情故事，那么，故事的结局是什么？他找到她了？岛屿封闭多年，现在，高傲神秘的 Mr. Lee 允许陌生人登堂入室进入他的家，窥探他的生活？他姐姐趁机害他怎么办？

同伴提议去外面转转。阳光明媚，岛上风物和故事中写的高度一致，仿佛故事就是依据现实写的。

"这座岛真美，是旅游的好地方。即使没有谜题，也值得转一转。"

"我们本就是来观光旅游的啊。"

兵分两路，一路向东，一路向西。

我们这一队在码头找到小岛地图，上面标记了潜水、跳伞、观景台等景点位置。蓝天白云，金黄沙滩，花树掩映下的小岛景色美不胜收。

　　树上有一只玩具蜘蛛，蜘蛛肚子里藏着一管药水，标签上写着"蜘蛛毒液（道具）"。林中有一张金发女的身份卡，揭示她受雇于Mr. Lee 的姐姐，借植皮交易上岛，探听岛屿防御情况。

　　大家亢奋过度，不到傍晚都累了，返回别墅，与另一队分享信息。

　　胖大叔神秘地说："我有重大发现！不过，要等我确认后再告诉你们。"

　　和他同一队的樱看了他一眼，说："咱们在一起，我怎么没发现？"

　　大家要胖大叔不要卖关子，他嘿嘿笑，说："我猜到最终任务是什么了，而且，答案八成在我们之中。"大家要他说得再清楚一些。他斟酌许久，说："我们之中有个人可能不是第一次来无名岛。"说完这句，他再也不肯透露其他信息。

　　樱找到一个平板电脑，因为没电，无法开机，正在充电。

　　胖大叔对我说："给你，你的钱包。"

　　钱包的确是我的，在很多年前丢了，始终没找到。钱包里的信用卡已经过期，里面还有一张我的照片。"你在哪儿发现的？"

　　他说："二号仓库外面。你真厉害，你什么时候找到二号仓库的？那里面有什么？我们到的时候里面是空的。"

　　我说："我没找到什么仓库啊。二号仓库在哪儿？"

　　"东边的山腹里，那儿有一个集装箱仓库群。我们找到线索，说那女孩的私人物品在上岛时其实没被丢掉，为了防止携带病菌，她的物品被放在二号仓库封存。我和樱到那儿时，仓库里什么都没有。我在仓库外边捡到你的钱包。"

侍者端来下午茶。桌上除了精致的茶具、茶点，还有一个古董木盒，被密码锁锁住。

"密码是四位数字。"

"饶了我吧。走了一天，我好饿，让我先吃一口。"

"草莓派！"佩普开心地拍手。

男士们忙于解密码，女孩子们一边享受茶点一边聊天。我和樱竟然是同一所大学同一届的校友。她是和朋友一起来的，在另一个旅行团。我也是随团旅游，但我只身一人，没有旅伴。

佩普问："一个人，没有男朋友吗？"

我微笑摇头。不是没人追求，对他们，我的答复永远是：我有喜欢的人了。

樱佩服地说："你胆子真大，敢一个人出国旅游。"

我说："还好，这个国家我已经来过四次了。"

她说："你是有多喜欢这里。"她说她的朋友想去埃及，但她坚持来这里。"感觉冥冥中有声音在呼唤我，必须得来！"

茶色嫣红鲜亮，有着醉人的甜美香气，一种迷离的温软。我心中一动，放下杯子。

男士们到处都翻遍了，餐盘下、糖罐里、奶盅瓶底，他们甚至掰开了所有的司康。

胖大叔说:"密码不会藏得很远,应该就在这间屋子里。"他数所有点心的数量,又数糖块。

年轻人摸着下巴,说:"我猜有一个数字是3。你们看,托盘是三层的。"

佩普说:"我们有五个人。"

樱说:"不是人数吧。以后这里要对外开放的,人数不固定。"

佩普说:"试一试。"

胖大叔失望地说:"糖块的数量超过十了,点心也是,不像是答案。"

樱说:"我记得标准的英式下午茶用的是七寸盘。"

胖大叔摆弄锁,念叨:"3,7,5,还差一个。"

年轻人问我:"你有什么想法?"

我说:"当时钟敲响四下,世间一切为茶而停。"

"3475,不对,5743,不对。"

"16。"我提醒,"下午四点。"

"3716,打开了!"

木盒中是一幅海底的画。工作人员恭喜我们解锁潜水项目,宣布明天带大家去潜水。

女孩们累了,回房间休息。男士们也个个精神不振。

我回到房间,抱膝坐在窗前。时间一点点流逝,我的心从激动到失落,转眼日已西沉。我在期待什么?甩甩头发,我爬到楼顶天台看晚霞。

粉蓝色的天空，无形的画笔将橙与红大片地涂抹，蓝色浸润紫色，渐渐深沉。

有人轻咳一声。

我转身。

身后站着一个男人，高大的身材，丑陋的样貌，幽蓝的眼睛。

一别经年，他还是当年的模样。

我呆住了，像中了魔法，动弹不得。这是他的岛，在这里遇见他最自然不过。不要表现得这么震惊好吗？赶快恢复正常啊。脑海中有个声音在催促，但我没有办法。

两年了，他给我留下的印象如此深刻，让我无法忘记。而此时，他就站在我面前。我的胸口有什么在澎湃，马上要涌出来。我不能轻举妄动，以免失控。

他从容而沉默地望着我，紧张的似乎只有我。

过了好久，我才像醒过来，走向他。站在他面前，才发觉他真是很高，大概比我高两头。我伸出手，客套地说："您好，您是 Mr. Lee？"这是废话。我到底在说什么？"非常荣幸来到您的岛。这里很美。"

他的眼神如此深邃，我的心重重一跳。他弯腰，把我的手送到唇边，轻轻一吻，礼貌而谦卑。我心惊，满面通红。

"我们是来旅游的，听说这里开发了探险解谜类的旅游项目。我被抽中了。"我结结巴巴地说，不明白为什么要解释这些。

他不语。

"我的同伴们在屋子里。你要不要见见他们？他们一定很高兴见到你。"

他依然无语。

我不知所措。

"为什么不喝那杯茶？"他终于说话了，嗓音和当年一样好听。

这个问题让我怎么回答？不回答也不行。我横下心，实话实说："在故事里，每一次女主角喝了茶都会昏睡，然后，然后……"然后，每次她都感觉有个人来看她。

我赧然低下头。这个理由太傻了，我的表现太傻了，这一切都太傻了！天呐，我到底在干什么？他会不会觉得我很可笑？

"好像没有人告诉过你们这是岛上自制的玫瑰茶，你怎么知道它是故事里说的那种茶？"

谈话还能继续？他不认为我是发神经？我胆子大了一些，说："即使不说，我也能认出来，它的香气独特。"

他的眼眸明亮，问："看文字，是怎么看出香气的？"

我一愣，"大概是，可能是……"所有解释都不通。我找不出理由，自己也蒙了。

他轻轻说："如果是你的话，不需要任何提示，你能找到通往我的路。"说完，他躬身施礼，转身离去。

我对着他的背影发呆。

刚刚发生了什么？我是不是在做梦？

晚餐十分丰盛，大家纷纷表示赚到了，又遗憾累得睡着了，错过落日。

樱问丹佛斯太太 Mr. Lee 是怎样的人。她答："一位真正的绅士，高贵而仁慈。他统治这座岛，保护这座岛。"她说话时只有嘴巴动，面部其余部分不动，刻板得像一个木偶。

佩普向往地问："我们能见到他吗？"

年轻人说："你不是被他的照片吓到了吗，还想见他？"

"好奇嘛。只看一眼也好。"

丹佛斯太太说："他可不是想见就能见到的。"

"哇，丹佛斯太太，你台词背得好好哦，和故事里一模一样。"

樱说："上了岛就不许离开。我们是不是要永远留在岛上？"

年轻人说："那就合你心意了。"

胖大叔说："别做梦了。故事里还说上岛不许带任何物品呢，你们的背包和手机不是在身边吗？"

樱说："手机没有信号，有什么用？还好岛上有卫星电话，否则真是与世隔绝了，烂在这儿都没人知道。"

年轻人问我："你为什么老捧着手，受伤了？"

我连忙放下，摇摇头。

在休息室，胖大叔和樱试着破译平板电脑的密码。

佩普看看周围，压低声音说："我刚才听到丹佛斯太太用对讲机讲话，她的态度非常恭敬，我猜对方一定是 Mr. Lee。"

大家追问他们说了什么。佩普说："丹佛斯太太说，果然是她，她好像发现了什么。就这些。"

胖大叔击掌，露出恍然的表情，一脸得意，却不多说。

半夜，我突然醒了，直觉有人在我的房间里。

遮光窗帘使室内漆黑一片，什么都看不见。没有声音，看不到人影，但我感觉他正无声无息靠近。在黑暗中，他如何能做到不发出声响，不碰到物品？他对房间熟悉至极，还是戴着夜视工具？

第六感告诉我，他在观察我，带着深深的恶意。我假装翻个身，掩饰呼吸的变化，装作渐渐熟睡，均匀地呼吸，飞快地思索周围可用之物。听不到脚步，他走近了还是走远了？我眯着眼睛等待，直到天亮。阳光从窗帘的缝隙透进来，我扭头扫视房间，没有人。

门上的安全扣我在睡前扣好了，此时依然完好。

丹佛斯太太正在泡茶，我帮忙。

我假装不经意地问："Mr. Lee……过得好吗？"

"你走后，他崩溃了。"

我的手一颤。

她淡然说："你是第一个问他好不好的人。其他人问的是什么时候能见到他，他到底多有钱，还有解谜的事。"

我垂首，看着茶包，说："不是昨天的玫瑰茶。"

她说："那不是玫瑰，是摄神花，香似玫瑰，可以让人自然地产生困意，陷入沉睡，无副作用。当 Mr. Lee 要现身，又不想吓到别人时，我会提前给人喝下摄神花茶。"说完看我一眼。

"樱。"佩普从背后拍我的肩，随即发现认错了人。她说我的背影和樱简直一模一样，都是黑色长发。她说："我甚至觉得你们的脸很像。亚洲人的相貌我总是分不出。"

换潜水服时，一张照片从樱的身上掉下来。佩普捡起来，说："好帅的男孩！"

樱的脸色变了，慌忙抢，佩普调皮地把照片递给我。我刚看一眼，樱抢过去，贴在胸前说："这是我的护身符。"

佩普问："你男朋友？"

"不是。"樱匆忙把照片贴身放好，吝于让我们多看一秒。

照片上是一个十几岁的少年，灿烂地笑着。他的脸型轮廓，他的身形，他幽蓝的眼睛……我暗暗震撼。他是暮帆迟，一定不会错！我望向被佩普追问的窘迫的樱。她是谁？！她说她记不清男孩是谁，只感觉他对她很重要，她说她因为受伤失去了一段记忆。她是谁？！

少年暮帆迟，毁容前的他，那么英俊，充满阳光。原来他以前长这样。

佩普在海里找到一个漂流瓶，瓶中信是一张纸条：活着，见你。

仅仅四个字，感动了所有人。

瓶中还有一把钥匙，钥匙坠是直升机的微型模型。工作人员恭喜我们解锁直升机库，明天安排直升机观光。大家兴奋地大叫，我心头一紧。

篝火燃烧，发出噼里啪啦的声音。大家围着篝火唱歌跳舞。

佩普嚼着口香糖，吹个泡泡，说："Mr. Lee 的样子在晚上看得多可怕呀。"

樱说："医学这么发达，他大概早就治好了。或许他出现时是个大帅哥。"

大家都惊讶地望着她。她疑惑地问:"怎么了?为什么这么看我?"

胖大叔呵呵笑,说:"你把他当成真的了吧?你以为这是真实生活,事情随时间变化,他受的伤会长好?"

佩普说:"Mr. Lee 是探险游戏里的人,人物设定是毁容的样子,怎么会用治好的样子出现呢?"

樱一怔,讪讪地说:"是。我糊涂了。"

年轻人说:"你们女孩就是容易被爱情故事感动。"

我暗暗心惊。我也同样不清醒,分不清真假虚实。

胖大叔和年轻人商议明天的侦查方向。

入睡前,我用椅子顶住门。白天潜水时,我在岸边捡到一些贝壳,把贝壳的边缘磨锋利,放在枕头下,再放一支钢笔。我们在上游轮前经过一次安检,登岛前又经过一次更严格的检查,身上不可能带有武器。我只能利用手边能取得的材料防身。

向父母报完平安,我捧着手,透过落地窗看海。波涛起伏,月光下的沙滩空无一人,夜色静美。但我总觉得少了点儿东西。少了什么呢?

来到直升机停机坪。我脊背发冷,莫名地腿软,借口恐高,说什么都不肯上直升机,放弃这个项目。其他人都替我惋惜。车把我送回别墅。

我独自在书房,研究书桌上的画,按故事中的方法,把几张奇怪的图拼凑在一起，折掉空白部分，拼出的是一幅铅笔画，一个长发女孩的侧影。

丹佛斯太太敲门，请我到楼下去。我来到大厅。丹佛斯太太的目光越过我，躬身行礼。

从她恭谨的态度我猜到了身后的人，顿时浑身紧绷，稳住心神，转身，看见了他。

我向他致意。

"谢谢你不怕我。"他开口了，声音低沉。

我答："有故事作铺垫，我有心理准备。你是剧情人物，没什么可怕的。"

他的目光闪动，"我不是剧情人物。"

三言两语，简单的对话，我却已冒汗。

"跟我来。"他的语气温和，不似命令，我乖乖地跟着走。

空地上多了一个巨大的热气球，他走到热气球旁，向我伸手。

我的头摇得像拨浪鼓，说："不行，我恐高。"

"你不是恐高，是怕坐直升机。"

他的手臂一直伸着，不放下。我咬着嘴唇，迟疑地抬起手，胳膊还没伸出去，他已经拉住我的手。我微微颤抖，故作镇定。

他让飞行员离开，亲自驾驶。我担忧地说："热气球需要飞行员和助理，你一个人忙不过来，别让他们走。"

他淡淡地说："我不希望被人打扰。"

做什么事不希望被人打扰？我不便问。我本来就很怕，现在更怕了。

他忽然笑了，难以想象，狰狞的面容上居然可以有这么温暖的笑。我望着他，视线无法移开。

他的眼睛是忧郁的海，让人不忍见。为了驱除那深蓝色的忧郁，我愿意付出努力。而现在，他居然露出笑容。为这难得的笑容，我咬咬牙，再危险也要硬着头皮上。我向他迈出一步。

他领我踏进吊篮，我紧张得冒汗，抓住扶手不放。

点燃喷灯，吊篮离地。我的心随热气球忽悠一下飘起来，吓得闭上眼睛，脸都白了。热气球持续上升，吊篮微微摇晃，对我来说却是地动山摇。我轻叫，头晕眼花，连忙抓住。明知不该碰他，太失礼了，但我实在害怕，一边道歉，一边喘息，不敢松手，心快要蹦出来了。

他说："对不起。有个东西，我无论如何都想让你看一看，所以……没想到你这么害怕。请原谅我的任性。我抱着你会不会好一些？"他用胳膊圈住我，既温柔得不致失礼，又有力得不容抗拒。

"不行，这怎么可以，不行。"我怎么能让一个陌生男人抱着我？！我呻吟着，身体却不由自主地靠紧他，像抓住救命稻草一样不放手。靠着他，晕眩明显得到缓解，他的胸膛坚实宽阔，是天翻地覆中唯一的安定。

风在耳边呼啸，发丝被吹乱，在脸上拂动。

我战栗着问："还没到吗？我们下去吧，赶快下去吧。"

他温和地说："睁开眼睛。"

我把头更深地埋进他的胸膛。

他低笑，声音在胸腔内回响。我又羞又恼，嗔怒地抬起头。我是第一次坐热气球，而且我早已声明我恐高，他还嘲笑我，故意捉弄人。

四目相对，他的眼中没有嘲弄，只有温柔，带着暖意。

我的心一颤，脑海中浮现四个字"如沐春风"。

我不禁低头，忽然醒觉——因为恐惧，我主动贴在他身上，几乎把自己嵌进他身体里，可我又不敢远离。我羞怯地转开头，一片绮丽风光映入眼帘。

山海辽阔，碧空澄净。

越过最高的山脊线，漫山遍野都是蓝色的小花。鲜丽的蓝色像晴朗的天空，妩媚了整座山峰。

"啊，那是——"我目眩神迷。

"勿忘我花海。"

勿忘我的蓝有些刺目。为了她，他种了满山的花，开发了海岛旅游项目，以纪念他们的感情。

"你还没找到她？"我心情复杂地问，随即摇头，"不，你找到了。否则，故事是谁写的？"胸口突然酸疼。不知哪来的勇气让我推远他，倔强地站直了。

头晕得厉害，我死死抓住吊篮。他要扶我，我躲着，无声地拒绝。

接下来的时间，我借口头晕不说话，他也沉默。越过山，热气球降落在草地上。工作人员上前稳定吊篮，他要搀扶我，我拒绝。

我低声说："谢谢您。我该回去了。"

他不语。

我再次请求，他忽然说："你就这么急着摆脱我吗？"

"摆脱"两个字用得奇怪，莫名地有种爱恨纠缠的意味。

我摇头，想甩掉这两个字带来的暧昧气氛，又觉得摇头也不对，说："我真的该回去了。"

他紧紧盯着我，眼波翻涌。他向工作人员招手，对我躬身一礼，头也不回地走了。

回到别墅，其他人在喝茶聊天。他们询问我去哪儿玩了，我摇头不答。

年轻人叙述他们的重大发现。

搭乘直升机回来后，他们在直升机库找线索，在控制室发现一段惊人的视频。

那是一段拍摄于黑夜的影片，直升机上，螺旋桨轰鸣，一个女人身子已经掉到直升机外，手紧紧扒着舱门，声嘶力竭哀号："饶过我吧，我不想死，饶了我的命！我全说。老先生要把夫人从您身边除掉，在岛上没人敢动手，他设计骗夫人自愿离岛。在去除夫人身上的追踪芯片时，我给她做了短期记忆清除手术。这都是老先生交代的！我没办法，只能执行。"

"穆勒呢？"一个低沉的声音问，带着电子的质感，似乎是通过什么设备播放出来的。

女人颤抖着说："穆勒，他……直升机离岛时，他发现夫人失去记忆，我们把他扔下了直升机。这都是老先生让我们干的，饶了我吧。"

那个低沉的声音说："现在的飞行高度，就是你们把穆勒扔出飞机时的高度。"

"不要，饶命啊，Mr. Lee——"

一个穿军绿色迷彩服的男人踹女人的手，她大叫，掉到机舱外，尖叫声飘散在风里。

年轻人问我："看，是不是做得特别逼真？"

樱说："第一次看的时候我差点以为是真的了。"

"这么说穆勒死了？"他们分析。

"越来越有意思了。"

"喂，你吓着了？"年轻人问我。

我手脚冰凉。记忆中的洗衣机滚筒声，是螺旋桨的声音？突然的大风，是舱门被打开了？不，不对，我又把现实和故事搞混了。

年轻人总结："女孩中了老先生设下的圈套，自愿移除定位芯片，有人趁机给她做了记忆清除手术。穆勒发现后，被那些人扔出直升机。女孩被直升机带走。Mr. Lee 发现了这些，把坏女人也扔出了飞机。"

佩普紧张地说："Mr. Lee 一定会去救她的，对吧？老先生为什么非要拆散他们？他们真心相爱，多可怜啊。"

樱说："故事里说过，老先生要 Mr. Lee 去跟贵族联姻。只要那个女孩在，Mr. Lee 不可能同意，所以必须除掉她。"

年轻人说："办事拖泥带水。把那女孩杀掉好了，还费劲做什么记忆清除。"

大家悚然望着他。他哈哈笑，说："开玩笑的。"

晚上，我翻来覆去睡不着。螺旋桨的轰鸣，热气球上的风，他凝望的神态……一一从心头掠过。

第一人称的故事脚本是谁写的？假如是女孩写的，他找到她了，她也恢复了记忆，为什么他的神态中还有怅惘？他应该陪在她身边，而不是和我这游客坐热气球。高贵神秘的 Mr. Lee 应该端坐王座，睥睨万物，不该纡尊降贵同凡人纠缠。

肩和背仿佛还留着他的碰触，我翻个身，想用床的摩擦覆盖触觉的记忆。

是我太不清醒了。这是剧情设定，所有都是虚构的，女主角不存在，老先生不存在，穆勒之死不存在，那都是故事情节，勿忘我花海是个景点，没有特殊意义。

这么一想，舒服多了。

可是，如果这样，一往情深的暮帆迟也不再存在，天台望星、悬崖相救，都不存在。那个悲伤到疯狂、深情得让旁观者都为之动容的暮帆迟，到底是真是假？

他说，他不是剧情人物。

他问，他抱着我会不会好一些。

我又翻一个身。

不能再想。

早餐时，樱拉着胖大叔继续破解平板电脑的密码。胖大叔挫败地说："我觉得我找到密码了，可就是打不开。"

"我的上帝！"他突然发出惊叹，愕然望着樱。大家聚拢过去。他说："樱竟然用指纹打开了平板电脑！"

樱羞涩地说："可能是我误打误撞碰了哪里，解开了密码。"

"不，绝不是。你只是拿着，还没输入密码啊。"

大家十分惊讶。

胖大叔大叫："我明白了！"他指着樱。

樱慌乱地说："我，我怎么了？"

"你就是 Mrs. Lee ！"

佩普高呼："上帝！"

年轻人倒吸一口凉气，说："这怎么可能！"

樱手足无措，一脸茫然。

"Mrs. Lee 被清除记忆，正好你也失去了记忆。你的指纹能打开密码锁。还有，你身上那张照片，你敢说那不是 Mr. Lee ？"

年轻人问："什么照片？"

佩普说："哦，那张！"她催促樱拿出来。年轻人仔细观瞧。

樱嗫嚅："我不记得他是谁。"

胖大叔抢着说："看看这双眼睛，和故事里写的一样。这个年龄大概是他出事前十六七岁的时候。"他对我们说，"这两天我和樱一队，她有的时候非常奇怪。她说她第一次来这座岛，但是很多地方她都熟悉。她说中了许多后来被证实的事。你们想想，我们刚到岛上，偶然捡到平板电脑，她的指纹是怎么设置进去的？为什么她能打开？"

年轻人催促查看电脑里的信息。

电脑里有一段视频，一男一女欢乐地在沙滩上奔跑，镜头追在他们身后。男的身形高大，手臂上有烧伤后可怕的伤痕。女孩长发乌黑，看不见正脸。

大家都看向樱。

樱选择沉默。

佩普说："这个不一定是她。"她指着我，"她们两个长得很像，我就认错过。从背影不能确定是樱。"

但胖大叔十分笃定。

樱缓缓摇头。

胖大叔志得意满地说："因为你失忆了。为了唤醒你的记忆，Mr. Lee 策划了这次旅行，安排你上岛，通过一个个任务，引导我们找到证据，证实你的身份。你那张照片也是线索之一。上岛第一天我发现你带着它，当时我就怀疑。随着证据越来越多，我的猜测得到了证实。"

年轻人思索："不可能啊。那只是个剧本，不是真的。"

"对呀，我没说那是真的。她是剧本里的人物，是辅助我们解谜的。当然，也可能是扰乱我们视线的。我猜，我们的最终任务是根据收集的证据找出 Mrs. Lee，而我已经提前做到了。我说过我擅长解谜，这下你们相信了吧。这种程度的谜题对我来说小菜一碟。"

佩普捂着嘴巴，环视每一个人的脸，不知说什么好。

樱可怜兮兮地说："我什么都不知道。"

胖大叔说："不要装了，承认吧。哦，对了，你有任务，还得演下去。好吧，我们假装不知道，继续陪你玩。"

樱一个劲儿摇头摆手。

佩普端详樱，说："你看上去有点不一样。你的鼻子好像……歪了。"

樱连忙扶着鼻子。

佩普说之前大家觉不出，但樱这一扶，明显把鼻子掰动了。

所有人都睁大眼睛。樱尴尬地说："两年前我出过一次事故，失去了一段记忆，脸也毁了，做过七次整容手术。我的鼻子是假的。"

胖大叔恍然大悟，说："难怪视频里女主角的脸看不清。他们是故意这么处理的，你已经不是原来的样子了。喂，你难不成是为了这个剧本特意做整形？太敬业了吧。"

樱觉得无法跟胖大叔沟通，也受不了大家探询的目光，独自到外面去了。

胖大叔侃侃而谈，讨论他的推理的合理性，得意于他看穿了游戏设计。年轻人和佩普耐心地听。

工作人员招呼我们出发。

今天的安排是乘游艇到小岛的另一端，故事中 Mr. Lee 居住和治疗的地方。草地上，机器狗在巡逻，大楼入口由机器人守卫。佩普调皮地对机器人敬礼。机器人说欢迎语，逐一扫描我们，发给每个人参观卡，带我们进入大厦。工作人员说："不要问它们与谜题有关的问题，它们被设定为不给你们提供任何帮助。你们得自己完成任务。"

大厦内部科技感极强。悬浮导览球型机器，自动温控和光线感应，声控管理系统，随处可见的机器人仆从……

佩普东张西望，说："他会出现吗？他住在这里吧？我们能碰见他吗？"

"哪儿那么容易见到啊。"

到最高处俯瞰风景。远处，蔚蓝色的海面亮晶晶闪着光，天海相接处，白云升腾翻卷，海鸟在飞翔。女孩们齐声赞叹美景。男士们到处找线索。

佩普替他们遗憾："我们的主要目的是观光。"

但他们已经迫不及待去探险了。樱的身份之谜刺激大家想早点找到答案。

参观卡权限有限，部分房间无法进入。

在中心控制室，佩普拿着一张纸惊呼："营救计划，雇佣兵清单！！！Mr. Lee 居然找雇佣兵去救女朋友，和他父亲对峙！哇，多浪漫啊！我想变成他女朋友。不，我希望以后有个人像他一样爱我！"她感动得一塌糊涂。

年轻人欣慰地说："那么他一定救出她了。"

书房中有一张便笺，写道：当你看到这封信时，不要急。你父亲要见我，找个理由骗我去。他先礼后兵，如果我拒绝，估计他会用强硬的手段逼我见面。躲是躲不过的，我索性去见他，把话说明白。放心，我不怕他，也不会屈服，置你的感受于不顾。我很快回来。

胖大叔惊讶于她的胆量，叹道："她知道那是个圈套！"

年轻人分析："这是打印的，别想通过笔迹查线索了。"

我们走进医学中心的办公室，樱正在翻看什么，看到我们进来，她有些尴尬，匆匆地走了。胖大叔耸肩说："都已经被拆穿了，还怕什么？"

一位医生的笔记上记录着：

> 患者：Mrs. Lee
>
> 手术内容：定位芯片去除。
>
> 记忆……

"记忆"后面的字连同笔记的下半页被撕掉了。"定位芯片去除"后面打了一个对勾，表示已完成。

年轻人叹惋："手术室和治疗室紧挨着。Mr. Lee 在无菌舱治疗时，绝对想不到，他心爱的人就在他隔壁去除定位芯片，从此离开了他。"

年轻人翻看另一摞资料，惊讶地说："真让樱说中了。Mr. Lee 有可能以帅哥的形象出现。"那是一份治疗方案，医生利用克隆技术造出 Mr. Lee 所需的皮肤，已安排植皮手术。

胖大叔拍手说："全对上了。你们看，墙上有个警告，'记忆删除不可逆转'，所以她再也想不起来了。"

我心不在焉望着窗外。年轻人问我："你怎么了，提不起劲，不好玩吗？"

我说："我太笨，跟不上大家的思路。"

我一遍又一遍搜索记忆。当年暮帆迟给我看的视频里的人物是不是樱？我的记忆是否骗了我？同样的身高，同样的长发，我可能看错了。暮帆迟伤心欲狂，也认错了。那张少年的照片，是他送给她的吧，她当作护身符珍藏，尽管已想不起他。

我多傻啊。

两年来的感动唏嘘、牵肠挂肚，原来是为别人的爱情。

一次又一次孤身万里来附近旅行，偷偷地期盼能遇见他。一次次憧憬，一次次失望，犹不死心，祈祷命运的眷顾。

太傻了，真的太傻了。

"那是……"年轻人突然出声，对着连廊那头目瞪口呆。

连廊里，几个黑衣保镖簇拥着一个人走来。身形高大，气度非凡，残破的皮肤，幽蓝的眼睛。他只是正常走路，却有一种端庄的威严。屋子里顿时鸦雀无声，大家不由自主为他让路。他对众人微微点头，我低下头。他经过我们，向另一栋楼走去。

同伴集体陷入沉默。

樱和我们汇合，发现大家神态有异，问："你们怎么了？"大家告诉她刚才遇见 Mr. Lee，她惊叫，遗憾错过。

佩普替她惋惜，顿足问她刚才到哪儿去了。樱热衷地打听 Mr.

Lee 的模样。佩普眉飞色舞向她描述，最后，说："我刚才都不敢出气了，他有一种特别的气势。"

胖大叔接口说："像是、像是另一个世界的人。"他目不转睛看着樱，樱被他看得心里发毛。胖大叔沉思着说："不知为什么，看见 Mr. Lee 的那一刻，我忽然相信这是真的了。"

年轻人说："我也有同样的感觉。"

佩普轻声说："如果他是假的，那他的演技实在太好了。"

樱说："刚才你们说他还是丑样子。你不是说因为是故事设定，他才以这副模样出现吗。如果他是真的，而不是游戏虚构的，按理说他早该把自己治好了呀。"

胖大叔严肃地说："不，还有一种可能：这一切都是真的，现实中真的有 Mr. Lee，他失去了他的爱人，你也不是岛上的工作人员，什么都不知情。他之所以还是这个样子，是怕改变后，你认不出他，所以即使有治愈的方法，他也不治。他等着你见到他，想起他。"

佩普捧着脸，非常陶醉。

樱被他话中的"你"说得不好意思，说："我真的不知道你们在说什么，拜托你别再说是我。"

胖大叔沉浸在思索中，说："如果这不是游戏，是真事，你真的失忆了，到现在都没恢复，那么，那个自传体的故事是谁写的？有些事，只有女主角知道，别人写不出来。"

大家点头。

年轻人说："除非，Mr. Lee 找到她了，他们团聚了，樱不是他的夫人，他的夫人另有其人。"

佩普说："可他那么悲伤，不像找到了。"

是啊，他那动人心弦、让人无法忽视的悲伤啊。

我说："这只是个故事。Mr. Lee 是虚构的，所有的都是假的。"

佩普不满地嚷："你太冷静。"

胖大叔想了好久，点点头，很不甘心地说："果然，其他的解释都说不通。"

我走到一扇门前，门环显示红色，拒绝进入。这个位置应该是女主角的房间吧。我转身要走，樱走过来，问："你搜完了？发现什么了？"她一靠近，门开了。我说："我有点儿渴，去找杯喝的。"

佩普对着一段视频流泪。

"在你周围，到处是我的眼线。你上课、下课、去食堂打饭、上晚自习，你看的小说、听的歌，我都有兴趣。你没把婚约当回事，天天想反悔，我却早已把我的命运和你连在了一起。真奇怪，竟然被你这个小东西拴住了心。每天和伤痛搏斗，只为活着见你。"暮帆迟语气宠溺，点点滴滴都流露幸福。他为女孩拂开脸上的发丝。女孩逆着光，相貌无法看清。

"Mr. Lee 真可怜。"佩普托着腮，望着屏幕中的暮帆迟，说，"我现在觉得他一点都不可怕。"

年轻人在电脑中发现了 Mr. Lee 的日记。

一段段，他散碎的心情。

你使我坚强，你令我软弱，你让我忘记一切，又让我铭记每一刻。

你是星，是月，是星月下无边的寂寞。

你是天，是海，是海天外思念的角落。

你是远方的沉默，是盛放的花朵，是我心头的蜿蜒曲折。

你近在咫尺，又拒我千里。沙滩上赤足的脚印，再也不是你。

曾经认可孤寂的命运，在世界一角，等待死亡将我解脱。这时，你出现了，温柔了岁月，惊扰了静候，抚慰所有的伤口。你让生命重现光彩，带给我不一样的未来。

然后，你走了。

曾经慷慨给我的爱，你全都收回带走，也带走了我的一切。

我以为可以没有你，但试遍所有，都不是你。我试着转移视线，看尽繁华，所有的都不如你。

为你，我愿拯救这个世界。我树立灯塔，援救船只，只因人群中可能有你。我祈祷你远离所有苦难，愿我的善意有一天传递到你。

简单的文字，打动了所有人。自从觉得这像真事，大家的态度变得认真起来，感受也深切许多。

佩普央求樱："如果是你，你快想起来吧，别让他难过了。"樱黯然垂首。

我的心疼得厉害。

丹佛斯太太曾说，他崩溃了。

活着，见你。这四个字的分量越来越重。

我在干什么？我不该来，不该留下，寻找别人爱情的痕迹，见证他为她刻骨铭心。我在干什么？！

回到别墅，樱在她的卧室发现一张卡片，上面写着：明天下午两点，西海长堤。落款是一个大写的 M。我和佩普同时出声。我说的是"1413"，佩普则大叫："他约会你！"

其余人都兴奋异常。樱一脸懵懂，眼中浮现期待。

我说："大概是个密码，下午两点，是 14，M 在字母表中是第13 个字母。"

胖大叔说："这次是手写的。如果不是约会，谁会费事写这个？到目前为止，其余线索都是印刷体。"

我平和地说："这不是他写的……"

没人听我说话。他们收拾行囊，准备明天陪樱赴约。佩普开心极了，盼着再见 Mr. Lee。

佩普不时瞄樱一眼，樱毫无反应。她几次试图开启有关 Mr. Lee 的话题，樱都不接茬。她忍不住了，若无其事地说："那女孩早就发现山姆的婚礼是老先生的圈套。你们说，她是不是将计就计，为了离开岛？她对 Mr. Lee 可能没什么感情，只是装样子，为了骗取他的信任，毕竟，在岛上，讨好他就能拥有一切。"

"不是！"众人错愕，看向说话的人，竟然是丹佛斯太太。她大声说完这句，又迅速收敛了眼中锋芒。

佩普一愣，说："对不起。她是你的主人，我不该这么说她。"

丹佛斯太太恢复平静，说："她不是我的主人，我的主人只有一个。她是个真诚善良的女孩。我尊敬她，因为她让主人快乐。她是真心爱他的。"

胖大叔突然发问："她长什么样子？"

丹佛斯太太看他一眼。

胖大叔又问："她回来过吗？"

"从某种意义上说，她从未离去。"

佩普两眼放光，激动地站起来，问："此时此刻，她在这里吗？"

丹佛斯太太说："那是你们要调查的事。"

樱倏地站起来，双手握拳，仿佛极力忍耐着，郑重地说："我不是游戏人物，我也不是你们想的那个人！对不起，让大家失望了。我的确失去了一段记忆，但我清楚自己是谁。请你们别再把我和 Mr. Lee 扯在一起。有一个人，他对我很重要，虽然我想不起他，只有一张他的照片，连他的名字都不记得。你们总是说我和 Mr. Lee 如何如何，让我感觉我背叛了那个人。"她眼圈红了，说完跑出房间。

佩普和我相视，不约而同追上去。身后，胖大叔嘀咕："她想不起来了，还敢肯定自己不是，听着都矛盾。"

樱坐在床上，捏着那张照片。佩普歉疚地说："对不起，我们只顾玩，忽略了你的感受。"

樱凝望照片，说："我真想想起他。他一定对我很好，才让我在忘记之后还放不下。他在哪儿，为什么不来找我？难道他也忘了我？"

佩普冲动地叫："或许他已经找到你了，站在你面前，你却认不出！"

樱沉默。佩普小心翼翼地说："你真的什么都不记得？"

樱缓缓说："我脑海里有一个模糊的画面，我和一个人在沙滩上散步，金黄色的沙滩，像落日一样好看，远处有一只小狗在跑。"

佩普眼泪汪汪，想说什么又忍住，脸上兴奋地发光。我知道，樱的话让她更确定樱是那个女孩。

天空阴沉，飘着小雨。众人兴致勃勃地出发了。我没有去。我说对探险失去兴趣，只想好好度假，再也不想参与解谜游戏。

我提出要离开。丹佛斯太太说暂时没有船，而且游轮已经走远，在游轮回来前，即使有船，也不知该把我送到哪儿去。她劝我跟同伴一起去玩。我说："没兴趣。"

她说："或许真的是个约会。你不想见见 Mr. Lee 吗？"

"他是个游戏人物，我对游戏不感兴趣。即使真的是约会，在那儿的人也不会是他，而是穆勒。那个 M 向左倾斜，两肩高耸，明显是穆勒的笔迹。还有卡片上的墨迹拖痕。写字的是个左撇子，手擦到墨迹未干的字母，才留下那样的痕迹。"

我赤足在沙滩上散步。雨飘在头发上，风拂动长裙。我将脚埋入柔软的沙，精致的脚踝露在沙外。

远处的海岸上有个人，面对大海，伫立远眺。我停住，凝望他。孤独的身影，傲然的姿态，果然是他。我转身要走，又犹豫。细雨霏霏，他没打伞。雨水直接落在他身上。他不会感染吗？

我咬着牙，深深矛盾，不想碰见他，偏又碰见，不想与他接触，但他就这样淋着雨，让人如何无视？

我举着伞跑向他，伞顶着风，脚步被沙滩吞噬。跑到他面前，我已经气喘吁吁。他的头发全湿了。他站在这里多久了？

我把伞举到他头上，又气又急，说："你在干什么？别人能淋雨，你行吗？生病了怎么办？感染了怎么办？你那些保镖呢，他们怎么不来给你打伞？"

他看着我，幽蓝的眼眸闪烁，突然揽住我的腰拉向他，伞歪了。我叫："伞！"他向我倾身，遮住所有的雨，吻我的唇。所有的血液都涌上头部，我的脑海一片空白。伞何时掉在沙滩上，他吻了我多久，我都不知道。我反应过来，推他，却推不开，我挣扎着说："你、你无礼！唔。"他再一次压着我的唇，灼烧我的思维，我无法思考。

放开我，放开我！我的心在孱弱地呼救，它就要被夺走了，离我而去，再也不听我的。

他终于抬起头，深情地望着我，声音低沉地问："你不再当我是剧情人物了？"

我浑身软绵绵，喘息着，所有的能量都用来支援狂跳的心脏，无力地说："放手。就算是你的岛，你也不能为所欲为。你太无礼了，放开我。"

他不理我的话，说："你读过所有的故事，为什么到现在还把我当作陌生人？"

"两年前我就告诉过你，我不是你要找的人。"

"两年了，你还知道两年了！你答应过给我打电话，但你再也没有跟我联系。你知道我这两年是怎么过的吗？"

"所以你把我骗到岛上！"我醒悟，拉远距离，"他们说中了。无名岛、恋爱探险旅游项目、抽奖名额，都是你设下的圈套！你引着我一步一步往里钻，你到底想干什么？"

他笑了一下，面容寂寥，说："猜不到吗？你那么聪明，应该能想到的。"

"我猜不到！我不知道你是谁，我不知道你到底要干什么，我不知道这些到底是真的还是假的！事情完全不合理。如果你还没找到你想找的人，你怎么可能写出故事脚本？那些以第一人称写出的情节，那个女孩心里想的、她独自经受的，你根本不可能知道。假的，包括你，全是假的。不要再骗我了，不要再戏弄我！"我挣扎，逃离他深情的目光。那不是真的，那不是我的！

他抓紧我。"我没有骗你，所有的都是真的！那些情节是你说的。你把那些事讲给 Mo，录下视频，设定权限，只有我和你才能访问。你离开以后，过了很久，我才发现这些视频。不信的话你来看。

这是你亲自录制的，是你的模样，你的声音。"

我一步步后退，躲着他和他的手机。"那不是我。她和我很像，但不是我！"我大喊，"我不是你要找的人！"

他逼我与他对视。"你就是。否则，你怎么会认识穆勒的笔迹？谁告诉你他是左撇子？你怎么断定写字的左撇子是他？"

"我们在别墅找到了穆勒的日记……"

他截口说："日记是打印的。岛上没有任何穆勒手写的东西，他的笔迹只存在于你的记忆里。"

我拼命摇头。

他拉着我的手贴在他粗糙的脸上，一字一字说："我是真的。我的身体是真的。我的心是真的。对别人来说，这是一场游戏，对你不是。你曾经透过面容看见我的心，现在你依然可以透过游戏发现真相，为什么你要抗拒？"

"如果一切都是真的，我只能抱歉地说，你找错了人！"

他又气又伤心地问："不管我怎么说，你都不信，对吗？你只相信你的记忆。拜托你，好好想一想，无论多久，我可以等。别急着说你忘了我，别这么狠心。"

"我不是忘了你，"我的心好疼，说，"我根本不认识你。我不是想不起往事，而是根本没经历过那些事！你要找的人失忆了，而我从来没有失忆！"我说出来了，这句话萦绕我心间，我不想面对，又不能否认，现在被逼无奈，不得不把它说出来。我没有失忆，所以根本不可能是那个女孩。

我深吸了口气，稳住语调，说："我从来没有失忆，从来没有。我毕业后到一家公司上班，假期出国旅行，遇到绑架，被你解救。一切我都记得，我的生活从来没有间断过！我回国后，那家公司还在。我认识公司里所有的同事，他们也认识我。我的工作业绩、考勤记录、人事关系都证明我没有时间跑到一个岛上待一年半。"

　　"那都是我父亲的诡计！他利用我的安排，伪造了你的记忆！还记得吗，为了不让你父母担心，你上岛后，我安排了一个女孩冒充你，定期和你父母联络，假装在某个公司上班，人事档案、考勤记录，都是我让人做的。"

　　我一怔，继而凄然，说："何必大费周章？就像他们说的，要除掉我，杀掉更省事，反正没人知道。"

　　他摇头，"他要留着你要挟我。"

　　"你要找的人，不是我。"我艰难地说，"在岛上，还有一个女孩，她有失忆的经历，她有你的照片，她的指纹能解锁密码，她的生物识别权限高过所有人。你要找的人可能是她。"说完的一刻，我心中空落落，仿佛失去了什么。

　　我脑中灵光一闪，说："那女孩被骗离开你的同时，你爸爸绑架了和她长得一样的我。他们故意把我关进水牢，等你来找，就是要让你误以为我是她。而我根本不是，所以我会拼命逃离你。怪不得我被绑架，却没人勒索我的父母。真正的她失去记忆，容貌被毁，所以你找不到她了。"我苦笑，"从一开始，我就是作为替身出现在你眼前的。你被骗了。快去找她吧。她很爱你，一定也在等你。"

他的脸上掠过恐慌和无助。他大吼："记忆可以篡改，系统可以出错，但感觉不会错。那个人就是你！"

他认定是我，不做他想，我该高兴还是难过？

他的样子多么熟悉，两年前那个因爱疯狂的暮帆迟重现。

我心如刀割，无能为力。

他痛心地说："你记得摄神花茶的香气，你认出穆勒的笔迹，你知道他是左撇子，你记得所有无关紧要的事，唯独忘了我。"

我不敢看他，深深低下头，说声对不起，请求他派船送我走。

"走？再一次离开我？"他坚决摇头。

"再过两天，游轮就回来了，到那时你还是得让我走。"

他傲然说："未经允许，谁敢靠近这里？"

我浑身发抖，他要把我困在这儿，作为另一个人的影子？"你没有权利囚禁我，这是非法的。"

"囚禁？"他哈哈笑，充满讽刺与苦涩，"你说过希望永远在我身边，现在你当这是囚禁！"

我捂着胸口，难过得呼吸困难。他的语气刺伤我，我的态度让他失望。这不是我想要的与他的相处模式。为什么变成这样？"我不是她，我变不成她，不要再为难我。"

他捧着我的脸，为我擦泪。我哭了？难怪视线模糊。我悲伤得直不起腰，再也无法面对他，跑回别墅。

我躲在泳池里，掩饰不停流泪的双眼。

"我不是她"，没有人知道，当我说出这句话时，心里有多难过。

我不是她，他越是深爱，我越是心痛。

脚下尖锐地疼。刚才跑向他时，贝壳的碎片扎破了脚。那时着急，不觉得，这会儿才觉出疼。

珊瑚沙细白均匀，最适合赤足散步，怎么突然出现了贝壳碎片？

我望向海滩，沙滩是金黄色的。

我自嘲地笑。果然，我不是那个人。在我的记忆中从来没有到过这样的沙滩。

我最爱的沙滩是银白色的。

海浪携万顷月光向我奔涌，温柔地环抱我的脚，然后退去。弯曲的海岸线，珊瑚沙细腻洁白，潮水退去的刹那，沙滩闪闪发光，像一弯眉月。这才是我的记忆。我一直觉得这里的海滩少了什么，原因在这儿。

我告诉丹佛斯太太我累了，不吃晚饭。我想问导游是否已回程，打不通他的电话。探险小队回来了，他们欢乐的声音在走廊里回响。他们轮番敲我的房门，守着不走，我只好出来。

佩普兴奋地拉着我到起居室，说："虽然没见到 Mr. Lee，但我们在西海长堤发现了它！"

她指着沙发旁边，一只机器狗蹲坐在那儿。佩普命令："播放你的录音文件。"

"Mo。"一个年轻女孩的声音。

"汪。"机器狗的叫声。

"将你拍摄的视频加密，访问权限只对我和 Moventry 开放。"女孩叹气，"暮帆迟，如果我忘记了你，帮我找到我。"

胖大叔说："我猜，她已经预感到有可能回不来，事先录下了他们的故事。这段录音解开了第一人称故事之谜。"

樱嚷："你们听听，这不是我的声音。"

"声音经过处理了，像其他照片和视频一样。"胖大叔说，"我的判断肯定没错，你就是他在等的人。"

音频中女孩还在说话："也许有一天，我离开小岛，回头看，发现只是做了一场梦。想到这儿，我觉得难过，不是为我，而是为你。我不想让你失去我。或许一切只是一场梦，或许这个美好的夏天永远无法再现，不管怎样，我想说，遇见你真好。"

佩普轻轻推我，问："你怎么哭了？"

我说："有点儿感动。"

樱面红耳赤地和胖大叔争论，说他的推理不合理，她什么都不知道。她尴尬地又想逃走。

丹佛斯太太说，Mr. Lee 明晚请大家吃晚餐，让我们猜甜点，只给一次机会。

这是一道选择题，共有五个选项：樱桃酸奶慕斯、黑森林蛋糕、栗子饼干、李子果冻、凤梨酥。提示是 Mr. Lee。

我不假思索地说："黑森林蛋糕。"

樱失笑，说："别只顾着选你爱吃的，要考虑剧情，应该选他爱吃的，或者与他有关的。"

佩普说："至今没找到线索显示他爱吃什么。"

年轻人选李子果冻，他说："男人不喜欢奶油，反正我不喜欢。"从娘娘腔的他嘴里说出这番话，惹得佩普和樱偷笑。

胖大叔反驳："我就喜欢吃奶油。"他给不出答案，说一点思路都没有。

佩普觉得是樱桃酸奶慕斯。"因为 cherry 和 cherish 很像啊，表示珍惜。"

樱选黑森林蛋糕。

年轻人问樱："你为什么也选黑森林蛋糕？"

樱说："因为他的名字。每一种甜点的中文名字或配料里都包含一个发 Lee 的音的字。樱桃，中文音译车厘子，用的是'厘'。其他的，分别是栗、李、梨。只有黑森林蛋糕用了巧克力。"

大家都不懂。"巧克力和他有什么关系？"

樱睁大眼睛，好像大家问了奇怪的问题。"他姓力啊，巧克力的力。"

胖大叔和年轻人面面相觑，问："你以为他叫什么？"

樱望着他们，有些胆怯地说："力麦忱。"

我心中冒出强烈的嫉妒。她知道他的中文名字，而我，什么都不知道。远近亲疏，不言自明。

胖大叔向丹佛斯太太求证，丹佛斯太太表示不懂中文。

年轻人沉吟："大部分人见到 Mr. Lee 都会认为是李先生，为什么你知道他姓力？"

胖大叔咄咄逼人，问："故事中没有给出他的名字，岛上所有的线索中都没有他的名字，你是怎么知道的？"

年轻人说："哈，你是不是找到线索，瞒着我们藏起来了？"

樱大呼冤枉，却又给不出合理解释。她越是说不清楚，胖大叔越是得意，认定是她潜藏的记忆闪现。

丹佛斯太太问我们最终答案。胖大叔说："听樱的。这是一道中文题，是为樱量身定做的，我们不可能答对。"

樱缓缓摇头。

佩普低着头，不知在想什么。

丹佛斯太太祝贺我们答对了。工作人员送上金饰雕花木盒，里面有个羊皮纸手札。胖大叔展开手札，激动地念："最终任务——拯救无名岛。"大家围上去看。

任务介绍：Mr. Lee 将在最后一天中午十二点摧毁无名岛，要想办法让他改变决定。一旦任务失败，所有人必须在中午十二点前撤离。撤离不及时，将永远留在岛上。

年轻人说："指示一点都不明确。我们要找到什么东西，还是要做什么？总不能当面劝他吧？"

胖大叔说："估计他因为失去爱人，心灰意冷。等他请我们吃晚餐时见到樱，樱也想起他，任务就完成了。"

我对着机器狗说："播放视频文件。"它回答："搜索不到视频文件。"

年轻人说："别白费力气了，它不是 Mo，里面没储存视频文件。"

胖大叔说："是啊，刚才每个人都试过了，它都说搜索不到。我们也就算了，樱出面也不好使，说明它根本不是 Mo。"

佩普说："也可能它是 Mo，樱却不是那女孩。"

我问："你是 Mo 吗？"

机器狗忽然播放 Mr. Lee 的声音。"你曾经问，如果你不喜欢我，我还会喜欢你吗。现在我来告诉你答案。你已经忘了我，一丁点儿都不记得，可我还是很喜欢你。我会一直等你回来。你一天不来，我等你一天，一年不来，我等你一年。无论什么时候，只要你出现，我都在。我会保持现在的样子，以免再见面你认不出我，我要等你回来告诉我，你喜欢的就是我现在的样子。"

佩普感动得痛哭流涕。

年轻人机灵地说："Mr. Lee 找到女孩了，在她失忆后。她不认识他了。"

胖大叔说："这次 Mr. Lee 如果再失望，估计就要摧毁无名岛了。"

他们讨论线索，我说累了，先去休息。过了一会儿，佩普神秘兮兮地敲我的房门，说有东西让我看。我推说已睡下。

我口干舌燥，半夜爬起来找水喝。刚打开门，突然听到重物坠地的声音，接着楼梯上传来连续的响声。我顺手抄起走廊摆放的小雕塑，悄悄摸过去。佩普穿着带有草莓图案的长睡袍躺在楼梯下，四肢扭曲着，头下方的地上有一片血慢慢扩大。

其他人闻声赶来。樱见到血叫起来，惊恐地看着我手里的雕塑，问："你打了她？"

"别说傻话。"年轻人呵斥。樱歉疚地捂嘴。

船。身后有人踩到干树枝，发出咔嚓一声。我拿出在厨房偷的餐刀，寒光微闪，我低沉地问："谁？"

那个人吓得赶忙说："别动手。"原来是樱。她慌张地问："你是来抓我回去的吗？"

抓她回去？我问："你要去哪儿？"

她又问："你是来抓我回去的吗？"

"不是。"

她放下戒备，可怜兮兮地说："我要跑啊。你……你也是？"

我不答，问她理由。她说："佩普摔下楼不是意外，是被人下药了。你还记得我们找到过一只假蜘蛛吗？假蜘蛛里有一瓶药水，写着蜘蛛毒液，当然，那是道具，里面是水。大家都不知道那个道具有什么用。后来在医学中心，我找到一个配方：摄神花精与蜘蛛毒液混合，可以制成让人短期丧失心智的药。这解释了故事里 Mr. Lee 是怎么让那些他不喜欢的女孩发疯的。当时我觉得这条线索不重要，直到今天，我又去医学中心找线索。我发现，"她的神情惊恐，"我发现摄神花和玫瑰的香味一样。佩普受伤的时候，身上就有玫瑰香味。你想想她的样子，不是跟发疯一样吗？她很可能喝了花精与蜘蛛毒液混合的药水。"

"你没告诉丹佛斯太太？"

"告诉她？！今晚我回到房间时，我的屋子里就有玫瑰香味。凶手可能就是丹佛斯太太！只有她有所有房间的钥匙。就算不是她，那个凶手要对我下手了。你说，是不是 Mr. Lee？以前他对每个上岛的女孩都用过这种毒药。无论如何，我要走了。"她突然后退，惧怕地望着我，"不会是你吧？"

一道光向树林照来，年轻人的声音响起："去树林里找找。"脚步声向这边传来。我和樱赶紧躲藏。手电筒的光追着我们。我拐向沙滩，手电筒的光继续追着樱。

码头果然有一艘游艇。四周静悄悄，无人看守。

我回望，樱连影子都没了。她是不是已经被发现了？

我进入驾驶舱，浑身一震。暮帆迟静静地站在那里，幽蓝的眼眸蕴藏太多忧郁，我不禁低下头，身体紧绷。

他说："燃料已加满，目的地设为游轮位置，今晚风平浪静，可以出海。"

我疑惑地抬头。

"如果你不想去游轮了，守卫者一号可以送你去任何你想去的地方。"他指机器人。

守卫者一号说："听候您的吩咐。"

我的心情无比复杂。

他伸出一只手捧着我的脸，轻声说："对你，我丢掉所有的骄傲，从没有如此卑微地求过一个人。见到你，我像个小孩子一样欢喜，你不理我，我便不知所措。该把你留下，让你用冷漠折磨我，还是放你走？我没得选，对吗？强留没有用，逼急了，你会以你的方式离开我，我只能让你走。"

我心戚戚，无法言语。

他突然放手，不再看我，冷冷地说："走吧，别等我反悔。一分钟里，我已经反悔一千次了。快走！"说完，他下船了。

游艇驶离码头。他伫立的身影孤单萧索。

黑暗中，依稀见他指向我，又指指他的胸口。

星光照耀起伏的海面，船平稳航行。每离他远一点，我的心就疼一分。

我躺在沙发上闭目养神，希望能睡一会儿，朦胧中翻身，有个尖锐的东西划了我的胳臂一下，我低头查看，座位缝中露出一个白色尖角。那是揉皱的半页残纸，带着草莓香味，上面写着"覆盖"，后面打了一个对勾。

这意味着什么？

"覆盖"前面的字，莫非是"记忆"？手术内容一共两项，第一项是定位芯片去除，已经完成。第二项不是记忆删除，而是记忆覆盖，他们将新的记忆植入，覆盖原来的记忆！所以，所以——樱不是 Mrs. Lee！她说她失去了记忆，而真正的 Mrs. Lee 被偷换了记忆，不是失忆！当然了，樱早就说过，后来也反复声明，她不是 Mrs. Lee。

草莓香味指向佩普。她发现这半张治疗记录，想与我分享，她曾经来敲我的门，我没见她，当天夜里她就出事了。她被船送走时，纸片掉进座位缝里，或者被她藏在这里。

有什么事不对劲，可又说不上来。有个念头在我脑海里一闪而过，我苦苦思索，不断猜测，又不断否定。

樱说得对，佩普反常的举动是因为被下药了。伤害她的人是谁？动机是什么？

下药的绝不是暮帆迟。他有更好的办法，能让人无声无息消失，不引人注目。丹佛斯太太震惊到脸色青白，估计也不是她。十有八九，是游客中的某个人干的。那个人只针对佩普吗？如果他还想伤害别人呢？如果他伤害暮帆迟怎么办？

我下令原路返回。太阳升起来了，阳光普照，照得人心里发亮。我突然明白了。

"记忆覆盖"揭开了一切谜团。

按照记忆删除的思路，樱的失忆、毁容和整容、超越其他人的权限、少年暮帆迟的照片……所有一切都显示她就是 Mrs. Lee。虽然没有明说，但我们都认可这个结论。

但如果是记忆覆盖，事情就变了。Mrs. Lee 没有失忆，失忆的人不会是 Mrs. Lee。记忆覆盖应该是像我这样——虽然记忆有些混乱，但生活连续无间断。

一旦樱不是 Mrs. Lee，问题就来了：第一，为什么她有少年暮帆迟的照片？也许是她在岛上找到的，那么，她何必撒谎？第二，她的权限为什么比其他游客大？假如她是工作人员，拥有我们没有的权限，那她用不着逃走，更应避免由她住在女主角的房间，减少真正游客的游戏体验。假如她不是工作人员，她的权限就说不通了。第三，昨晚在树林里，明明是她在我身后窥伺，被我发现，却反过来问我是不是来抓她回去的，当时我就觉得奇怪。

疑点集中在樱身上。假如她另有所图，所有的解释都是欲扬先抑，所有的否认都是欲擒故纵……

佩普发现了关键证据，所以遇害。樱找不到那张残纸，没能销毁。

记忆覆盖，暮帆迟早就说过，我却不在意！

码头上人头攒动。其他人带着行李准备离开。

年轻人讶异，问我："你怎么在游艇上？你去哪儿了？"

我问大家为什么离开，胖大叔跟我抱怨："你还问为什么！樱走了，任务失败了。"

年轻人解释："一觉醒来，三个女孩都走了。佩普被送走，你和樱全没了影儿。任务宣告失败，旅行提前结束了。丹佛斯太太限我们十点前离开。"他看表，"马上就十点了。"

丹佛斯太太指挥工作人员将油画和雕塑抬上船。我惊讶地问："连你们也走？"

远处突然传来一声巨响，似乎是爆炸声，在岛的另一侧。

大家问："出了什么事？"

实验室爆炸了？瓦斯爆炸？有没有人受伤，他有没有受伤？

丹佛斯太太从容地说："主人对这座岛不满意。"

"不满意要怎样？"我心惊胆战。

"他说，这座岛没带给他他想要的，他不想再看到它。"

胖大叔叫："他要毁了这里？！"

"最终任务中说过了。"丹佛斯太太倨傲地说，"我的主人言出必行，一诺千金。"

胖大叔瞠目结舌，转头问："你们还觉得这是游戏？"

我问："毁了这里，他住哪儿？"

丹佛斯太太耸肩。"他让你们走，你们只管走，别的不用管。"

我大叫："樱在哪儿？"

"我们也在找她。"

"继续找樱！"

胖大叔嘟囔："他是来真的。"他还处于惊骇中。

爆炸声声传来，浓烟直冲云霄。我乘坐的游艇被其他船只堵在里面。一艘小快艇因为太小无人使用，我跳上去，发动马达。

胖大叔和年轻人大声问我去哪儿。

我不敢耽搁，我怕我已太迟。

我知道如何看罗经，我看得懂海图，我知道怎样达到想要的舵效，转舵旋回，加快艇速，我在熟练驾驶快艇！这些意外发现激越着我的心。

直升机从头顶飞过。岛的另一侧，码头上挤满了人，医生带着设备正在装船。我跳下快艇，向大厦跑去。我大叫暮帆迟的名字。风声、爆炸声和烈火的声音将我的呼喊淹没。我到处寻找。船坞，花园，机库，他在哪儿？

一只机器狗在瓦砾中出现。我向它求助："带我去找 Mr. Lee！"

它带着我穿越破败的建筑。它不怕倾斜的墙壁和燃烧的木头，我怕。我只能绕着走。我看见暮帆迟了，火苗蹿起来，晨光和火光映照着他的脸。他的身影严肃而寂寞。

暮帆迟拿着控制器。他住的大楼已经炸毁一半。灰黄的烟尘膨胀着，残垣中闪动火花，引发尘爆，火苗发展成熊熊大火。他无动于衷，眼中了无生气。

我被震惊了，叫："你在干什么？"

他回眸，黯然的脸亮起来，问："你回来了，你想起我了？"

我咬着嘴唇摇头。

他又复悲伤，转向大厦，说："那么就走吧。"

"快停下。"我急得心脏狂跳。

"这里已经没用了。我没法一个人面对。"

又是一声爆炸，楼体垮了。

"那是医学中心！没有它，你怎么治病啊？！"

他苦笑："我没病，我只是剧情人物，你说过，都是假的。"

我不知道该如何接下去。火光吞噬大厦，内部有什么在坍塌，发出巨响。纵然离得远，依然能感觉到震动。空中充满烟尘，繁华化为乌有。

"住手啊。"我阻拦他，"你到底想干什么？"

"你知道答案的，你知道所有问题的答案。"

我摇头，泪珠纷坠。"你别这样。"

"我是你不想揭晓的答案，你心里已经做出选择。既然要走，何必在意？你记得所有细节，唯独忘了我。我是你不要的那部分，你可以接受其他所有，除了我。我明白，现在，彻底明白了。这里只是一个噩梦，等你回到正常世界，忘了它吧。"他心如死灰的样子让人害怕。"守卫者，送她上船！"

"等等，我有要紧事……"一只冰冷的手扼住我的脖子，紧接着钢铁爪子钳住我的胳臂。机器守卫不是护送我上船，而是控制住我。

暮帆迟一怔，说："放开她。"

机器守卫的手刚有些松动，一个冷冷的女声说："抓牢她。"机器守卫的爪子再次收紧。樱从大厦后走出来，鼻子歪得厉害，莫名地有种邪恶感。"终于见面了，尊贵的 Mr. Lee。"

"代号 29。"暮帆迟平静地说。

樱挑眉，"我就知道瞒不过你。我一上岛，你就知道了？"

"你在游轮上时，我就知道。"

樱哼一下，问："我做了什么让你怀疑？抽奖时做手脚被你发现了？"

"那倒没有。我只是把游轮上的四千人都查了一遍，毕竟，她在游轮上，我要保证她的安全。"

"哈，多情的 Mr. Lee。"樱的语气充满讽刺，"我总是向蕾哈娜夫人建议，找到那个女孩威胁你，比攻上无名岛见效更快。不过，你对她保护得真好啊。所有的照片和视频都隐去她的样子，即使侵入主系统，我还是找不到她。直到死胖子说甜点的问题是专门为懂中文的人设计的，我才发觉，她就在我眼皮子底下。她自己好像还不知道呢。"

暮帆迟淡然说："你假扮成她，漏洞百出，玩得开心吗？"

樱耸肩，说："漏洞百出吗？其他人都信以为真呐。别误会，接近你没那么容易，我可不是天真的傻瓜，没打算冒充她去骗你。死胖子是个推理迷，一直盯着我。他发现我对无名岛很熟悉，他不说他自己笨，看不出线索，反而认定我跟岛有关系，以为我是这个蠢女人。于是我顺水推舟，用失忆当借口，偶尔否认，引得他们更加确定。这招真好用。只要假装泄露一点信息，他们就被牵着鼻子走。一群笨蛋！明明已经看到记忆删除不可逆的警告，还以为我漏出的那些信息是记忆闪现。你清楚我的真实身份，知道我假扮她，为什么不拆穿？"

"我希望你的行为能刺激她的记忆。我本来以为你能装得久一点，可你犯下职业杀手不该犯的低级错误。作为职业杀手，记住目标的样子后，应该销毁照片，你却带在身边。"暮帆迟摇摇头，"你的失误太多，连佩普都怀疑你的真实身份。"

"你从不露面，谁知道你现在是什么鬼样子。我在上岛前才拿到照片，多亏那张照片，帮我迷惑很多人，他们帮我一步步接近你。"樱咯咯笑，"佩普终究是个孩子，居然跑来直接对我说，她觉得我不是那个蠢女人，还说她有重要的事，要在晚餐时告诉她。我不是蠢女人的事一旦被揭穿，死胖子会发现我此前的行为有很多不合理。正好我在调配那种药，拿佩普先试验一下，还真管用。"她轻蔑地扫我一眼，"哼，本来昨晚要用在你身上，被你跑了，在树林里追上你，又被那个娘娘腔搅了。早知道是你，第一天晚上我就该动手。"

暮帆迟低沉地说："你本可以活着离开，不要自寻死路。放开她！"

樱说："尊贵的 Mr. Lee，你还不清楚我的专长。你的岛已经空无一人，只剩机器人。你的系统已经被我控制，所有的机器人归我调遣。别说她，连你也落在我手里了。"

一排机器守卫走来，站在樱的身后，机器狗也向此处聚集，钢铁泛着冰冷的光泽。樱下令抓住暮帆迟。机器人发出声音："目标不可执行。"

樱脸色变了，说："见鬼。删除他所有的权限，抓住他。"

"任务不可执行。"

暮帆迟说："守卫者，抓住樱。"机器人依然答复"目标不可执行"。

"看来我们的权限一样，它们不能攻击主人。"樱不怀好意地笑，"决定胜负的关键，居然还是这个女孩。我相信你为了她愿意付出一切。"

暮帆迟对我说："对不起，把你卷进来。"

我说："是我自己要回来的。我觉得她有问题，想提醒你。"

暮帆迟的眼眸璀璨闪耀，问："你回来帮我吗？"

我点头。

樱夸张地感叹："多么感人啊。Mr. Lee，你忍心看着她死吗？我要你做的事很简单，在这份文件上签字，喔，不用担心，是一件很小的事，把你名下财产转给蕾哈娜夫人。简单吧？签字吧。"机器守卫送上文件和笔。

"先放了她。"

"不，不，还不行，规则不是你定的，得听我的。"樱说，"我讨厌这工作，啰里啰唆。相比之下，杀人更简单一些。当年你父亲还来不及修改遗嘱就死了。现在让我们把事做完。"

我急忙叫："她毫无信誉可言，你给她她想要的，她也不会放过我。别让她如愿！"

"闭嘴！"樱喝道。

暮帆迟露出一丝怜悯，更多的是轻蔑，说："蕾哈娜串通其他姐妹，绑架并谋害我的父亲，已经入狱。"

樱愕然："什么？"

暮帆迟替她感到沮丧，说："你忙着入侵系统的时候，她们已经被抓了。"

樱的眼神只动摇一瞬，又恢复坚定，说："她们的事与我无关。只要我完成任务，山姆会如约付钱。"

暮帆迟说："放了她，你要什么都可以。"

"别答应她！我不是你等的人，你还不明白吗？"我说，酸楚钻心。

暮帆迟望着我，目光沉静而坚定，那是无声的许诺、沉默的告白。这样的深情挚爱，竟然被卑鄙地利用。我怒火中烧，讥诮地对樱说："原来你只是一个鼻子整形失败的蹩脚杀手，连状况都没搞清楚，稀里糊涂的不知道在搞什么。"

樱说："我是职业杀手，要激怒我是不可能的。我更不可能在达到目的前失手杀了你。不过，拧断胳膊好像并不致命。如果你聪明的话，最好管好你的舌头，可以少受些苦。"铁手加重力度，我的胳膊快要断了。我忍着疼不出声，不想给暮帆迟压力。

樱对我说："耐心点儿，宝贝，我帮你验证一下他对你的真心，乖乖地看着，别说话。"

我对暮帆迟喊："你把我当成是她，那你就听我说，不许签那份文件。否则，否则，我永远不原谅你。"暮帆迟沉默。我厉声说："你受人要挟，束手无策，屈服给这种人，你不值得我喜欢！"

樱厉声说："闭嘴！"

暮帆迟静静地对樱说："我做不到，我要讨她欢心，不能违背她的意愿。"

"你不签，我就让机器人捏爆她的脑袋。当然，你也可以下令让它们停止，看它们执行谁的命令。反正，你和我都不会受到伤害，有可能受伤的只有她。你是否要冒这个险呢？等等，我何必用这么庸俗的办法。机器狗把人撕碎的场面，一定很精彩，想不想看？"樱假装思索，"先咬哪里好呢？咬住腿在地上拖，还是扯掉胳膊？"

"鼻子，当然是鼻子。"我冷冷地嘲讽，尽管身体因害怕而发抖。

樱被激怒了，"我数三下……"机器狗围拢上来，锋利的金属牙齿像钢锯，闪着寒光。机器守卫放开我，虽然只有短短一瞬，就在这一瞬间，暮帆迟朝这边跑，我把餐刀狠狠投向樱，樱始料不及，慌忙后仰躲过，随即一个前踢直奔我的脸。我侧身闪避，不等她转身，我以一个凌厉的横踢踢向她，被她躲过。

樱叫："咬她。"

"停止！"暮帆迟喊。

他们交替大喊，机器狗的颈圈忽蓝忽绿，不知该执行哪个命令。

一只机器狗叼住我的脚踝，刚要用力，又听命松开。一只扯倒我拖动半米，又放下。身后突然一阵凉风，一只机器狗朝着我的后颈张开锋利大口，用力咬下，前方还有一只扑过来。前后遇敌，我不知该往哪儿躲。就在这时，暮帆迟从身前抱住我，扑向我的机器狗撞在他的背上，同时，他的手臂绕到我脖子后面，伸到狗嘴里，钢牙结结实实咬在他的手臂上。他看着我，勉强挤出笑容安慰我。鲜红的血从他的袖管流出来，流进我的衣领，一片温热。

不要为我做任何事。如果，如果最终他发现认错了人，他该多么后悔为我做出牺牲！

机器狗发现攻击对象有误，眼中发出交替的光线，似乎内部系统已紊乱。

樱还在叫："咬她。"机器狗又扑上来，暮帆迟疼得一时说不出话制止。

"野兽。"我突然叫，蹬开一只机器狗。樱一愣，笑说："骂人有什么用？"我继续大叫："Mr. Lee 是野兽！"

机器守卫全围上来，齐刷刷发出机械音："访客004，你违反禁令，按照第62条规定，你将受到处罚。"所有机械臂都伸向我，机器狗被挤到外围。

樱醒悟，大怒："多话的女人早该死。"她捡起餐刀，向我刺来。

暮帆迟和我被机器守卫团团围住，连转身的空间都没有。我被机器守卫抓得死死的，动弹不得。樱红了眼，从机器守卫的缝隙中一刀一刀向里刺，不管刺中的是我还是暮帆迟。事实上，没有一刀刺在我身上！暮帆迟把我护得紧紧的，挡住所有伤害。

　　我大叫："不，不！"

　　突然，所有机器人的双眼发出红光，机械臂全都静止，冰冷的声音重复着"最高警戒"，如临大敌。机器人和机器狗都无所适从地到处乱窜，对着樱扫描，发出"目标不可执行"的声音后走开，然后又回来扫描她，再次走开，反反复复，循环不止。

　　包围圈一散开，暮帆迟捂着胸口倒地。

　　我心里明白发生了什么，愣了一会儿，才喊出他的名字。

　　我跪下查看他的伤。他趴在地上。我手脚都软了，使不上力，无法翻动他，手里湿乎乎，又黏又滑，是血。我的心疼得像要裂开，大叫："你杀了他，你杀了他！"

　　我心智皆乱，满腔怨恨都凝聚在樱身上，一步步走向她，眼中蕴含万钧雷霆，狂风吹舞我的长发，愤怒使我的声音发抖："为什么总来招惹他？为什么不放过他？他从一开始就对继承家产毫无兴趣。他叫自己 Moventry，你知道是什么意思吗？它是 Coventry 替换了第一个字母。Coventry，放逐，排斥；M，是他名字中的麦。在家族中，他受尽排斥，始终不被接纳。母亲的死给了他巨大打击。他不停自责，觉得自己什么都做不到，还把厄运带给母亲，所以他才种下那么多抚慰心灵创伤的圣星百合。他把自己放逐，不问世事，只

"你已绣过了，今日戴的便是。"

"三两年便旧了。我要为公子绣出足够的腰带，够你余生佩戴。"

"你要离开？"他急问。

她别转脸。"我仍是在的，只是不能再像以前一样近身伺候公子。公子成亲后，我要搬到别院去……"

他微笑，握住她的手，将她受伤的指尖含入口中，一双笑眼，看她慌张失措，脸飞红霞。

傻孩子啊，她以为他要娶的是谁？

江湖传闻他将迎娶眉小姐，以雪嫣丹为聘。众人道贺，他冷笑。

再见她，她目光闪躲，口道恭喜。

他怒，命人备马，只身去往眉家澄清。

其时，歹人劫掠眉，包围潭星山庄，摆出一壶毒酒，逼山庄交出七星谭绝学，否则，便逼他未婚妻喝下毁天灭地毒酒。

眉小姐惨淡失色，软泥不能站立。

"我才是他未婚妻子。"她淡然走出，举杯一饮而尽。

眉咬牙，也饮一杯。

他赶回，击退敌人。她凄然笑："我无意争宠，只想救下你未婚妻。"

他痛心。她终是不懂他的心。

只一日，毒发，花容尽毁。

眉伤心欲绝，几番寻死，举家悲痛，哀求雪嫣丹。

他去找眉，临行前，问她："你信他人还是我？"

"你。"她静静道。

他笑了，星眸璀璨闪耀。

明月夜，兰花侧，一身白衣胜烟雪，独坐品香茗。

他来了，在她身边坐下。

她依旧白纱遮面。面纱下，一张因毒发而狰狞恐怖的脸。

他轻声道："我只有一颗雪嫣丹。我把它给了眉小姐。"

她淡淡地说："我知道。"

他望着她的脸，沉静地说："明日我便叫人准备大婚事宜，迎娶你。"

"不。"她说。

他站起身，"这不是商量。"

次日，接到下人禀报，他慌忙冲入她房中。伊人已去，锦榻上，只余一朵杜鹃花。书案上，红韶笺淡香袅袅，未着一字，只有一个墨点。想必提笔之人犹豫许久，终是不给一字。

祁连山，落月涧，潭星山庄燃起熊熊大火。他在火外，饮酒观瞧。

送亲的人们惊呆了。

他对眉小姐说："山庄已毁，不需要庄主夫人了。请回吧。"

"救火啊！快救火啊！何人纵火？"

他笑了，"我！"

眉望着他。"你不想娶我，那为何将雪嫣丹赠我？我才是你的未婚妻子。"

他沉声道："若非你妄称是我的未婚妻，他人不会对你下毁天灭地毒。我赠丹解毒，只为从此与你再无瓜葛！"

"为了……辛问衣？"

他长叹："我只愿与她共度一生，同看花开花落，结束江海漂泊。"

大火烧了七天七夜，终于，只余瓦砾青烟。

他守着废墟，不许人救火，也不离去。

微风乱，花叶间一点惊鸿。他踏枝去追，手将沾衣，孰料她回眸，翻腕三尺青锋。

他笑了。要取他性命，只需她一句话，何必用剑？

"七天了，辛问衣，你终是来了。我知道，你得到消息，一定会来看一眼。"

用剑无法逼退，她拧身，突然翻转，灵巧地自他臂下穿过，闪身已跃至他身后。

他以手触地，撑得身体如车轮旋转，足蹬树干，再次追上她，拦腰将她卷入怀中，星眸相逼，他说："你终究是怪我将雪嫣丹送给他人。"

"天下至宝雪嫣丹，公子要送与谁，与我有什么相干？连我的性命都是公子用命星救的，我岂敢再贪其他？"

"口是心非！"他欲摘她的面纱，她挣扎不肯。为防她狡黠逃脱，他不敢放手，忽然低头，用嘴扯掉白纱。

她惊叫，丑颜无处遮掩。

他望着她，淡然道："那又如何？辛问衣，限你今日与本公子完婚，否则，我定不饶你。"

她惨然一笑。

他察觉不对，急问："你怎么了？"

"毁天灭地毒中被人加入了追魂索命。"

"什么？！"他惊痛。还以为她只是一生容颜被毁，原来她命剩九日，且已到最后一日。

"我将命星分你！"

她摇头。"公子只有七颗命星，已分给我一颗，怎可再轻贱自己？"

"没有你，我要命何用？"

"中了追魂索命，再多的命星也是不够。不要浪费力气，放我去吧。"

"你便是因为这个离开我？"他不悲反笑，低头深吻。

她唇瓣一疼，已被他咬破。他将血吞下。

"不！血中有毒！"她痛彻心扉。

他一笑。他知道啊。

她的唇边有鲜红血迹，映一身白衣。

他道："唇边一点嫣然。来世，你叫嫣吧。我定能找到你。"

"倘若转世之说是假，你待如何？快将血吐出！"她焦急。

"不论真假，这一世，没有你，我已走不下去。等着我。"

她泪湿眼眶，道："你且自在去吧，我不会等你的。"

他凝神思索，忽然拔下她的发簪，扎在自己手腕，自腕向肘，划了极深的一道伤口。

"你做什么？！"

"来生我若是个瞎子，认不出你，你一定要凭着伤疤找到我。"

她落泪。"你总是强人所难。"

"我喜欢这个'强'字。"他笑，毒发，脸色苍白，黑眸闪耀深蓝色光泽，灿若星辰。"我为你准备的嫁衣，你还没来得及穿。来生，我再为你做嫁衣。"

她怜惜心痛，珠泪潸潸，气息渐弱。

他轻抚她的脸庞。"你是我命定之幸，你是我毕生牵念。辛问衣，生生世世，你是我的，我是你的，不准分离。你的'辛'字从此归我所有。你一定要等我。来生，我还姓谭。"

他吻去她唇边鲜血。

一滴滚烫的泪落在她冰冷的脸上。

　　囿于第一人称的设定,《谁家漂泊知落花》中两位主角的深情写得不充分,因视角受限,许多情节不能展现,尤其是谭辛强独处时,他的良苦用心、思念和守护,难以言表。人生很短,生命有限,只给他们一生一世,怎么够?我心中万千不舍,希望他们相守的时间能长一些,于是写下《辛问衣》,次日,又写下《七星谭》。

　　然而,在我心里,始终不放心将这两个短篇视作《谁家漂泊知落花》的番外。

首先，微型小说太短，没有足够空间展现人物复杂的性格。谭公子与辛问衣这两个人物，论高尚品德、良好修养，比起《谁家漂泊知落花》中的人物刻画，差得远。我怕有人以番外中的人物揣度谭辛强和星嫣，拉低了他们的优秀，更怕有人因"庄主""公子""天下至宝""武林绝学"等设定盲目产生喜爱，只看重物质或外表、头衔，忽略了闪闪发光的灵魂。站在金字塔尖的人并不稀有，相知相爱的情侣更是比比皆是，稀有的是一颗无与伦比的心，那才是值得仰望的。

　　我还有一个担忧，便是轮回之说。虽然它只是一种美好的心灵寄托。

　　谭公子与辛问衣的来世之约，是无奈之举。死别已成定局，只好希冀轮回。心存期盼，又不确定真的有轮回，谭公子的吞血殉情才显得义无反顾、缠绵入骨。他不知未来，能确定的是，今世失去辛问衣，他已走不下去。纵然没有来生，生命至此终结，也不留恋。

　　我提到轮回转世时很忐忑，怕误导读者，怕给人虚渺的希望、逃避现实的借口。

　　如今，写轮回转世的人有很多，说"下辈子我再……"的人也很多。且不说封建迷信不对，总把遗憾寄托于来生弥补，不可取。

　　今生不努力，来生你就幡然醒悟了？

　　今生你犯懒，得过且过、不思改变，来生你就勤快了？

　　今生困难重重，焉知来生不会遇到更大的困难？

　　不要逃避，不要退缩，想做什么赶紧做。生生世世永续前缘，